목계나루

목계나루

제5권 붉은 들녘

펴 낸 날 2017년 12월 15일

지 은 이 김창식
펴 낸 이 최지숙
편집주간 이기성
편집팀장 이윤숙
기획편집 장일규, 윤일란, 이하영
표지디자인 장일규
책임마케팅 임용섭
펴 낸 곳 도서출판 생각나눔
출판등록 제 2008-000008호
주   소 서울시 마포구 동교로 18길 41, 한경빌딩 2층
전   화 02-325-5100
팩   스 02-325-5101
홈페이지 www.생각나눔.kr
이 메 일 webmaster@think-book.com

• 책값은 표지 뒷면에 표기되어 있습니다.
  ISBN 978-89-6489-800-0 04810

• 이 도서의 국립중앙도서관 출판 시 도서목록(CIP)은 서지정보유통지원시스템 홈페이지
  (http://seoji.nl.go.kr)와 국가자료공동목록시스템(http://www.nl.go.kr/kolisnet)에서
  이용하실 수 있습니다(CIP제어번호: CIP2017032880).

· 한국출판문화산업진흥원 2017년 우수출판콘텐츠 제작 지원 사업 선정작입니다.

목계나루

제5권 붉은 들녘

김창식 대하소설

작가의 말

  이 소설은 소백산에서 경성으로 이어지는 남한강을 대들보로 놓고, 뗏목과 나루터 삶과 침략에 항거한 의병을 서까래로 얹었다.

  목계나루터에 시인의 시비가 건립되던 무렵에 인근 중학교에서 근무했다. 강돌이 자그락자그락 전설을 토하는 나루터 주막에서 뗏목과 병참 왜병과 의병 얘기를 듣게 되었는데 강물이 새롭게 보이기 시작했다. 강은 그저 물이 흐르는 것이 아니었다. 남한강 강물로 뗏목이 좌충우돌 떠내려가듯 삶도 그러했다.

  강물이 휘돌아가는 절벽 앉은뱅이 소나무의 애절한 환송. 뗏목 물길에 사공 잃은 나루터, 일제의 침략에 대항하는 의로운 외침에 귀 기울여 본 적이 있었던가? 모서리가 거친 골짜기의 돌은 강물에 휩쓸려야 동글동글해진다. 태백산 오지에서 경성 너른 터전으로 흐르는 남한강 기슭에 서면 모서리를 뭉툭하게 깎아내야 했던 서러움이 눈물겨웠다.

  소백산에 신이 내려준 영물 때문에 인간이 기쁘고도 서러웠다. 강한 자가 탐하고 약한 자는 빼앗겼다. 뗏목으로 연명하는 사공, 침략자에게 억눌린 민초들의 애절한 삶. 어찌 보면 소백산 잔등에 닿은 푸른 하늘도, 남한강 물줄기에 탁 트여나간 강변도, 우리를 그럴듯하게 감싸 안은 깊은 수렁인 시절이었다.

바위 틈서리 조막손 한 줌의 흙에 뿌리를 내린 쑥부쟁이처럼 가능과 불가능의 경계에서 사투하며 징검돌을 건너야 했던, 남한강 목계나루터의 절절한 사연들을 집필하면서 가슴이 아렸다.

침략에 억눌렸어도 의롭게 살아야 했던 그 시절 시련이, 오늘의 세상을 살아가는 지혜로 승화되기를 바라는 심정 간절하다.

2017년 11월 김창식

목계나루 5

제5권 붉은 들녘

····················

차 례

1

성품이 안정되면 나물국도 향기롭다

참령이 남한강으로 건너와 의병 본진을 공격하려 했다. 강령을 지키는 후군장의 방위태세가 빈틈없다고 판단하고 청풍 황강으로 우회하여 진을 쳤다. 강령을 방어하는 후군장이 자정에 호좌창의군 본진으로 왔다. 적이 강 건너에서 공격할 기회를 찾고 있는데, 장수로서 잠시도 처소를 비워둘 수 없지만 생각한 바가 있어 왔다면서 말고삐를 놓지 않았다. 심대풍이 의암의 처소로 가자고 했다. 타고 온 말고삐를 놓을 수 없다며 후군장이 마다했다.

위급한 대치 상태에서 이곳으로 올 정도로 중한 일이 무엇이냐며 심대풍이 물었다.

내부에 숨어 있는 적을 없앤 후에 외부의 적을 공격할 수 있으며 군사끼리 화목해야 사기가 충천하여 싸움에서 승리를 할 수 있는 것이다. 중군장이 내부에서 사리사욕을 채우고 있어 원망의 소리가 강령까지 들려오고 있다. 공을 세우면 투기를 하고 능력이 있는 장수를 모략하기 때문에 화목하여야 할 군사들이 분열하고 있다. 깊은 밤중에 이곳에 온 것은 중군장의 목을 베어 내부에 도사린 화를 없애고자 함이다. 후군장이 화를 내고 격한 감정을 드러냈다.

후군장이 무슨 권한으로 중군장인 하사의 목을 벤다는 것이냐며 심대풍이 반발했다. 군사들이 중군장의 말과 행동에 반발하고 있으니 그만 사임하라는 말을 해달라고 후군장이 요청했다.

"내가 사임하라 말한다고 중군장이 따를 것 같소?"

밤중에 찾아온 후군장의 요청을 심대풍은 받아들일 수 없거니와 그럴 지위도 아니었다.

"학문을 깨우친 선비니 중군장의 소임을 다할 수 없는 그릇이라는 말을 들으면 필시 사임할 것이오. 그러면 평민이나 다름이 없으니 내가 잡아서 군사들 앞에 죄를 묻고 목을 벤다면 흐트러졌던 군사의 사기가 다시 충천할 것이오."

심대풍이 중군장을 사임하게 하여 데리고 나오면 목을 베겠다고 후군장이 떼를 썼다. 섣불리 대처했다간 심야에 후군장이 중군장의 목을 베는 사단이 생길 상황이 되었다. 중군장이 군수물자로 사리사욕을 채웠다는 물증이 있어야 도적임을 밝힐 수 있으며 또한 도적임을 자백할 때야 처단할 수 있는데 무슨 확증이라도 가지고 왔느냐고 심대풍이 물었다.

강을 사이에 두고 적과 대치한 위급한 상황에서 그런 확증도 없이 왔겠느냐. 중군장이 도적임을 증명할 사람이 있다고 후군장이 자신만만하게 말했다. 증인이 누구인지 눈앞에 데려오라고 심대풍이 말했다. 군사들 앞에 무릎을 꿇려놓고 증인을 내세울 것이라며 후군장이 고집을 부렸다. 저쪽에서 후군장의 말을 듣고 있던 우용이 거칠게 걸어 걸어왔다.

"후군장은 적이 코앞에 당도하여 진을 치고 있는데 후군을 이탈하여 중군장을 모함하는 저의가 무엇입니까?"

중군장 하사를 스승으로 모시는 우용이 후군장의 멱살을 틀어쥘 듯 강하게 항의했다.

"중군장의 제자이니 항의할 수 있다. 증거가 명백하니 나도 어쩔 수 없이 후군을 이탈하여 박달재를 넘어온 것이다."

후군장이 부드럽게 말하지 않았더라면 우용이 칼을 빼 가슴에 들이댈 듯 분위기가 험악해졌다.

"군사들이 말하는 중군장의 허물이 무엇이오?"

심대풍이 우용을 뒤로 물러나게 했다.

"물건을 주고받을 때는 반드시 의를 생각해서 행해야 할 것이다. 중군장이 군수물자를 조달하여야 함은 직책상의 임무 때문으로 알고 있다. 백성의 식량인 곡식과 가축을 거두어들이는 일에 항상 조심스러운 마음을 가지고 있어야 함인데, 중군장이 강원도 주천에서 온 이씨 성을 가진 사람의 벼 이십여 가마를 제집에 끌어들인 적이 있다."

중군장이 벼 이십여 가마를 사사롭게 가져갔다고 후군장이 털어놨다.

"볏가마 이십 개 때문에 스승님이 목을 내놔야 한단 말이오?"

우용이 심대풍을 밀치고 후군장에게 따졌다.

"글을 깨우쳤다는 사람이 할 소린가? 공과 사를 분명히 하여 공적물건을 사적으로 유용을 했다는 사실만으로도 지탄을 받아야 함이 마땅함인데, 볏가마 수를 가지고 죄의 경중을 말하는 것이 선비 된 자로서의 바른 도리인가?"

후군장도 한 발짝 나서며 우용을 나무랐다.

관군과 왜병이 중군장의 집을 찾아내 가족을 모두 몰살하려 했다. 가족이 인근 산 바위틈으로 피난 갔다. 주천에 사는 이씨가 중군장의 동생을 찾아갔다. 왜적이 가족을 참살하려 하니 의병이 있는 제천에 가서 살아야 할 것이다. 그대의 아버지나 중군장인 형님은 성격이 곧고 청렴해서 당장 먹고 살 식량이 없는 것으로 알고 있다. 내가 주천에서 땅을 제법 가지고 있어 의병의 군수물자를 담당하고 있는 운량소 주임에게 육십 가마의 벼를 자진하여 내놓겠다고 했다. 그중 이십 가마를 그대에게 줄 테니 찾아가라고 했다. 이씨의 말을 들은 동생이 벼 이십 가마를 집으로 가져왔다.

중군장이 조모를 뵙기 위해 집으로 왔다가 볏섬이 마당에 쌓여 있는 것을 보고 웬 것이냐고 물었더니 동생이 주천 이씨의 말을 그대로 전했다.

여러 말 말고 운량소로 옮기라고 중군장이 동생을 꾸짖었다. 주천에 사는 이씨가 군수품은 운량소로 보냈고 이것은 사사로이 준 것인데 받아도 된다고 동생이 변명했다. 사연은 그렇지만 보는 사람의 생각은 다르다며 중군장이 볏섬을 운량소로 보내라고 했다. 조모를 모시고 있는데 군이 그러실 필요가 있느냐고 운량소 주임이 중군장을 회유하려 했다. 중군장이 끝내 고집을 꺾지 않았다.

사연의 자세한 내막이 강령까지 전달되지 못하여 후군장이 오해를 한 것이니 화를 풀고 돌아가라고 심대풍이 말했다.

"군사에게 입혀야 할 포목을 제 마음대로 가져다가 자기 가족의 옷을 해 입혔다는 것은 어찌 된 일인가?"

후군장이 다른 혐의를 말했다.

"그것 또한 사연이 있으니 마음을 가라앉히고 들어보시오."

중군장의 조모와 가족이 맹추위에 입을 옷이 없다는 말이 군수물자를 관리하는 장재소로 전해졌다. 포목으로 옷을 만들어 군사에게 이미 여러 번 배급했는데 포목의 여유가 있으니 중군장의 집에 백목 세 필을 보내자는 의견이 나왔다. 백목 세 필을 받은 조모가 중군장을 불렀다. 할머니께서 옷이 없음은 불초한 손자의 죄입니다. 그러나 이 옷을 입으시면 의롭지 않습니다. 엎드려 원하옵건대 절대로 미련을 두지 마십시오. 중군장이 되돌려 주기를 조모에게 청했다. 의롭지 않다는데 내가 어찌 받겠느냐. 조모가 장재소로 반납했다. 장재소에서 거절하자 군자는 덕으로써 사람을 사랑한다는 말까지 하며 끝내 거절했다.

　"스승님의 청렴함이 화담 선생을 보는 것 같지 않습니까?"

　심대풍의 설명에 후군장의 입이 다물어지자 우용이 우쭐하며 하사를 추켜올렸다.

　마음이 편안하면 띠집도 안온하고 성품이 안정되면 나물국도 향기롭다며 화담 서경덕이 청렴을 실천했다. 화담 나이 스물셋에 조광조가 어진 인재로 추천하는 현량과에 첫 번째로 추천되었으나 벼슬길에 나가지 않았다. 초야에 묻혀 산천을 벗하고 학문에 정진하며 후학을 기르고 싶었기 때문이었다. 마흔셋에 어머니의 간청을 못 이겨 과거장에 나가 생원시에 합격하고 성균관에서 벼슬살이에 필요한 공부를 하다가, 개성으로 돌아와 송악산 기슭 화담마을에 초막을 짓고 학문에 몰두했다. 낮에는 먹을 것을 잊고, 밤에는 잠자는 것을 잊고 며칠씩 학문에 몰두했다. 어느 날 제자 강문우가 쌀을 지고 찾아갔다. 서경덕이 여전히 화담 위에 앉아 열정을 다해 강론했다. 강문우가 부엌에 들어가 지고 온 쌀을 내려놓았다. 아랫마을에 살면서 서당 일을 도우러 왔던 화담의 부인이, 어제부터 쌀이 떨어져 식사를 하지 못했다고 말했다. 제자 허엽이 장마로 물이 불어나 엿새 만에 찾아가 보았더니 스승은 태평하게 거문고를 타며 글을 읽고 있었다. 허엽이 저녁밥을 지으러 부엌 솥뚜껑을 열어보니 솥 속에 이끼가 끼어 있었다. 제자가 어찌하여 솥에 이끼가 있는지 물었다. 물에 막혀 아내가 엿새째 오지 않았다고 화담이 대답했다.

"중군장이 중군의 군사와 선봉의 군사를 차별하여 선봉 군사의 논을 빼앗아 중군 군사에게 주었다는 것은 어인 일이오? 중군장이 농사꾼끼리 전답을 주고받는 것에 간섭할 권한이라도 있단 말이오?"

후군장이 또 다른 허물을 말했다.

"후군장은 스승님께 사사로이 원한이라도 있는 것이오?"

우용이 참다못해 후군장에게 불만을 터트렸다.

"그런 일 없소이다. 중군장의 잘못을 귀로 듣고서 가슴에 화가 끓어올라 그 진위를 알아보고 싶은 것이오."

기세가 꺾인 후군장이 변명했다.

"중군장을 모함하는 소리만 귀담아듣고서 가슴에 화를 끓이고 있으니 참 딱도 하구려."

우용이 후군장을 불쌍하다는 시선으로 바라보았다.

"선봉 군사의 땅을 빼앗아 중군 군사에게 주었다는 말도 헛소문이오?"

후군장이 머쓱해져 물었다.

"그럴만한 일이 있으니 소문이 떠다닌 것이오. 그 일도 내막을 들어보면 중군장이 한 일이 아니오. 중군장 이종 조카뻘 되는 자가 감히 의암의 명령이라고 지평의병에게 허위 전달하여 땅을 빼앗으려다가 발각이 된 일이 있소이다."

"이종 조카가 중군장의 위세를 믿고 그런 짓을 했다면 친족을 간수

하지 못한 죄가 있음이오."

중군장에게 허물이 있다고 후군장이 말했다.

"중군장이 크게 화를 내고 이종 조카의 목을 베려는데 주변에서 만류하여 우선 가두고 있으나 반드시 참수할 것이라며 공언하고 있소이다."

서로 얼굴을 아는 사람은 세상에 많지만 마음을 아는 사람은 몇이나 되겠냐며 심대풍이 후군장을 달랬다. 후군장은 더 할 말이 없어졌다. 심대풍을 만나 의논하지 않았다면 자칫 큰 잘못을 할 뻔했다고 후군장이 말을 몰아 강령으로 돌아갔다.

의병이 봉기할 때는 위세가 태산이라도 꺾을 것 같았지만 쓰러질 때는 양지에 뭉쳐둔 눈덩이와 같았다. 나라의 녹을 받으며 조직적인 훈련을 받지 않은 민중의 봉기였기 때문에 시시각각으로 사기가 변했다. 누군가 앞에 나와 선창하면 함성이 하늘을 찌를 듯 사기가 올랐지만 틈에서 누군가 속삭이며 이간질하면 쉽게 동요되는 집단이었다.

의병의 도화선은 단발령이었다. 글을 아는 선비와 일자까막눈 농투성이와 늙은이와 젊은이가 왜적을 몰아내자며 구름같이 몰려들었다. 단발을 강요하는 지방 수령의 목을 베었다. 단양전투에서 공주 병참부대에 패하였지만 영월에서 다시 봉기했다. 의암이 의병대장이 되고서 내부에 숨어 있는 첩자들을 척결했다. 충주를 함락시키고 단발령을 강요한 충주관찰사와 공주관찰사를 참수했다. 중군장 괴은이 왜병과의 수안보전투에서 전사하고 사기가 급격히 떨어졌다. 입암 주용규가 왜병의 총탄에 절명했다. 결국, 왜병과 관군의 압박을 견디지 못하고 제천으로 퇴각했다. 국모 시해가 일본공사의 주도로 이루어졌다는 사실이 드러나면서 친일 세력이 쇠퇴하고 친러시아 세력이 등장하여 단발령이 누그러졌다. 조정에서 단발령을 강요하지 않으니 의병이 봉기한 명분이 약해졌다. 겨울이 가고 언 땅이 녹으면서 의병의 숫자가 급격히 줄어들었다. 노부모와 어린 자식이 있는 고향으로 돌아가 농사를 지어야 했기 때문이었다. 위계질서가 어수선해지고 서로 불신하며 이탈하는 의병이 늘어났다. 후군장이 중군장을 불신하여 단죄하려고 위급한 진영을 이탈해 온 것도 이 같은 맥락이었다.

선봉장 절충은 성질이 거칠고 급했다. 허랑하고 방탕한 사람을 좋아했다. 선비와 평민을 불문하고 상투를 잡히고 뺨을 맞으며 욕을 당하지 않은 사람이 드물었다. 중군장의 종사였던 민의식이 선봉장의 종사가 되고서 여러 사람을 헐뜯고 이간질했다. 선봉장이 민의식의 말만 믿고 중군장을 싫어하며 의병장 의암의 명령을 거역하는 일이 생겼다. 의암은 지평에서 먼저 의병을 일으킨 공이 있어 선봉장을 용서했다.

절충이 선봉군 일부를 제천 외곽에 주둔시켰다. 선봉장이 호형하며 따르는 고아장에게 밀사를 보냈다. 의병 본진에 있는 지평 출신 포군을 몰래 동원하여 외곽으로 오라는 절충의 말을 전달했다.

고아장이 절충의 의도를 알아듣지 못했다. 외곽이 어디이며 선봉장은 왜 그곳에 있느냐고 물었다. 날쌔고 총을 잘 쏘는 이백여 포군과 오리 밖의 북쪽 산에 있다고 밀사가 말했다.

"선봉 군사가 있어야 할 자리가 아닌 곳에 있으면서 지평 출신 군사를 모두 동원하여 오라 했다니 누가 들으면 반란을 일으킨다고 오해를 하겠구나."

고아장이 주변을 경계하며 불안해했다.

"지평군사를 동원하여 합세하여 주신다면 의병 본진에 있는 선비를 모조리 참살하겠다고 하였습니다."

밀사가 기가 막히는 소리를 했다.

"선비들을 모두 참살하겠다니… 큰일 날 소리를 태연하게 하는구려."

고아장이 너무 놀라 주변을 두리번거렸다.

"글을 읽었다는 알량함에 빠져 진정한 백성인 평민을 가당찮게 여기는 선비와 왜놈과 다를 바가 조금도 없다고 하였습니다."

"글을 읽은 선비라고 남들이 나를 칭하거늘 선비 된 자들을 죽이겠다면 내 목도 자르겠단 말이 아니냐?"

고아장이 밀사의 가슴을 콕 찌르는 일침을 놓았다. 모두 죽이는 것은 아니다. 다 같이 의병에 있으면서 자신이 맡은 일은 소홀하며 평민을 머슴처럼 여긴 자들만 처단한다. 밀사가 절충을 대신해 변명했다.

"밀사가 가지고 온 절충의 말을 듣기는 했다고 전해 주시게."

고아장이 절충의 의도를 거부했다.

"태도를 분명히 하셔야 합니다. 선봉장의 목숨은 물론 지평 출신 포군의 목숨까지 걸린 사안입니다."

밀사가 고아장을 협박했다.

"의암 선생께 이 사실을 고한다면 지평 출신 포군의 목숨이 떨어질 것이며, 선봉장의 뜻에 따른다면 의병 본진에 있는 선비들의 목이 떨어지는 사안이 아닌가. 내 선택에 여럿의 목숨이 좌우되는데 앞뒤 생각도 없이 선뜻 결단을 내릴 수 있겠는가?"

고아장이 결정하지 않자 밀사가 기다리겠다고 했다.

"내가 대답하지 못하는 이유를 깨닫고 지금 떠난다면 자네는 목숨을 건질 수 있네."

고아장이 밀사를 돌려보냈다. 비록 글을 읽지는 못했으나 날쌔고 용맹스러움에 감탄하여 가까이 지내온 선봉장의 반란을 의암에게 말하여야 하는지 고민이 생겼다. 의병 본진에 있는 선비를 모조리 죽인다 함은 의암도 해한다는 의미였다. 고아장은 의암을 배신할 수 없다고 판단했다.

고아장이 의암에게 갔다. 긴한 얘기가 있으니 주변을 물려달라고 청했다. 의암이 사람을 내보내고 늦은 밤에 긴한 일이 무엇이냐고 물었다.

"날이 밝기 전에 군사를 동원하여 선봉장을 포박하라는 명령을 하달하십시오."

고아장이 다짜고짜 절충을 포박하라고 말했다.

"자네 취중인가?"

의암이 밤늦게 찾아온 고아장을 괴이하다는 눈빛으로 바라보았다.

"밤이 깊어 판단이 흐릴지는 모르나 정신은 또렷합니다."

"취중이 아니라면 중군장과 함께 있다가 오는 길인가?"

의암은 중군장과 선봉장이 서로 앙숙임을 알고 있었다.

"선봉장의 모함을 들었다 하여 포박하라는 청을 함부로 드리겠습니까?"

의암이 자세를 고쳐 앉고 고아장을 가까이 오게 했다.

"선봉장이 또 급한 성질을 다스리지 못하고 난동을 부리고 있는가?"

의암이 혀를 차며 물었다.

"그보다 중한 사안입니다. 선봉장을 어서 포박하지 않으면 의병 본진에 있는 선비의 목이 여럿 베일 것입니다."

의암은 절충이 선비를 죽인다는 말을 믿으려 하지 않았다. 선봉장이 글을 읽지 않은 사람이어서 선비를 시기한다는 것은 알고 있으니 모함하지 말라고 충고했다. 고아장은 밀사가 와서 한 말을 의암에게 모두 전했다. 고아장의 말에 거짓이 없다면 절충을 그냥 두어서는 안 되겠다며 의암이 심대풍을 불렀다.

"선봉장이 평소 선비를 시기하고 모함하더니 목을 벤다 하네. 고아장의 말을 듣기로 사안이 위급하여 선봉장을 포박하는 것이 급선무라고 생각하는데 자네 생각은 어떠한가?"

심대풍의 의견을 묻는 의암의 목소리가 경직되었다.

"성정이 급하여 원성을 자초하는 일이 자주 있기는 하나 지평에서 의병이 처음으로 봉기할 때 앞장을 선 사람입니다. 의병의 정예 군사인 포군의 우두머리이며 포군의 다수가 선봉장을 따르는 지평 출신 의병입니다."

심대풍은 절충을 따르는 포군이 이탈하는 것을 염려했다.

"선봉장의 반란을 알고 있으면서 모른 척한다면 쥐구멍에 숨어 고개만 내밀고 머뭇거리는 것과 무엇이 다르단 말인가?"

포군의 이탈이 두려워서 방치한다는 것은 수서양단과 다를 바 없다고 의암이 말했다.

"당장 군사를 보내어 선봉장의 수족을 묶어야 합니다. 의병 본진에 있는 선비의 목숨은 물론 의병의 존폐가 걸린 위급한 사안입니다."

고아장이 흥분해서 당장 포박하자고 말했다. 밤중에 선봉장의 수족을 묶을 적임자가 중군장이라고도 말했다. 선봉장이 급한 성정을 이기지 못하여 그릇된 판단을 하고 있는 상황에 앙숙인 중군장을 보낸다는 것은 불길에 기름을 쏟아붓는 격이다. 절충의 급한 성격에 부채질하는 것이다. 심대풍이 중군장은 적임자가 아니라고 말했다. 스스로 군사를 풀도록 회유하겠다며 심대풍이 절충을 만나겠다고 했다. 목숨을 잃을지도 모르는 걸음이라며 의암이 반대했다.

"급하게 몰아쳐 오는 물길을 막겠다고 가파른 방벽으로 맞서면 필시 패할 것입니다. 스스로 기세가 꺾이도록 물길을 우회시켜야 합니다."

심대풍이 절충을 만나겠다고 고집을 부렸다. 해결할 방안이 있냐고 의암이 묻자 서찰을 써 달라고 했다. 군사와 동행하지 말고 단신으로 와서 명령을 기다려라. 만일 거역하면 마땅히 군율을 시행하겠다. 의암이 서찰을 친필로 작성했다.

심대풍은 고아장이 일러준 북쪽 낮은 산으로 출발했다. 급히 말을 몰아 도착하니 고아장의 말이 옳았다. 절충은 고아장이 협조하지 않았음을 알고 있었다. 포군이 달려 나와 심대풍의 가슴과 목에 총구를 들이댔다.

"네놈도 맹자 왈 공자 왈하며 글 나부랭이를 주절거린 선비 놈이구나."

심대풍이 온 의도를 알고 거칠게 압박했다.

"의병장의 서찰을 가지고 왔다. 선봉장에게 안내하라."

심대풍은 포군에게 붙들려 절충과 마주 앉았다.

"자네에게 먹은 마음이 없는데 어찌하여 나와 대적하려 하는가?"

선봉장이 서운하다는 표정으로 물었다.

"대적하러 왔다면 나 혼자 왔겠는가?"

심대풍이 총을 들고 에워싼 포군을 바라보며 빙그레 웃었다. 선봉장이 포군에게 물러가라 했다. 포군은 선봉장이 위해를 당할까 물러서려 하지 않았다.

"심대풍은 한 번 뱉은 말을 거두어들이지 않는 사람이니 안심하고 물러가라."

선봉장의 말에 포군이 물러났다.

"선봉장이 용맹하여 급한 마음을 천인절벽같이 세우는 것을 모르는 사람이 없소. 오늘 이 사안도 선봉장의 용맹이 지나쳐 생긴 일이라고 의암 선생은 믿고 있소."

"고아장의 고자질을 듣고서도 그렇게 말씀하시던가?"

선봉장은 의암을 거역하려는 뜻이 없었다. 의병 본진에 있으면서 평민을 하찮게 여기는 선비에게 불만을 품고 있었다.

"먹고살기가 웬만하여 일하지 않고 방에 앉아 글을 읽은 자들이 의병 본진에 다수 있음은 사실이오. 서책을 가까이할 수 없어 맹자와 공자가 하신 말씀을 읽지 못했다고 핍박했다면 그자는 아무리 글을 읽었다고 하나 선비가 될 수 없음은 선봉장도 알고 있지 않은가? 선비답지 않은 자에게 서운한 맘이 있다 하여 징벌하려 함은 선봉장도 그와 똑같은 사람이 되는 것이네."

심대풍이 온화하게 달래자 선봉장이 입을 다물었다.

"충주 서쪽 사십 리에 장미산이 있고 봉학사가 있다네. 혜원 스님은 아침 일찍 일어나 땀 흘려 농사를 짓고 나무를 하며 저녁에는 몸을 깨끗이 씻고 벽을 향해 앉아 눈을 감고 명상에 잠기신다네. 내가 어려서부터 봉학사에 자주 올라갔는데 스님이 공부하시는 모습을 보지 못하였건만 어찌 된 일인지 명성이 자자하여 사람이 봉학사 경내에 가득했다네. 어린 마음에 궁금하여, 도대체 스님은 언제 공부를 하십니까? 물었다네."

심대풍이 말을 끊고 선봉장을 바라보았다. 선봉장은 스님의 대답이 궁금한 표정이었다.

"책을 읽는 것보다 마음을 닦는 것이 우선이다. 마음이 정갈한 뒤에 책을 읽어야 한다. 때문에 나는 마음의 눈으로 사물을 본다. 책보다 더 중요한 것은 사람의 마음이기 때문이다. 진리를 생각하는 마음이 있으면 책을 읽지 않아도 책 속에 있는 진리가 마음에 깃드는 것이다."

심대풍이 스님의 목소리로 말했다. 마음가짐을 맑고 안정되게 하여 모든 일에 응한다면 비록 글을 읽지 않았더라도 덕이 있는 군자가 될 수 있음을 실천하고 있는 봉학사 혜원 스님의 말씀을 들려주었다.

어둠이 걷히고 날이 밝았다. 심대풍이 의병 본진으로 돌아와 눈을 비비고 하늘을 바라보았다. 밤중에 사건이 일어나지 않았다. 의암과 아침상을 물리고 한시름 놓고 있는데 밖이 소란스러웠다. 방문을 열고 나가 신을 신는데 선봉장 절충이 다섯 발짝도 안 되는 지척에 와 있었다. 포군 삼십 명을 선봉장 뒤로 장벽처럼 세웠다. 선봉장의 말이 떨어지면 의암은 물론 심대풍의 목숨이 절단 날 상황이었다. 의암이 선봉장을 한 차례 바라보고는 태연자약하게 신을 신고 댓돌에 섰다.

"선봉장은 취했는가?"

의암이 근엄하게 절충을 나무랐다. 모여든 사람의 가슴이 조마조마한데 오히려 의암이 절충을 나무랐다. 당장이라도 총성이 울리면서 걷잡을 수 없는 일이 터질 것 같았다. 의암이 절충에게 한 걸음 걸어갔다. 절충을 따라온 포군이 총구를 의암에게 겨누었다. 위기일발의 순간이었다. 심대풍도 의암 곁으로 걸어갔다.

"왜 또 경거망동하는가? 술에 빠지지 말기를 내가 경계하였는데 어찌하여 듣지 않는가?"

의암이 또 절충을 나무랐다. 절충이 총을 떨어뜨리고 무릎을 꿇었다. 포군도 잠깐 주저하다가 총을 땅에 떨어뜨렸다. 중군이 몰려와 절충을 포박했다.

절충이 사형대에 앉혀졌다. 지평 포군은 물론 의병이 모여들었다. 처형에 임박한 절충을 바라보는 의암의 눈시울에 눈물이 맺혔다.

"선봉장이 내 아들보다 낫다고 한다면 세상 사람들이 옳게 받아들이겠는가? 나는 오늘 선봉장이 내 아들보다 낫다고 말할 수 있다. 우리가 함께 한 시간이 반년을 넘지 않았지만 선봉장이 아니었다면 나는 벌써 죽었을 것이다. 내 핏줄인 자식은 내가 있는데 이곳에 한 번 오지 않았다. 그러니 선봉장이 내게는 핏줄보다 더한 사람인 것이다. 내가 선봉장에게 입은 은혜가 작지 않음을 이르는 말이다. 의병이 봉기의 목적을 달성하고 군사를 해체할 시기였다면 선봉장을 이렇게까지 하지 않아도 되는 사안이다. 선봉장이 휘두른 칼에 내 팔다리가 잘려 나갔다 한들 내 어찌 이렇게까지 할 수가 있겠는가. 그러나 나와 선봉장과 여기에 모인 군사들이 생사를 초월하여 모인 것은 왜놈을 이 땅에서 몰아내고자 함이었다. 왜놈이 아직 이 땅에 남아 나라를 훔쳐 가려 하고 있으니 우리가 해야 할 일이 아직 남아 있음이다. 왜놈을 몰아내려면 군사가 있어야 하고 군사가 있으면 군율이 있어야 한다. 명을 거역하고 상관을 죽이려 한 선봉장을 못 본 척한다면 군율은 없는 것이며 군사도 통제되지 않을 것이다. 제갈공명이 울면서 마속을 베는 것과 같이 선봉장을 군율에 의해 처단하지 않을 수 없다."

의암의 명령이 떨어지자 선봉장 절충이 처형되었다.

2

하늘이 두 쪽으로 갈라져도 내 각시

강령 옥답 다섯 마지기로 푸릇하게 돋는 새싹이 눈에 선했다. 목계 병참 왜병과 강달식이 왔다는 소식을 듣고 의풍에 머물러야 했다. 답답한 가슴으로 베틀재에 오르면 강령 쪽에서 불어오는 봄바람이 가슴을 헤집었다. 강령으로 가지 못해 생병이 도지겠다며 옥할멈이 무쇠솥에 토끼를 삶았다. 강령에 갈 수 없으면 제천으로 심대풍은 만나러 갈 수 있지 않느냐며 옥영감이 옥녀를 달랬다. 혼례를 치르지 않았지만 심대풍을 사위로 여겼다. 심익수도 옥녀를 며느리로 인정하고 달마실로 동행했었다. 심대풍도 옥녀를 장차 아내로 가슴에 담고 있었다. 심대곤이 기억을 잃고 서창댁과 경성으로 갔다. 배가 불러오는 옥녀의 마음을 아는 사람 아무도 없었다. 삶은 토끼 고기를 소반에 담아놓아도 젓가락질은커녕 눈길도 주지 않았다. 옥영감이 벽장에 넣어두었던 곡주를 꺼냈다.

"제천에 다녀올까요?"

오랜 병을 앓고 난 목소리로 옥녀가 말했다.

"날씨가 더 풀려야 목도꾼과 뗏목 사공이 몰려들고 왜놈도 올 것이다. 왜놈이 용진으로 오기 전에 갔다 오너라."

옥영감은 왜병에게 잡힐지도 모르는 험한 길을 보내고 싶지 않았다. 눈 뜨면 베틀재를 바라보며 시름 앓는 옥녀를 더 두고 볼 수 없어 다녀오라고 말했다.

"정말 괜찮겠지요?"

옥녀는 의풍 밖이 무서웠다.

"우마길 말고 고샅길로 가면 괜찮을 것이다."

옥할멈이 토끼 다리를 뜯어 옥녀의 손에 들려주었다. 옥녀가 고기를 먹기 시작했다. 대접에 국물을 떠 와 훌훌 마셨다. 옥영감부부가 기뻐 웃기는 했으나 가슴이 아렸다.

"내일 당장 갈래요."

옥녀가 기름 번지르르한 입술을 주먹으로 훔쳤다.

"닷새 후로 떠나는 날을 정하여라."

옥할멈이 갑자기 서운해져서 닷새 후에 떠나라고 일렀다. 닷새 후에 왜놈들이 용진에 와 있으면 어쩔 것이냐며 옥영감이 내일 떠나라고 말했다. 소백산 깊은 산에서 아름드리나무를 베어 목도꾼이 물가로 져오면 일꾼이 물 속에 들어가 뗏목을 엮었다

용진이 변하고 있었다. 벌목꾼과 목도꾼이 떠나고 뗏목 엮는 일꾼이 몰려왔다. 보름 후면 뗏목 사공도 몰려올 터였다. 가을부터 이른 봄까지 태백산과 소백산 줄기에서 베어진 통나무가 용진나루 강변에 산더미로 쌓였다. 겨우내 찬바람을 맞던 주막이 부산해졌다.

정강이를 걷어 올리고 강물에 들어가 뗏목을 묶었다. 햇살이 넘쳐나

고 강물에 온기가 도지면 뗏목을 엮는 일꾼이 바빠졌다. 물에 들어가 뗏목을 엮는 일꾼이 흡사 시베리아에서 날아온 청둥오리 떼로 보였다.

용진 남한강 강변에 봄이 와 있었다. 봄볕을 쬐는 일꾼이 강변에 서성거렸다. 뗏목을 엮고 마포나루로 뗏목을 운행하며 번 돈을 겨우내 투전으로 날리고 철새처럼 몰려왔다.

정월 대보름날 목계 강변 줄다리기가 있던 날. 심만옥을 겁간하고 종적을 감춘 똥깐도 강변에 서성거렸다. 옥녀는 똥깐을 만난 적이 없었다. 똥깐은 옥녀를 알고 있었다. 논다니 연화와 음탕하게 놀아나다 심대곤에게 맞아 죽은 사사끼 꼭두각시를 하면서 심대풍이 의풍에 사는 옥녀와 장가들었다는 소문을 들었다. 강둑으로 걸어가 옥녀를 보고 똥깐이 뛰어왔다.

"날 좀 잠깐 봐야 할 텐데?"

똥깐이 옥녀의 앞을 막아섰다.

"누…누구세요?"

옥녀가 덜컥 내려앉는 가슴을 보퉁으로 감추었다. 똥깐을 알지 못하고 겁을 잔뜩 먹었다. 목계 병참에서 자신을 잡으러 온 왜병의 끄나풀일지 모른다고 지레 겁을 먹었다.

"내 눈이 단추 구멍만 해도 매섭기가 독사 눈깔이니 그대가 대풍이 마누라가 아니라고 잡아떼면 아마도 온전치 못할 것이오."

똥깐이 어정어정 걸어와 거들먹거렸다.

"아니요. 난 그런 사람 몰라요."

옥녀가 뒷걸음하며 거짓말했다. 똥깐의 얼굴만 보고도 이롭지 못한 사람이라고 짐작했다.

"저기 저 고개를 넘어왔잖아? 의풍에서 온 거 다 아니까. 나를 속일 생각은 모기 눈곱만큼도 하지 말고 이실직고하는 것이 신상에 이로울 것인데?"

똥깐이 옥녀를 따라왔다. 옥녀가 오던 길로 되돌아 걸어갔다.

"어허. 나를 속이지 말라고 말을 했을 텐데? 차라리 서낭당 할미를 속여야 할 것인데?"

똥깐이 따라오자 옥녀가 걸음을 빨리했다.

"내 말이 날아가는 까마귀 똥만큼도 못하다 그 심사인가 본데. 지금 달마실로 가던 걸음이지?"

똥깐의 달마실이란 말에 옥녀가 걸음을 늦추었다.

"대풍이 마누라가 틀림없구먼? 모가지랑 허리가 잘록한 것이 영락없는 노루구먼?"

똥깐이 옥녀의 몸매를 노루에 빗대어 말하고 걸어왔다. 똥깐에게서 구릿한 냄새가 풍겼다. 옥녀가 보퉁이로 코를 막았다

"만옥은 어찌 되었소?"

똥깐이 갑자기 부드럽게 물었다. 옥녀가 걸음을 뚝 멈췄다.

"대풍과 대곤은 어찌 되었고 또… 우리… 만옥은 어찌 되었는지 말 좀 해 주시오."

똥깐이 애원하며 두 손을 가슴에 모았다. 옥녀가 주변을 두리번거렸다. 엿듣는 사람이 있는지 살폈다. 조용히 둘이 말하고 싶다며 똥깐이 강둑 아래 후미진 곳으로 걸어갔다. 옥녀가 보퉁이를 가슴에 안고 따라갔다.

"만옥을 어떻게 아세요?"

옥녀가 먼저 물었다.

"만옥은 어찌 되었는지 말 좀 해 주세요"

똥깐이 공손해져서 심만옥에 대해 물었다. 옥녀가 똥깐의 정체를 가늠했다. 바로 이놈이 심만옥을 겁간한 놈이구나. 아무도 없는 곳에 둘만 있는 똥깐이 무서워졌다. 심익수와 심대곤을 찾으러 경성에 간 심만옥은 홀몸이 아니었다. 목계 줄다리기가 있던 날 똥깐에게 겁간당하고 아기를 가졌다.

"만옥이 있는 곳을 가시밭인들 가지 못할까? 개똥밭도 저승길도 마다 않고 갈 것이어."

달마실로 왔던 심가네 식구가 어디로 갔는지 아는 사람이 아무도 없다고 똥깐이 울먹였다. 강물에 시선을 던져놓고 글썽이는 똥깐의 뒷모습이 측은해 보였다.

만옥에게 몹쓸 짓을 해놓고 왜 찾느냐며 따져 묻고 싶었지만 참았다. 찾아서 어쩔 것이냐고 물었다.

"엎드려 빌지. 목숨 거두고 싶다면 내 손으로 내 모가지를 뚝 꺾어서 드릴 것이고. 목숨 남겨주면 만옥이를 신줏단지 모시듯 평생 살 것이어."

옥녀는 똥깐이 눈가에 붉거지는 눈물을 보며 거짓이 아니라는 느낌을 받았다. 섣불리 심만옥이 있는 곳을 알려줄 수 없었다. 심만옥이 경성으로 갔다는 사실만 알고 있었지 경성 어느 곳에 있는지 몰랐다. 용진에는 왜 왔는지 옥녀가 물었다.

"나도 귓구멍은 있어서 심가네 큰며느리가 소백산 의풍 사람이라는 말을 들었지. 대풍이랑 대곤이 의병이 되었다는 것을 알고 의풍에 가면 만옥이 소식을 알까 하여 가는 길이었다오."

똥깐의 말이 부드러워졌고 태도도 변했다. 구린 냄새만 나지 않으면 어엿한 사내로 보였다.

남한강 여울에 황혼이 드리웠다. 베틀재로 넘어와 똥깐을 만난 것이 잠깐이었는데 해가 기울었다.

"병참 왜병이 거기를 잡으러 눈깔에 불을 켜고 다닌다는데 이렇게 돌아다녀도 온전하겠소?"

옥녀의 행선지를 똥깐이 물었다. 만옥을 만나러 나왔는데 딱히 갈 곳이 없다고 대답했다. 똥깐이 크게 실망하는 표정을 그렸다.

해가 서산에 머리를 얹고 있었다. 용진에서 하룻밤 자고 아침에 출발하기로 마음먹었으나 걱정이 앞섰다. 여자 혼자 객사에 들자니 불안했다. 똥깐과 하룻밤을 함께 할 수도 없었다. 주막과 골목으로 다니는 왜병이 보였다. 강원도 영월에서 온 왜병이니 지레 겁먹고 도망가지 말라고 똥깐이 일러주었다.

똥깐이 주막으로 가고 옥녀는 강둑에 앉아 어두워지기를 기다렸다. 캄캄해져서 길거리에 사람이 줄어들기를 기다렸다. 높은 산이 둘러싸고 있어 금방 어두워졌다. 옥녀가 보퉁이를 가슴에 안고 객사 마당으로 들어가 방을 청했다. 처녀 혼자 잠자는 곳이 없다고 거절했다. 갈 곳이 없다고 재차 청하니 다행스럽게도 뗏목이 운항하는 철이 아니라며 방을 내주었다.

객사 주인 강물댁이 방을 내주고 옥녀를 요모조모 살폈다. 저녁밥을 먹고 다리를 뻗자 졸음이 몰려왔다. 고개를 넘어온 몸이라 몹시 고단했다. 보퉁이를 바닥에 놓고 벽에 기댔는데 깜빡 잠이 들었다.

똑똑. 방문 두드리는 소리가 났다. 잠에서 깬 옥녀가 방문을 열지 못하게 문고리를 단단히 잡았다. 밖에서 방문을 똑똑 두드렸다. 문고리를 걸어 잠그고 누구냐고 물었다.

옥녀가 문고리를 얼른 걸어 잠그고 물었다.

"낮에 강둑에서 나를 봤잖아?."

똥깐이 옥녀의 방을 어떻게 알았는지 찾아왔다.

"밤이 늦었어요. 내일 아침에 강둑에서 만나요."

"쫌 물어 볼 말이 있는데. 문 좀 열면 안 될까?"

"그냥 돌아가세요."

"만옥이 홑몸이 아닌 듯하다는 소문이 사실이면 내 아기가 틀림없어. 발정 난 암캐처럼 싸다니는 화냥이 아니고 조신한 거 알고 있으니까."

겁간을 당해 심만옥의 배가 부어오르고 있음이 사실이냐고 똥깐이 방문밖에서 물었다. 옥녀는 아기의 아버지가 똥깐임을 알고 있지만 대답하지 않았다.

"사실이구먼."

똥깐이 단정 지어 말했다.

"그만 돌아가세요."

문고리를 부여잡은 옥녀가 입술을 깨물었다.

"만옥이 만나거든 내 말 꼭 전해 주셔. 장미산이 두 쪽으로 갈라지고 목계 강바닥 조약돌이 뙤약볕에 마르고 말라서 모래가 되는 한이 있어도 만옥이 내 각시를 찾아서 아버지 노릇 할 테니 몹쓸 생각을 눈곱만큼도 하지 말라고 꼭 전해 주셔."

똥깐이 닫힌 방문에 당부를 하고 주막에서 나왔다. 골목으로 나와 실성한 사람처럼 홀홀 뛰며 웃기 시작했다. 똥깐이 들어간 곳은 영월에서 파병되어 온 왜병이 묶는 사무소였다. 목계에서 사사끼의 앞잡이를 하다가 도망치더니 영월 왜병의 앞잡이 노릇을 하는 중이었다.

아침에 옥녀가 떠나려고 마당으로 나왔는데 똥깐이 기다리고 있었다. 앞을 가로막고 어젯밤에 했던 당부를 또 했다.

"오늘은 제천에 가지 마셔."

옥녀가 제천으로 가려는 것을 알고 있는 것처럼 똥깐이 말했다. 베틀재 넘어서 의풍에 갈 것이라고 거짓말했다. 제천으로 가려면 단양을 지나야 하는데 오늘과 내일은 왜병이 단양에 있을 것이니 가지 말라며 똥깐이 옥녀의 말을 믿지 않았다. 오늘도 용진 골목에 봄바람 분다고 얼쩡거리지 말라고 했다. 방구석에 폐병 걸린 사람처럼 숨어 있어야 안전할 것이라고 경고까지 했다. 용진에 왜군이 왔느냐고 옥녀가 물었다. 왜병이 집마다 방을 뒤질 것이다. 의병 하다 용진으로 품 팔러 온 일꾼을 붙잡으려고 집마다 이 잡듯이 뒤질 것이다. 방에 숨어 있다가 왜병이 방문 열고 물으면 주인 강물댁 동생인데 형부네 집에 바람 쐬러 왔다고 둘러대라고 똥깐이 친절하게 일러주었다. 옥녀는 겁에 질려 저절로 고개를 끄덕였다. 심대풍을 만나면 전하라고 똥깐이 품에서 서찰을 꺼내 내밀었다. 옥녀가 받지 않았다. 똥깐이 옥녀의 앞을 막았다.

"의병 간 대풍에게 큰 도움이 될 수 있을 것이니 꼭 전해 주셔."

옥녀가 서찰을 받아들자 똥깐이 길을 열어주었다. 왜병을 만나지 않고 제천으로 가는 길을 상세히 일러주었다. 왜병이 길을 막으면 보여주라며 또 다른 서찰도 주었다.

옥녀가 하룻밤 더 묵기로 했다. 똥깐이 왜병과 주막을 뒤지기 시작했다. 의병이 되었다가 용진으로 온 사람을 잡으려고 수색을 시작했다. 겨울에 의병이 되었다가 봄이 오니 가족이 먹고살 방도를 찾아야 했다. 통나무가 산처럼 쌓이는 용진으로 돈 벌러 온 의병을 잡겠다는 심사였다.

의병이었음이 확인되면 충주로 압송됐다. 뗏목 일꾼으로 돈 벌러 왔다가 붙잡히면 뗏목에 실려 남한강으로 떠내려갔다. 뗏목에서 내리면 마즈막재로 넘어 충주로 압송되었다가 칠금 뜰로 끌려가서 목이 떨어졌고 시신은 뜰에 버려져 까마귀밥이 되었다.

똥깐이 방문을 열어제치고 험악스런 얼굴을 들이대면 의병이었던 사내가 오금을 저렸다.

"너 이놈 이리 나와. 마빡에 의병 갔다 온 놈이라고 따악 쓰여 있구나. 눈 깜짝할 사이에 나오지 않으면 내가 방으로 들어가는 순간에 네놈 모가지가 온전하게 붙어 있지 못할 것이다."

똥깐이 방에서 부들부들 떨고 있는 사내에게 소리를 버럭 질렀다.

"무슨 환장하는 소리요? 날더러 의병을 갔다 왔다니. 머리털 나고 처음 듣는 소리구먼?"

사내가 두 팔을 내저어 부인했다.

"언감생심 나를 속여? 나를 속이려니 소백산 신령님 좆을 잡고 용두질이나 해라."

똥깐이 방으로 성큼 걸어 들어가 부들거리는 사내의 멱살을 잡고 마당으로 패대기를 쳤다. 얼굴을 흙바닥에 찧은 사내가 변명하려고 쭈물거리다 방에서 후다닥 걸어 나오는 똥깐을 보고 마른침을 꿀꺽 삼켰다. 얼굴이 똥빛이 된 사내 가슴을 걷어차면 의병이었음을 자백했다. 구경하던 왜병이 사내 가슴에 총을 들이대고 포박했다.

주막에서 다섯 명의 사내를 포박하고 옥녀가 묵고 있는 강물댁의 주막으로 왔다.

"이 집은 나가 잘 아는 곳이니 더 볼일이 없다."

마당으로 들어가는 왜병을 똥깐이 막았다. 왜병이 방문 댓돌에 신발을 쳐다봤다.

"어허. 내가 어떤 놈이요? 당신들이 백날을 눈구멍이 빠져라 돌아다녀도 한 놈은커녕 쥐새끼도 잡지 못했을 것이다."

똥깐이 포박하여 끌고 온 사내 뒤통수를 쥐어박으며 거들먹거렸다.

왜병이 옥녀가 있는 방문을 열었다.

"얼레? 여자끼리 있는 방문을 외간 남정네가 기침도 없이 활랑 여는 싸가지가 어느 나라 싸가지란 말인가?"

옥녀의 부탁으로 강물댁이 왜병에게 눈을 부릅뜨고 삿대질했다. 강물댁의 당돌한 태도에 주춤한 왜병이 옥녀를 바라보았다.

"어매 저 사람이 누구여? 강물댁 친정 여동생이 왔구먼? 내가 얼마나 기다리던 처녀인데 방에 숨겨두고 감쪽같이 나를 속였단 말이어? 억장이 무너지게 섭섭하구먼?"

똥깐이 너스레를 떨었다.

"섬나라에서 오셨다 해서 조선 백성처럼 양반님인 줄 알았더니 그것이 아니었어? 언니 찾아 형부 집에 온 친정 여동생한테 짐승 같은 눈으로 바라보는 쌍것들이 섬사람이구먼."

강물댁이 왜병 앞으로 걸어갔다. 옥녀가 부끄러워 방으로 들어갔다. 왜병이 옥녀를 보려고 방안에 머리를 들이밀었다.

"짐승만도 못한 것이 지랄을 하고 있고만?"

강물댁이 옆구리로 왜병의 목을 문틀로 떠밀었다. 왜병이 강물댁과 문틀에 낀 목을 놓아달라고 발을 동동 굴렸으나 강물댁이 틈을 주지 않았다. 사립문에 있던 왜병이 뛰어와 강물댁을 방으로 쓰러뜨려 꺼냈다. 얼굴이 시뻘겋게 변한 왜병이 목을 어루만지며 눈물을 찔끔 쏟았다. 빠가야로. 왜병이 강물댁에게 소리를 버럭 질렀다.

"빠가야로? 어제 강물에서 잡아 온 빠가사리로 매운탕 끓여 주랴?"

강물댁이 벌러덩 넘어진 몸을 일으켜 왜병에 비아냥거렸다. 강물댁 남편이 나타나 두 팔의 옷소매를 걷어 올렸다. 투박한 수염이 더부룩하고 눈알이 황소처럼 부리부리해서 산적 같은 인상이었다. 왜병이 주춤 물러났다.

"남의 처제 유혹해서 흘레붙고 싶은 것이냐?"

강물댁 남편이 손가락으로 왜병의 가슴을 쿡 찔렀다.

"아침부터 장사판에 와서 훼방을 놓다니 죽고 싶어 곡을 하는구나. 이승과 하직하고 싶으면 호랑이 좆을 못 만지냐?"

강물댁 남편은 왜병이 저항하면 작대기로 등짝을 후려칠 기세였다.

"거시기 묻은 놈이랑 같이 놀면 그놈이랑 똑같은 놈 되는 법이요. 까마귀 새끼에게 훈계해 봤자 당신까지 깜둥이가 되는 고만요. 그러니 상대하지 말자고요."

왜병이 듣기에 기가 막히는 강물댁 핀잔이었다. 똥깐이 서커스 구경 온 사람처럼 생글생글 웃고만 있으니 총을 들었다고는 하나 어쩌지 못했다. 왜병이 사립문으로 나가서 마당에 있는 똥깐을 손짓하여 불러갔다.

옥녀는 주막집 부부가 가슴이 뭉클하도록 고마웠다. 왜병에게 조롱과 폭언을 했으니 나중에 보복당할 것 같아 미안했다. 옥녀는 객사에서 하룻밤 더 묵었다.

밤중에 똥깐이 찾아왔다. 마침 강물댁이 있어서 똥깐을 방으로 들어오라고 했다.

"여보쇼. 척 보아하니 허우대가 멀쩡하여 거시기도 박달 방망이 침 발라 손에 쥔 듯 딴딴하겠소? 왜놈 앞잡이로 콧등 벌룽거리면서 돌아다니는 똥개 같은 남정네 거시기에 매달린 불알 두 쪽이 아깝소."

강물댁이 똥깐에게 눈알을 내리깔았다. 똥깐이 핀잔을 받고 대꾸하지 못했다. 왜놈이 이 땅에 영영 사는 것도 아닐 테니 왜병과 멀리하라고 옥녀가 똥깐에게 훈계했다. 똥깐이 강물댁에게 헤벌쭉 웃었다. 강물댁이 똥깐에게 눈을 흘겼는데 싫지 않은 눈빛이었다.

"딴딴한 거시기라 했더니 기분이 찢어지게 좋은가 보네? 고것이 벌떡벌떡해서 무당집 딸년처럼 실성한 춤이라도 추는가?"

옥녀의 얼굴이 발갛게 붉어지는 말을 강물댁이 얼굴색 변하지 않고 뱉었다.

"사타구니에서 불이 확확 싸질러지는 것을 어떻게 아셨을까요? 강물댁 혹시 무당 고쟁이를 끼고 있는 거 아니오?"

똥깐이 누런 이빨을 내놓고 흐흐흐 웃었다.

"사내란 놈들은 내 서방이구 남의 서방이구 말짱 짐승이여. 거시기가 어떻다는 말만해도 저렇게 실성을 해버린다니까."

강물댁이 앉은 엉덩이를 뭉그적거렸다. 불룩한 가슴과 실팍한 엉덩이를 번갈아 쳐다보는 똥깐이 버석거리는 입술에 침을 짜 발랐다.

"수줍은 처녀 코앞에 두고 망측스런 말을 막 해서 되겠어?"

강물댁이 붉어진 얼굴을 간신히 들고 있는 옥녀를 바라보았다.

"먼저 엉덩이를 요리조리 요망하게 들썩거린 계집은 누군데?"

똥깐이 혀를 길게 빼고 느물거렸다

"캄캄한 밤중에 혼자 있는 처녀 방에 도둑고양이처럼 숨어든 놈이 멀쩡한 사내인가?"

옥녀가 함께 있지 않았다면 강물댁과 똥깐의 농지거리가 밤을 새울 것 같았다.

"강물댁 엉덩이 몽그작거리는 통에 까마귀 고기를 먹고 있었네?"

똥깐이 진지한 표정으로 옥녀를 바라보았다.

"목계 병참에서 왜병이 온다네? 의풍으로 갈지 몰라. 묵을 방을 마련하라는 연락이 왔어."

똥깐이 목계 병참 왜병이 오고 있다는 소식을 말했다.

"목계 병참 왜병이 의풍에는 무엇 때문에?"

옥녀가 놀라 물었다.

"대풍이 제천의병 대장 의암의 오른팔인 것을 알고 있는데 별짓거리를 다 해 보고도 잡지 못했거든? 대풍이가 제 발로 걸어와서 나 여기 있소 두 손을 내밀도록 피붙이를 잡으러 다니는 것이지."

"그렇다면 나를 잡으러 온다는 말인가요?"

"의풍에 가서 대풍의 장인 장모를 잡아갈지도 몰라."

옥녀의 가슴을 쿵 때리는 똥깐의 말에 옥녀가 훌쩍거렸다. 내일 저녁이면 목계 병참 왜병이 용진에 올 것이라는 말에 옥녀가 급해졌다. 의풍으로 가겠다고 보퉁이를 챙겼다. 그믐이라서 달도 없는 밤에 높은 고개를 어떻게 넘겠냐고 강물댁이 붙들었다. 의풍에 가서 늙은 부모 모시고 깊은 산중으로 숨어야 한다고 옥녀가 훌쩍거리다 보퉁이를 들고 방문을 열었다. 박달 방망이 아래 딸랑 달린 불알 두 쪽 값을 하라며 강물댁이 똥깐의 등을 떠밀었다.

"남편은 어디 계시우?"

똥깐이 뜬금없이 강물댁의 서방을 들먹거렸다.

"이 집 남편은 이 집 안방에 있지. 남의 집 안방에 있을라고?"

강물댁은 오지랖도 참 넓다는 표정으로 똥깐을 바라보았다.

"강물댁도 나를 속이네? 나를 속이려니 소백산 신령님의 좆을 잡고 용두질이나 하라고 누차 말했을 텐데."

의풍으로 가야 하는 옥녀는 속이 바작바작 타들어 가고 있는데 똥깐이 강물댁에게 농을 걸었다.

"좆을 아예 주둥아리에 깨물고 사는고만? 주둥아리만 벌렸다 하면

좆이 혓바닥으로 날름거리니."

강물댁의 말본새도 똥깐에 못지않았다.

"강물댁 남편 투전 갔지?"

똥깐이 주막으로 오는 골목에서 강물댁 남편이 투전판으로 가는 것을 목격하고 왔다.

"그려. 다신 속이지 않을 테니 이 처녀나 어떻게 해 줘."

급하기가 옥녀인데 남편이 안방에 있던 투전판에 갔던 얼음을 깨고 미역을 감으러 갔던 무슨 상관이냐며 똥깐에게 눈을 흘겼다.

"투전가신 남편이 언제 오실까?"

똥깐의 관심은 베틀재로 넘어가야 할 옥녀가 아니라 강물댁 남편이 언제 들어오느냐가 궁금했다.

"알거지로 불알만 딸랑딸랑 흔들고 오든 말든 그놈의 원숫덩어리는 생각 말고 이 처녀나 어떻게 해주라니까?"

강물댁이 똥깐을 일으켜 세웠다. 똥깐이 마지못해 옥녀를 따라나섰다.

눈썹만한 달 조각도 없었다. 새까만 논바닥에 불씨를 한 삽 뿌려놓은 것처럼 별이 초롱했다.

고갯길로 접어들자 지척을 분간하기 어렵도록 캄캄했다. 잡목마다 어둠이 시커멓게 굳어 앉은 것이 흡사 맹수가 웅크리고 있는 것 같았다. 소백산 자락 베틀재를 옥녀 혼자 넘기란 무리였다. 더구나 옥녀는 홑몸이 아니었다. 똥깐이 앞장서고 옥녀가 그림자에 실려 가듯 뒤따라 베틀재로 올라갔다.

옥녀는 똥깐의 뒤를 따라 걸으며 지난겨울이 생각났다. 용진에 있는 심대풍을 찾으러 심대곤과 넘어왔던 밤을 떠올렸다. 짚더미에 둥우리를 틀어 둘이 밤을 새웠다. 태어나 처음으로 안겨본 사내의 품에서 강물 소리 아련히 들으며 새벽을 맞았었다.

고픈 배를 달래는 맹수 울부짖음이 가까이서 혹은 멀리서 섬뜩하게 들렸다. 길섶에서 숲으로 시커먼 산짐승이 튀어 들어갈 때는 등줄기에 식은땀이 맺혔다. 베틀재 정상에 이르러서야 숨을 돌리며 길섶에 앉았다. 옥녀봉 꼭대기로 어둠이 벗겨지고 있었다. 새벽이 오고 있음이었다.

"만옥이 홑몸이 아닌 거 참말이지?"

똥깐이 가쁜 숨을 학학 토하며 물었다.

"시월이 산달이에요."

옥녀가 말해놓고 자신의 아랫배에 손바닥을 포갰다. 옥녀도 시월이 산달이었다. 똥깐이 손가락을 꼽더니 고개를 끄덕였다. 해산달이 시월이면 심만옥의 뱃속 아기 아버지가 틀림없다고 기뻐했다. 깜깜한 베틀재 마루에서 덩실덩실 춤을 추고픈 심정이었다. 밤새 오르막길을 걸었어도 고달프지 않았다. 저절로 어깨에 신명이 났다. 희부옇게 밝아지는 불당골로 내려왔다. 마당에서 싸리비로 마당을 쓸던 옥영감이 옥녀를 보았다. 옥녀가 긴장한 몸이 풀려 휘청거렸다. 옥영감이 싸리비를 내던지고 옥녀의 몸을 잡았다.

"새벽에 네가 어쩐 일이냐?"

부엌에서 아침밥을 짓고 있던 옥할멈도 화들짝 놀랐다. 옥녀는 부모와 만났다는 안도감에 사립문을 바라보았다. 동행했던 똥깐이 보이지 않았다. 옥영감을 뿌리치고 사립문으로 비칠비칠 걸어갔다. 똥깐이 벌써 저만치서 베틀재로 올라가고 있었다. 부지런히 걷는 뒷모습만 보였다. 옥녀가 소리쳐 불렀다. 똥깐이 멈췄다가 뒤도 돌아보지 않고 빠르게 올라갔다.

옥영감 부부와 옥녀가 방으로 들어갔다. 벽에 등을 기대고 앉은 옥녀가 스르르 잠들었다. 옥녀를 물끄러미 바라보던 옥영감 부부가 이부자리를 펴주고 나왔다.

옥할멈은 심대풍이 잘못된 것이 아니냐며 걱정스러운 눈으로 옥영감을 바라보았다. 옥영감은 베틀재로 곰방대를 빡빡 피워댔다. 도리질해도 가슴으로 파고드는 불길함을 뽑아 뱉었다.

"야속하기가 참나무 밑동아리 같구려. 이런저런 말이나 하고 잠들던지… 애간장이 죄다 녹아서 고쟁이가 다 젖겠네. 흔들어서 물어볼까? 비몽사몽 주절댈지 모르니까."

옥할멈이 궁금증을 이기지 못해 안절부절못했다.

"밤새워 넘어왔으니 반나절은 깜빡 자게 내비 둬."

옥영감이 곰방대를 댓돌에 탁탁 두드렸다.

땀을 삐질삐질 쏟으면서 하품을 팍팍 쏟아내면서 노루 뒷다리 뜀박질로 고개를 넘어가는 똥깐의 눈에 강물댁이 아슴아슴했다. 용진에 왔을 때 점심나절이 지났다. 왜병이 있는 사무소로 가지 않고 곧장 강물댁을 찾아갔다. 마침 마당에 나와 있던 강물댁이 똥깐을 보았다.

"얼레? 시커먼 고개를 처녀 혼자 넘어가게 놔뒀단 말이어?"

똥깐이 쉬지 않고 뛰다시피 고개를 넘어왔으니 강물댁이 오해를 할 만도 했다.

"거시기가 성깔이 돋아서 박달 작대기로 늘어졌으니 앉아 쉴 수가 있어야지. 처녀를 사립문 안에 넣고 얼른 왔구먼?"

똥깐이 강물댁 풍성한 엉덩이를 움켜쥐고 귓불에 바람을 불어넣었다.

"벌건 대낮에 먼 짓이여?"

강물댁이 얼른 엉덩이를 뺐다. 똥깐이 또 만지려 하자 손가락을 입술에 가로질러놓고 안방을 턱짓으로 가리켰다.

"투전 갔다면서?"

"돈이 바닥났으니 마지못해 들어온 거지."

똥깐이 쉬지도 않고 달려왔는데 남편이 와 있다니 한껏 부풀었던 어깨가 푹 가라앉았다.

"정말로 안방에 있어? 날 속이려면 산신령 좆을 용두질하라는 말 잊지 않았지?"

똥깐이 시무룩해져서 물었다.

"내 남편이 내 안방에 있는 것이 남우세스러울 일이 뭐가 있으며 말 못할 일이 또 뭐가 있단 말이어?"

강물댁이 입술을 삐죽 내밀고 엉덩이를 덩실 흔들었다.

"그럼 이건 어쩌고?"

똥깐이 아래를 움켜쥐고 쳐들었다.

"나와는 무슨 상관인데?"

"성깔이 잔뜩 나서 터져버릴 거 같은데. 요놈 터져서 죽어 자빠지면 강물댁 책임이어."

"밤 꼴딱 새워 고개 넘어왔으면 잠이나 푹 자두시오."

강물댁이 방문을 열었다. 똥깐이 엉기적엉기적 걸어서 방에 들어가 사지를 벌리고 누웠다. 정말로 똥깐의 거시기가 산마루의 소나무처럼 불뚝 서 있었다.

"돈을 죄다 날렸으니 염치가 있으면 지게 걸머지고 땔나무를 하러 갈 것이어."

강물댁이 젖퉁이를 문턱에 얹어놓고 똥깐의 불뚝 솟은 것을 움켜쥐었다.

"얼마나 기다려?"

똥깐이 강물댁의 손목을 움켜쥐었다.

"나도 몰라."

강물댁의 손목을 똥깐이 잡아당겼다. 오메. 외마디를 지르면서 딸려 온 강물댁이 똥깐의 몸에 엎어졌다.

"기다리다 성깔이 넘쳐서 터져버리면 다 소용없어."

아래에 깔린 똥깐이 강물댁의 사타구니로 불끈 솟은 것을 쳐들었다. 아이쿠. 신음을 흘린 강물댁이 입술을 쪽 맞추고 못내 아쉽다는 표정 으로 일어났다.

"요것이 말뚝거리 장승처럼 황소눈깔 부릅뜨고 발딱 서 있으면 꿀맛 시큼하게 도지는 사달이 생기기는 하겠지?"

강물댁이 똥깐의 거시기를 당차게 움켜쥐었다가 방에서 나갔다. 똥 깐이 누런 이를 드러내고서 흐흐흐 웃다 잠들었다.

의병이 되었다가 돈 벌러 온 일꾼을 잡겠다고 왜병이 설레발을 떠는 바람에 용진 주막이 한산해졌다. 의병이었던 일꾼이 왜병에게 당하는 곤욕이 예삿일이 아니었다. 관군이 합세해서 붙잡아 충주로 압송했다. 남한강 뱃길로 내려가 충주로 넘어가는 고개 마즈막재를 지나면 이승의 마지막이 되었다. 의병에 갔던 사람이 봉변당하는 것을 보니 예삿일이 아니었다. 의병에 참여한 사실이 없어도 욕설과 윽박을 질러놓고 발로 걷어차는 똥깐에게 맞설 재간이 없었다. 주막과 강변에 북적거리던 일 꾼이 빠져나가 긴 겨울처럼 적막에 휩싸였다. 모이를 쫓는 닭이 봄볕에 까닥까닥 졸면서 한적해진 마을 전체가 으늑해졌다. 아련한 남한강 물 소리가 떠났다가 다시 돌아오는 인적처럼 들렸다.

으늑하고 고요한 주막에서 똥깐과 강물댁이 알몸으로 뒤엉켰다. 똥깐이 사지를 뻗고 잠깐 코를 골았는데 강물댁이 방으로 들어왔다. 투전판에서 빈털터리로 돌아온 남편이 지게지고 산에 간다고 사립문으로 나갔다. 사립문에 따라나온 강물댁은 남편이 골목으로 돌아가자 똥깐이 코를 고는 방으로 들어갔다. 잠에 빠진 똥깐의 그것이 말뚝거리 장승처럼 불끈 서서 바지를 쳐들었다.

어홍. 작달비에 느닷없이 두들겨 맞은 수숫대처럼 강물댁이 후르르 떨었다. 알몸으로 똥깐 옆에 누웠다. 얼마나 깊게 잠이 들었는지 강물댁이 저고릴 벗겨내고 바지를 끌어내리고서야 똥깐이 잠에서 깼다.

"벌건 대낮이여? 새까만 밤이여?"

똥깐이 마른 입술에서 버석거리는 소리가 났다.

"벌건 대낮이우."

똥깐이 비몽사몽 중에 강물댁과 뒤엉켰다.

"남편이 엄연한 여편네가 벌건 대낮에 이래도 되는 것이여?"

똥깐이 강물댁을 끄응 끌어안았다.

"벌건 대낮부터 여염집 아낙 엉덩이로 손질하는 늠은 성한 놈이고?"

강물댁이 똥깐에게 들붙어서 코맹맹이 소리를 냈다.

"이 집 남편은 땔나무를 해다가 여편네 거시기에 군불을 싸지르는 것인가?"

"아궁이에다 청솔가지 넣고 뽀얀 연기 뻑뻑 싸지르지."

"그럼 여기가 어째서 이렇게 뜨거워? 동짓달 밤참거리 고구마를 쪄도 되겠네?"

교성이 마당으로 새어나갔다. 찬찬히 걸으면 사립문에서 들을 수 있는 분탕질이 한참이나 계속되었다. 악. 악. 똥깐이 창자가 끊어지는 신음을 질러놓고 등줄기에 식은땀을 흥건하게 쏟았다. 온몸에 땀이 질퍽하기는 강물댁도 같았다. 똥깐이 강물댁에게 축 늘어졌다. 강물댁이 참았던 숨을 거칠게 토하느라 가슴을 벌렁거렸다.

강물댁에게서 내려와 방바닥에 픽 쓰러진 똥깐은 천장이 노랗게 보였다. 밤새워 베틀재로 넘어갔다가 바로 다시 넘어왔다. 강물댁의 남편이 안방에 있다고 하여 잠깐 누워 코를 골았는데 강물댁이 알몸으로 엉겨 붙었다. 똥깐의 허리를 두 팔로 질끈 동여매고서 달라붙는 강물댁은 여간한 아낙이 아니었다. 음탕하기가 황우장사도 코피를 쏟고 혼절시킬 여자였다.

"그놈들이 언제 온다고 했지?"

허벅지와 가슴으로 질퍽했던 땀이 마르면서 한기를 느낀 강물댁이 치마로 몸을 덮었다.

"어떤 놈?"

"저녁이면 온다던 놈들."

"그놈들을 기다리고 있었어?"

"그놈들이 와서 설쳐대면 날 풀렸다고 그나마 몰려온 일꾼이 돌림병 도진 것처럼 모두 떠날 텐데. 그러면 손님방도 텅텅 빌 텐데."

"내가 이 방에서 묵으면 되지?"

"그럼 남편인가 원수인가는 밤마다 투전판으로 등 떠밀어야 하겠구먼?"

강물댁이 끈끈하게 늘어진 똥깐의 거시기를 손아귀에 쥐었다.

"밤이면 어떻고 벌건 대낮이면 누가 뭐라고 하나? 이놈이 성깔을 내면 되는 거지."

똥깐도 강물댁의 젖가슴을 움켜쥐었다.

"아이고. 이제야 십 년 가물었던 논바닥에 물 좀 뿌리고 살겠네."

"요것이 십 년씩이나 가뭄이 탔어?"

똥깐이 가슴을 만지던 손으로 강물댁의 사타구니를 쓰다듬었다.

"십 년 만에 단비에 흠뻑 젖었으니 옥답을 밟는 기분이지?"

강물댁이 사타구니를 더듬는 똥깐의 손등에 손바닥을 얹었다.

"그놈들 안 와."

똥깐이 말했다.

"저녁나절에 그놈들이 온다고 해서 처녀 혼자 고개를 넘게 해놓고서는 딴소리야?"

"혼자는 아니지. 내가 불당골 사립문까지 따라갔으니. 어쨌든 그놈들 오지 않아."

목계 병참에서 왜병이 말을 타고 용진에 온다는 똥깐의 말은 거짓이었다. 거짓말을 믿고 옥녀가 밤중에 부랴부랴 의풍으로 돌아갔다.

"그놈들이 오지 않아도 이 방에 묵으면 안 될까?"

강물댁이 비음을 섞어 물었다.

"음… 닷새만 묵어 주지."

똥깐이 뜸을 들이다가 선심을 쓰듯 대답했다.

"닷새만?"

"닷새라니까 아쉬워 죽는 눈치구먼?"

똥깐이 부스럭부스럭 호주머니를 뒤져 일본담배를 입에 물었다.

"땔나무하러 간 남편이 닷새 중에 이틀은 집에 있을 텐데?"

"그럼. 닷새 내내 밤마다 도둑고양이 똥 누는 소리를 지르려고 했어?"

"오마나? 닷새도 버티지 못하고 쌍코피를 쏟을 빈약한 남자구먼?"

"이 아줌마 조금 전에 저승 문턱에서 오락가락하고도 헛소리를 하네? 내가 허깨비로 보여? 닷새 밤을 고양이 똥 누는 소리 나게 해볼

까? 나는 꿈쩍도 없는데 강물댁 세상천지가 노랑꽃으로 깔딱깔딱할
텐데."

"노랑꽃이 천지가 되는 세상이 정말로 오기나 할까?"

강물댁이 담배를 빼앗아 길게 빨아들였다.

"세상이 노랗게 되면 갈 데는 한 곳밖에 없어."

"거기가 어딘데?"

"황천이지. 노란 것이 강물처럼 너울너울한 곳이 저승 문턱 너머 황
천이지."

똥깐이 담배를 빼앗아 물었다.

"대갈통에 구멍이 났었네? 피를 대접으로 쏟았겠어. 땜질 자리가 손
가락 두 마디도 넘네?"

강물댁이 똥깐의 머리칼을 헤쳤다. 목계 줄다리기가 있던 날 심만옥
을 겁간하고 심대곤에게 언어맞은 상처를 보듬었다. 몸을 섞었다고 똥
깐의 흉측한 상처를 안타까워했다.

똥깐이 강물댁의 알몸을 뿌리치고 후다닥 일어났다. 갑자기 심만옥
생각이 났다. 경성으로 가야겠다. 하늘이 불알처럼 두 쪽으로 갈라져
도 만옥이는 내 각시니까. 경성으로 가서 내 각시를 찾아 가슴팍에 꼭
안고 살아야 하겠지. 똥깐이 옷을 주섬주섬 꺼입으면서 주절거렸다.

3

죠센노 온나데스

강막실이 창말 시댁에서 달마실 친정으로 왔다. 홍금희 아버지 홍종
오의 서찰을 받은 스즈끼가 며느리를 내보내라고 시아버지를 압박했
다. 박운정이 조신한 며느리를 소박데기로 사돈네에 보냈다. 강주칠과
용포댁이 봄나물을 캔다고 뜰에 갔다. 마루에 앉아 봄볕을 마냥 바라
보면 돌담 너머 심만옥네 집이 점점 허전해졌다.

만옥이는 어찌 되었을까? 기억을 잃었다는 대곤 오빠를 찾으러 아버
지와 경성으로 갔다는 소문을 들었다. 박시만이 경성에서 신식처녀와
첩살림을 차려 조강지처를 버렸다는 소문도 파다했다. 옆집에 살다 떠
나간 심가네 식구 소식이 서방님인 박시만보다 더 궁금했다. 박시만과
는 애초부터 인연이 아니었다는 생각이 조금씩 고개를 들었다. 배운 것
이 많은 홍금희가 어울리는 짝이라는 생각도 들었다.

뜻밖에 홍금희가 마당으로 걸어 들어왔다.

"막실씨. 그동안 안녕하셨어요?"

홍금희가 당당하고 맑게 웃으며 인사를 했다. 역시 서방님에게 맞는 여자는 홍금희구나. 강막실이 중얼거렸다. 홍금희 아랫배를 보았다. 소문대로 홍금희는 홀몸이 아님을 확인했다. 강막실의 시선을 알아챈 홍금희가 생긋 웃고 댓돌로 올라왔다.

"해산달이 시월이지요?"

홍금희도 강막실의 봉긋한 아랫배를 바라보았다. 강막실이 고개를 끄덕였다.

"이 아기도 오곡이 무르익는 시월이면 세상에 나온답니다."

홍금희가 자신의 아랫배에 손바닥으로 덮고 주인처럼 마루에 앉았다. 일어선 강막실도 앉았다.

"창말에는 언제 가실 참이세요?"

홍금희의 얼굴이 잠깐 어두워졌다. 강막실이 대답하지 못했다. 언제 갈 수 있을지 예감하지 못했다.

"충주에서 경성으로 갔다고 들었는데… 언제 창말로 왔어요?"

강막실은 박시만도 같이 왔는지 궁금했다.

"시만씨는 오지 않았어요."

홍금희는 거리낌이 없고 당돌했다. 강막실의 서방과 함께 살고 있음을 자랑하듯 말했다. 강막실이 고개를 주억거려놓고 외양간에서 마당으로 오가며 모이를 쪼는 닭 무리를 바라보았다.

"막실씨가 잉태한 아기의 아버지가 경성에서 어떻게 지내고 있는지 궁금하지 않아요?"

홍금희가 아랫배에 손바닥을 얹고 불룩하게 내밀었다. 강막실은 홍금희가 묻는 의도를 알고 입을 닫았다. 홍금희도 강막실의 표정에 입을 다물었다. 동시에 심가네 빈집을 바라보았다.

"심씨 어른을 만났어요. 마포나루 근처에서."

홍금희가 심익수를 만났다고 말했다. 강막실이 잠깐 놀란 표정을 지었다.

"만옥이도 마포나루에 있겠네요?"

강막실은 심만옥이 궁금했다. 심대풍이 제천 호좌창의군 본진에 있고 옥녀가 강령 박갑수의 집으로 의풍으로 갔음을 알았다. 심대곤이 서창댁의 건어물 상회에서 심익수와 심만옥과 같이 살고 있음은 알지 못했다. 서로 시선을 피한 채 어색한 침묵이 흘렀다.

"창말 시댁에 있지 않고 친정에 온 연유라도?"

홍금희가 침묵을 깼다.

"병참 왜병대장 스즈끼에게 물어보세요."

강막실이 냉랭하게 대답했다.

홍금희가 곧장 목계 병참 스즈끼를 만나러 갔다. 날씨가 풀려 목계장터 저잣거리에 장사치와 구경꾼이 복작거렸다. 목계나루 강물 나룻배로 사람들이 오고 갔다.

"아나따가 스즈끼 쇼군데스까?"

당신이 스즈끼 대장입니까? 홍금희가 병참 문턱을 성큼 넘어 스즈끼에게 걸어갔다.

"소오데스케도 아나타와 다레데스까?"

그렇소만 당신 누구십니까? 스즈끼가 일어나 눈을 휘둥그레 떴다. 목계에서 좀처럼 볼 수 없는 신식 복장의 미인이 다가와 일본말로 자신을 찾으니 어리둥절했다.

"하지메마시떼."

반갑습니다. 홍금희가 스즈끼에게 손을 쑥 내밀었다.

"니혼까라 이랏샤이마시데스까?"

일본에서 오셨습니까? 스즈끼가 홍금희의 손을 덥석 잡고 물었다.

옆에 있던 이또가 홍금희를 본 적이 있었다. 행방불명된 다나까를 만나러 병참에 왔던 홍금희를 기억했다.

"죠센노 온나데스."

이또가 스즈끼에게 조선 여자라고 말했다.

"죠센노 온나?"

조선 여자? 스즈끼가 잡았던 홍금희 손을 놓았다. 이또가 고개를 끄덕였다.

"호호호. 그래요. 나는 조선 사람입니다. 조선 사람이라서 실망이라도 하신 것인가요?"

홍금희가 허리를 젖혀 웃었다.

"죠센니모 곤나 비진가 앗따노까?"

조선에도 이런 미인이 있었단 말인가? 스즈끼가 이또에게 말했지만 홍금희가 들으란 말이었다. 사관학교를 졸업하고 조선에 온 스즈끼는 스물다섯의 피 끓는 청년이었다. 동해로 건너온 이방인으로서 낯섦과 외로움에 지친 젊음이었다. 뜻밖에 신식으로 도배한 여인이 목련꽃 같은 웃음을 머금으며 나타났다. 이국에서 억눌러 온 순정이 순간적으로 폭발한 것이었다.

"고노 죠세와 목계노 히또데와 아리마센."

이 여인은 목계 사람이 아닙니다. 이또가 스즈끼에게 말했다.

"가흥 사람이 아니면 조선 여인이 아니란 말인가요?"

홍금희가 한 걸음 다가서다 스즈끼가 앉았던 의자에 살포시 앉았다. 의자에서 여인의 향기가 야릇하게 퍼졌다.

"나를 아시오?"

스즈끼가 손가락으로 자신의 가슴을 짚었다.

"목계 병참 대장이시고… 또 전임자 다나까와 절친한 사이였음을 내가 어찌 모르겠습니까?"

홍금희가 눈꼬리를 요염하게 흔들었다. 스즈끼의 입이 크게 벌어지면서 이또에게 시선을 던졌다. 이또는 홍금희가 박시만과 내외하는 사이임을 알고 있었다. 스즈끼의 전임자인 다나까가 홍금희를 좋아했음도 알고 있었다.

"누구신지는 차차 알기로 하고… 날 찾아온 연유가 무엇이오?"

스즈끼가 의자를 끌어다 홍금희와 마주 앉았다. 홍금희가 이또를 못마땅한 눈초리로 바라보았다. 스즈끼가 이또를 밖으로 나가도록 했다. 이또가 스즈끼의 명령을 받고도 머뭇거려 나가지 않았다. 홍금희가 입을 꾹 다물고 시선을 바닥으로 내리깔았다. 스즈끼가 홍금희 모르게 눈짓해도 이또가 나가지 않았다.

"오늘이 목계장날이라 뽀얗게 고아낸 곰국이 제맛일 것이오. 함께 갑시다."

스즈끼가 목계장터로 가자고 일어났다.

"강물 건너가서 쏘가리 매운탕을 먹지 않는다면 강물을 볼 때마다 후회할 것이라는 소리를 누군가 들려주었는데…."

홍금희가 쏘가리 매운탕을 먹자고 말하자 스즈끼가 더 좋아했다. 홍금희가 병참에서 나갔다. 홍금희의 뒤를 따라 나가는 스즈끼 옷소매를 이또가 잡았다. 경성에 있는 홍종오의 외동딸이라는 이또의 말에 스즈끼가 서랍에서 서찰을 꺼내 품속에 넣었다.

홍금희가 병참 마당을 가로지르다 강달식과 맞닥뜨렸다. 둘은 서로 아는 사이가 아니었다. 강달식에게 홍금희가 신기해 보였다. 더부댁을 몰아내고 안방을 차지한 까만년과는 전혀 다른 여자였다. 까무잡잡한 피부에 이마가 빤들거리는 까만년이 개천에서 막 잡아낸 미꾸라지라면 버들가지 허리를 낭창낭창 흔들며 걸어오는 홍금희는 강모래 바닥으로 유영하는 은빛 피라미였다. 옥황상제의 시중드는 선녀가 무지개 타고 장미산 봉학사로 내려온다면 저 모습일 것이라고 놀란 입을 딱 벌렸다.

홍금희가 씽긋 웃었다. 가슴에 화살이 꽂힌 듯 강달식이 비칠거렸다. 침을 꿀떡 삼키고 정신 차렸을 때 홍금희가 마당에서 나갔고 스즈끼가 앞에 서 있었다. 의풍으로 도망갔다는 심가 며느리를 어째 잡아 오지 못하냐고 스즈끼가 닦달했다. 강달식은 옥녀가 돌아왔는지 염탐하러 강령에 갔다가 빈손으로 돌아오는 중이었다. 옥녀가 옥답을 다섯 마지기나 가졌으니 반드시 올 것이라고 믿었다. 날씨가 풀려 언 땅이 녹고 있는데 씨를 뿌리러 오지 않고야 못 배길 것이라고 판단했다.

"쥐구멍에 쥐새끼 들랑거리듯 기웃거리지 말고 의풍에 갔다 와."

스즈끼가 의풍에 가서 옥녀를 잡아 오라고 말했다. 강달식을 바라보는 눈빛이 곱지 않았다.

"스즈끼 대장님이 갔다 와야 할 것 같은데요?"

강달식이 이죽이죽 웃었다.

"계집년 하나 잡는데 내가 직접 갔다 오란 말이냐?"

스즈끼가 화를 벌컥 내고 발을 쳐들었다.

"성질만 부릴 일이 아닌데요? 이또상에게 물어보십쇼? 귓구멍이 반짝 열릴 것입니다요."

강달식이 정강이를 차일까 뒤로 물러나 헤헤 웃었다.

"나를 희롱하고 있는 것이 분명하렷다? 지금은 저 여자와 긴한 볼일이 있어 그냥 간다만 만일 나를 희롱했다면 그냥 넘어가지 않을 것이다."

스즈끼가 엄포를 놓고 저만치 걸어간 홍금희에게 바삐 걸어갔다. 홍금희가 아니었다면 강달식은 정강이를 얻어맞아 그 자리에서 고꾸라졌을 터였다. 이또상의 말을 듣고 나면 아마 내게 푸짐한 상을 내려야 할 겁니다? 강달식이 스즈끼의 등에 소리를 질렀다. 하룻강아지가 버릇없이 컹컹 짖어도 범이 홍금희에게 촐랑촐랑 뛰어갔다. 강달식이 스즈끼에게 여느 때 같으면 생각도 못 할 일이 가능했던 것은 믿는 구석이 있어서였다.

강달식이 실성한 놈처럼 생글생글 웃으면서 병참 사무소 이또에게 갔다.

"봄이 왔는데 생각나는 거 없소?"

강달식이 문턱에 발을 올려놓고 거만을 떨었다. 장터가 복작거려 신경이 날카로워진 이또가 미친놈 눈앞에 둔 듯 강달식을 꼬나보았다. 강달식이 저고리에서 궐련을 꺼내 입에 물었다. 봄볕이 저렇게 좋은데 생각나는 거 없냐고 또 빈정거렸다.

"헛소리 그만두고 목계장터 한 바퀴 돌고 오시오. 박달재로 넘어간 의병이 잠잠해졌다고는 하나 심대풍이 지난번처럼 장터에 왔을지도 모르는 일 아니오?"

이또가 목계 저잣거리로 가서 동태를 살피고 오라고 말했다.

"이또상. 정말 모르는 게요? 일부러 모른 척하는 게요?"

강달식이 웃음을 싹 거두고 물었다.

"도대체 무슨 말을 하는 것이냐?"

이또가 화를 냈다.

"성질 내지 말고. 이월에 다나까 대장이랑 갔던 그 먼 곳을 생각해

보소."

"헛소리 그만두고 장터나 다녀오시오."

이또가 팔을 내젓고 돌아섰다. 이또는 강달식이 헤헤거리는 이유를 짐작했다. 강달식이 기가 막힌 고것들을 정말로 잊었냐며 알짱알짱 걸어갔다.

"내 말 똑똑히 들으시오."

이또가 정색을 하고 강달식의 어깨를 떠밀었다.

"귓구멍을 활짝 열 테니 얼른 말해 보시오."

강달식이 양손을 귓바퀴에 대고 고개를 쭉 내밀었다.

"다나까 대장과 의풍에 갔었던 일 스즈끼 대장에게는 절대 비밀이오."

"귀신 씻나락 까먹는 소릴 하시오? 다나까 대장이 욕심냈던 것들을 스즈끼 대장은 모르게 하란 말이오?"

"스즈끼 대장이 알아선 절대 안 되오."

강달식은 이또의 의중을 이해하지 못했다.

"혹시. 이또 당신이 그것들을 혼자서…."

"닥치시오. 내 말 반드시 지켜야 할 것이오."

이또가 소리를 버럭 질렀다.

"똥구멍에 시뻘건 부지깽이 꼽은 놈처럼 소리만 바락바락 지르지 말고 그 이유나 압시다. 이유도 모르고 입을 다물라니 말 못하고 꽁꽁 안고 있다가 속이 곪으면 당신이 책임질 것이오?"

이또는 강달식이 아무리 이죽거려도 모른 체했다. 다나까 대장이 산삼에 탐을 내고 옥영감에게 했던 말을 잊지 않았다. 산삼을 주면 소금과 흰쌀을 준다고 해도 영감이 말을 듣지 않자 의병이 된 사위 심대풍을 어찌어찌 해주겠다며 군침 흘리던 비굴한 모습이 아직도 생생했다.

스즈끼가 산삼을 얻으려고 심대풍과 심대곤 형제의 죄를 없애주기로 약속하지 않을까 우려되었다. 옥영감이 산삼을 넘겨주는 조건으로 사위 심대풍과 사돈총각 심대곤의 사면을 요구할 것이 분명하다고 판단했다.

목계장터를 한 바퀴 돌고 나루터 주막으로 들어갔다.

"우리 아버지를 모른다고 하지는 않겠지요?"

홍금희가 아버지 홍종오를 꺼내 들었다.

"경성 공사관 나리를 모르고서야 병참대장이 아니지요?"

스즈끼는 홍금희가 말하지 않아도 며칠 전에 홍종오의 서찰을 받았다.

"박시만도 알고 있나요?"

"지금 내 앞에 앉은 미인과 어떤 사이인지도 알고 있습니다."

"강막실도 알고 있겠군요."

생글생글 웃던 홍금희 표정이 갑자기 굳어졌다. 스즈끼가 가볍게 신음했다.

"쏘가리 매운탕을 드시러 오신 것이 아니군요?"

스즈끼가 얼굴에서 웃음을 지웠다.

"쏘가리 매운탕도 먹으러 왔지만 궁금한 것도 있습니다. 강막실이 왜 친정에 가 있어야 하는지 이유를 알고 싶습니다."

"쏘가리 매운탕부터 먹고 얘기합시다."

스즈끼가 재촉하여 쏘가리 매운탕이 차려졌다. 남한강 상류에 물이 맑아 쏘가리가 많이 잡혔다. 민물고기 중에서 으뜸이 쏘가리였다. 회를 떠서 초고추장에 찍어 먹기도 했지만 매운탕을 끓이면 형언하기 어려운 깊은 맛을 냈다. 가흥창고 소장으로 있다가 본국으로 송환된 하리모토가 구옥정 논다니 치마폭에 묻혀 쏘가리회와 매운탕을 즐겨 먹었다.

스즈끼가 막걸리 대접을 내밀었다. 홍금희가 사양했다. 막걸리가 콸콸 넘치게 담긴 대접을 보며 죽은 다나까를 생각했다. 아랫배로 손바닥을 가만히 얹었다. 막걸리에 취했기 때문에 다나까에게 순결을 잃었다. 취해 인사불성인 상태에서 원하지 않게 다나까의 아기를 가졌다. 마루에 창백하게 앉아있던 강막실이 떠올랐다. 박시만의 아기를 가진 강막실이 소박데기로 친정에 갔다. 다나까의 아기를 가진 홍금희가 박시만과 살고 있다.

"강막실이 어째서 친정으로 쫓겨 갔는지 알고 싶지 않소?"

쏘가리 매운탕을 안주로 막걸리를 마신 스즈끼 얼굴이 벌겋게 변했다. 홍금희가 고개를 끄덕였다. 한 잔 술은 사람이 술을 마시고 두 잔 술은 술이 술을 마시고 석 잔 술은 술이 사람을 마신다고 했다. 사냥개가 갈대밭에 숨은 까투리를 끌어내지만, 술은 사람이 속에 든 것을 드러낸다고 했다. 낮술에 벌겋게 상기된 스즈끼가 묻지 않아도 속에 감춘 것을 술술 털어놓을 표정이었다.

"홍금희 당신의 행복을 위해서 누군가 과감한 결단을 해야 했소."

박시만에게 강막실을 밀어내고 홍금희가 독차지하면 자신의 공이라며 거들먹거렸다.

"이해할 수 없군요. 강막실은 시만씨의 정실부인이고 자손을 잉태한 창말 박씨 며느리입니다. 그런 며느리를 친정으로 소박 놓은 것이 나를 위한 것이라니요?"

홍금희는 강막실에게 미안한 감정을 가지지 않을 수 없었다. 부인이 멀쩡하게 살아 있는 남편과 살고 있는 것이 창피하고 죄인 같은 심정이었다. 강막실과는 달리 박시만이 아니라 다나까의 핏줄을 임신했다. 홍금희 뱃속의 아기가 다나까의 씨라는 것을 아는 사람은 박시만 뿐이었다.

"조선에서 시집간 여자가 친정으로 쫓겨 온다는 것이 죽음보다 더한 수치라는 것은 알고 있소. 하지만 강막실 보다는 홍금희 행복이 더 소중하기 때문에 그런 결단을 내린 것이오."

스즈끼가 으쓱거렸다.

"당신이 무슨 자격으로 그렇게 하였단 말입니까?"

표정이 일그러진 홍금희가 날카롭게 소리 질렀다. 뜻밖의 반응에 스즈끼가 어리둥절한 표정을 지었다. 저고리 주머니에서 서찰을 꺼내 건넸다. 서찰을 펴든 홍금희의 얼굴이 발갛게 변했다. 박시만이 일본공사관 관리가 되었다. 외동딸 홍금희와 살고 있다. 홍금희가 임신했는데 창말 시댁의 박시만 본처 강막실 때문에 사이가 원만하지 못하다. 아버지로서 마음이 아프다는 홍종오의 서찰을 읽었다.

스즈끼가 막걸리를 더 가져오라고 했다. 주모가 막걸리를 가져오는 사이에 홍금희가 서찰을 계속 읽었다. 박시만과 강막실이 정실 부부지만 어울릴 수 없는 신분이다. 홍금희가 박시만의 진정한 한 쌍이다. 스즈끼 대장이 박시만의 부친을 불러다 심가네 형제와의 관계를 빌미로 강막실을 내치도록 협박하라. 홍금희는 아버지의 옳지 못한 서찰에 부끄러움과 분노가 치솟아 귓불까지 발개졌다.

서찰 말미에서 홍금희 가슴이 철렁 내려앉았다.

"시…심대곤이 어찌 되…었는 지 아…시나요?"

홍금희가 서찰을 무릎에 놓고 떨리는 가슴으로 물었다.

"심대곤을 당신도 아시오?"

막걸리를 한 대접 마신 스즈끼가 발개진 눈을 홉뜨고 물었다.

"아니… 아버님이 심대곤을 어찌 아는지 궁금해서…."

홍금희는 생명의 은인 심대곤의 소식이 궁금했다. 다나까가 눈을 홉뜨고 묻자 정색을 하고 말을 돌렸다.

"심대곤이 전임 병참대장 사사끼를 살해하고 도망갔소. 경성 마포나루 저잣거리 주막에 나타났다는 정보를 당신 부친이 내게 알려 주었소."

홍종오가 일본제국에 충성을 다하고 있으니 서찰로 부탁한 것쯤이야 당연히 들어주어야 할 것이라서 곧바로 박운정을 압박하였다고 주절거렸다.

"아버님이 심대곤을 쫓고 있다고도 하시던가요?"

홍종오가 경성에서 심대곤을 체포하려고 공사관 왜병을 동원했는지 물었다. 스즈끼가 그렇다며 고개를 끄덕였다. 홍금희가 갑자기 급해졌다. 당장 경성에 가야 한다고 생각했다.

"곧 잡힐 것이오. 서창댁이라는 과부와 경성으로 도망갔다는 정보를 가지고 있고. 또 저잣거리 주막 구옥정에 있다가 마포 주막으로 간 논다니가 만났다는 소문도 있으니 당신 아버지가 오래지 않아 포박할 것이라고 단언하오."

스즈끼가 능글맞게 웃었다. 홍종오에게 잡히면 목계로 압송해 처형하고 강변 둔치에 버려 까마귀밥이 되도록 하겠다고 으름장을 놓았다.

"이 서찰 내게 주시오."

홍금희가 서찰을 움켜쥐었다. 서찰의 수신자가 누구인지 보이지 않느냐며 스즈끼가 빼앗아 품 안에 넣었다.

홍금희가 스즈끼와 헤어지고 달마실 강막실에게 갔다. 봄들에 갔다가 돌아온 강주칠 부부가 홍금희를 보았다.

"안녕하세요?"

홍금희가 두 손을 앞으로 가지런히 잡고 고개 숙여 인사했다. 강주칠 부부가 홍금희를 알지 못했다. 홍금희가 강막실을 사립문밖으로 불러냈다. 강막실에게 창말 시댁으로 돌아가라고 다짜고짜 말했다. 강막실은 홍금희가 병참 스즈끼를 만났다고 생각했다. 스즈끼 대장을 만나고 오는 길이니 창말 시댁으로 돌아가도 된다고 홍금희가 강막실의 생각을 확인해주었다.

사립문으로 따라 나온 강주칠 부부가 엿들었다. 시집간 딸이 친정에 와 있으니 마음 편하지 않은 순간이 없었다. 심란함을 달래려고 들로 나가 땅을 겨우 비집고 올라온 애기 나물을 뜯었다. 신식복장의 처녀가 나타나 창말 시댁으로 돌아가란 말을 하니 입이 딱 벌어졌다.

"처녀는 뉘…신가?"

용포댁이 마당에서 걸어 나와 물었다.

"제 소개를 아직 드리지 못했네요? 전 경성에서 온 홍금희예요."

홍금희가 하얀 이를 드러내고 말갛게 웃었다.

"처녀 이름이 홍금희라고?"

강주칠이 언성을 높여 물었다. 박서방과 첩살림 차렸다는 처녀가 저…저…것이냐며 용포댁이 삿대질로 걸어왔다. 멱살을 잡고 흔들어댈 태세였다. 홍금희가 태연한 표정을 지었고 강막실이 용포댁을 가로막았다. 막실아 너는 두 눈 시퍼렇게 뜨고 서방 뺏긴 것이 억울하지도 않으냐며 용포댁이 울음을 터트렸다. 강주칠이 외양간으로 걸어가 굵은 눈알을 끔벅이는 누렁이에게 곰방대를 빡빡 빨았다.

"여우 같은 저것이 무슨 심보로 막실이 너를 만나러 왔다니? 염치라고는 눈곱만큼도 없구나."

용포댁이 눈물로 막힌 코를 뺑 풀었다.

"강막실씨를 만나러 왔어요."

홍금희가 용포댁에게 다가왔다. 동네 사람들 뻔뻔한 낯짝 좀 보시오. 남의 서방을 뺏고도 저렇게 당당하니 낯가죽이 두꺼워 부끄러움도 모르는 여자를 나와서 좀 보시오. 용포댁이 고래고래 소리 질렀다.

"어머님 고정하시고 마루에 앉으세요."

홍금희가 용포댁의 손을 잡았다.

"어머님? 내가 어째서 처녀 어머님이여? 처녀 같은 싸가지없는 원숭덩어리를 내 배 아파 낳은 적 없어."

용포댁이 험한 말을 쏟아내도 홍금희가 잡은 손을 놓지 않았다. 무슨 말을 하려고 왔는지 들어나 보자며 용포댁이 홍금희 손을 뿌리쳤다.

"강막실씨를 창말 시댁으로 보내셔야 해요."

홍금희가 강막실에게 했던 말을 했다. 사돈집에다 막실이를 소박맞게 충동질한 사람이 처녀라며 용포댁이 떼를 썼다.

똥깐이 사립문에서 어정거리며 홍금희를 바라보았다. 심만옥을 찾겠다며 용진에서 경성으로 가다가 달마실에 들렀다. 심만옥 소식을 알 수 있을까 왔다가 홍금희를 보았다. 강주칠이 불쾌한 표정으로 바라보다가 머리에서 피를 흘리며 찾아왔던 순간이 생각났던지 사립문으로 걸어나갔다.

"자네 목숨이 고래심줄이구먼?"

강주칠이 똥깐의 위아래를 훑어보았다.

"지독하고 모진 것들이 딴딴하게 잘도 살고 명줄도 억세게 길다고 하잖아요?"

용포댁이 홍금희와 똥깐을 싸잡아 비아냥거렸다.

"그날 밤에 다 죽은 목숨인 줄 알았는데 어디로 가서 무슨 영약을 먹었는지 멀쩡하게 살아났구먼?"

마당으로 들어오는 똥깐에게 강주칠이 말했다. 막실이 아버지 솜바지를 훔쳐 입고 갔으니 얼어 죽지 않고 찾아온 거 아니요? 저 화상이 멀쩡해서 돌아왔으니 애매한 백성 여럿 고역을 당할 것이라며 똥깐의 등장이 달갑지 않다고 용포댁이 푸념했다. 똥깐을 아는 달마실 창말 목계 사람 모두 같은 걱정이 생길 터였다. 똥깐이 용포댁을 넌지시 바라보고 강막실에게 갔다. 심만옥이 어디 있는지 알고 있냐고 물었다. 강막실이 모른다고 잘라 말했다.

"경성 마포나루 어딘가에 대곤이랑 있다는 거 알고 왔어."

똥깐의 말에 홍금희의 눈이 번쩍 커졌다.

"언뜻 보아 예전의 싸가지없던 똥깐이 아닌 것 같기는 하지만 자네가 만옥이를 찾아서 어쩔 것인데? 행여나 찾았다 해도 만옥이 자네를 만나기나 해줄까?"

강주칠이 어림 반 푼도 없는 생각하지 말라고 충고했다.

"만옥이 있는 곳이 열길물속이라 해도 찾아갈 것이니 일러주셔요."

장미산이 두 쪽으로 갈라지고 목계 강바닥 조약돌이 뙤약볕에 마르고 말라서 모래가 되는 한이 있어도 심만옥을 찾아 각시로 삼겠다고 똥깐이 용진에서 왔다. 누구도 심만옥이 있는 곳을 말해주지 않았다.

"아저씨가 말씀하셨듯이 지금부터는 예전의 싸가지없는 똥깐이 아녀요. 왜놈 앞잡이도 아녀요. 사람답게 살겠다고 맹세하다 하얗게 밤을 지새운 날이 다반사여요. 대곤이 만옥이 꼭 만나야 해요. 대곤이 만나서 이렇게 무릎 꿇고 용서 빌고. 만옥이 만나면 내가 해야 할 도리가 있어요."

똥깐이 마당에서 무릎을 턱 꿇었다. 모두 놀라 뒤로 넘어질 만한 똥깐의 변화였다.

"막실이는 내가 만옥이 왜 찾는지 알잖아?"

똥깐이 애절하게 강막실을 바라보았다. 강막실만 알고 있는 비밀이 심만옥을 찾는 이유였다.

"누구신데 심대곤씨를 찾나요?"

홍금희가 물었다.

"경성에 사는 분이니 대곤이 마포 어디에 있는지 알고 있지요?"

똥깐이 홍금희에게 애원했다.

"알고 있어요."

홍금희가 거짓말을 했다. 아버지 홍종오가 심대곤을 경성에서 찾고 있다는 말을 스즈끼에게 들었을 뿐이었다. 홍금희도 심대곤을 찾고 싶었다.

"정말 알고 있어요? 대곤이 만옥이 마포 어디 있는지 알고 있어요? 고맙네요. 감사해요."

똥깐이 손바닥으로 마당을 짚고 눈물 흘리며 훌쩍거렸다. 심만옥이 있는 곳을 알려주면 평생 은혜로 섬기겠다고 똥깐이 애걸했다. 홍금희가 똥깐을 따로 불렀다. 오늘은 너무 늦었으니 내일 이른 아침에 나루터에서 만나 경성으로 가자고 제안했다. 오늘 밤에 생각이 바뀌어 혼자 경성으로 도망가지 말고 꼭 데리고 가달라고, 천륜이 엮인 약속을 저버리면 천벌을 받는다고 똥깐이 매달렸다.

홍금희는 마음이 급해졌다. 아버지 홍종오가 마포나루에서 심대곤을 체포할까 조급했다. 똥깐도 마음이 급하기는 마찬가지였다. 사실 홍금희는 심대곤이 있는 곳을 몰랐다. 똥깐이 애타게 찾고 있으니 힘을 모으면 찾아낼 수 있다고 생각했다.

"똥깐이 머리를 얻어맞고 피를 쏟더니 제정신이 아닌가 보다. 천륜이라니? 만옥이 서방이나 된 듯이 말을 하는구나?"

홍금희와 똥깐이 돌아가고 용포댁이 고개를 갸웃거렸다. 똥깐이 갑자기 나타나 홍금희에게 추궁하지 못한 것들이 많아 아쉬웠다. 시집간 딸이 왜 친정으로 와야 했는지. 사위 박시만과 경성에서 첩살림을 하게 된 연유가 무엇인지. 그보다 어엿하게 정실부인이 있는 사위와 부부 행세를 하는 홍금희의 머리채를 쥐어뜯지 못해 분하기조차 했다. 똥깐이 왜 심만옥을 찾는지 강주칠부부가 물었다. 강막실은 똥깐이 심만옥을 애타게 찾아야 하는 사연을 말하지 않았다.

홍금희가 창말 박시만 집으로 갔다.

"아가야. 이렇게 찾아와서 고맙고 반갑다. 홑몸도 아니면서 먼 길을 다녀도 괜찮겠니?"

강금년이 버선발로 마당에 나와 홍금희 손을 덥석 잡았다. 며느리 강막실을 친정으로 보낸 지 삼 일도 지나지 않았다. 경성에서 온 홍금희를 며느리보다 더 호들갑스럽게 맞이했다. 홍금희가 하룻밤만 재워 달라며 강금년 손에 끌려 방으로 들어갔다.

"하룻밤이 뭐니? 아예 눌러산다 해도 뭐라고 말할 사람 없다."

강금년이 아랫목에 앉은 박운정을 떠밀고 홍금희를 앉혔다. 아버님 어머님 절 받으시라며 홍금희가 일어났다. 홑몸이 아니니 허리를 함부로 구부리지 말라며 강금년이 말렸다. 홍금희가 박운정에게 절했다.

"그놈 자식은 발모가지가 부러지기라도 한 것이냐?"

박운정이 고개를 돌려 불편한 심기를 드러냈다.

"나랏일 하느라 바쁜 사람이요. 먼 길을 어떻게 다니겠소? 영감은 생각이 있소 없소?"

홍금희가 절을 했는데 시큰둥한 박운정에게 강금년이 뱁새눈으로 시룽거렸다.

"나랏일? 왜놈 앞잡이 노릇이 나랏일이라니? 역적을 아들로 둔 당신은 세상이 부끄럽지도 않아?"

며느리를 소박데기로 친정에 보내라 압박한 스즈끼의 괘씸함이 박운정 가슴에 뭉쳤다. 스즈끼를 뒤에서 조종한 홍종오의 딸에게 호들갑을 떠는 강금년이 정말 밉상스러웠다. 홍금희 표정이 굳어졌다.

"입덧하는 것은 아니니?"

강금년이 홍금희의 아랫배를 노골적으로 바라보고 보았다.

"어머님. 달마실 형님도 홑몸이 아니어요. 형님을 창말로 오시라고 하세요."

홍금희가 굳어진 표정을 풀고 싱긋 웃었다. 마침 박시연이 들어오다 홍금희의 말을 들었다.

"그걸 어떻게 알았어요?"

박시연이 저는 다리로 절룩거려 앉으면서 물었다. 홍금희가 창말로 오기 전에 달마실에 갔었다는 얘기를 털어놨다.

"스즈끼 대장도 만나서 얘기를 해놨으니 형님이 창말로 온다 해도 뭐랄 사람 없을 거예요."

스즈끼와 쏘가리 매운탕을 먹었다는 얘기는 하지 않았다. 쏘가리 매운탕과 막걸리 생각을 하면 다나까가 떠올라서 기분이 엉망으로 꼬였다.

"친정으로 간 것은 스즈끼 대장 때문이 아니고 심가 형제 때문이다."

강금년은 홍종오의 서찰을 까만년에게 들어서 알고 있었다. 홍종오

서찰 때문이라고 박운정이 말할까 봐 오금이 저렸다. 홍금희와 말을 나누면서 박운정의 눈치를 살폈다. 박운정이 끄응 일어나 밖으로 나갔다.

"심가 형제라면? 심대곤과 형님이?"

홍금희는 심가 형제 중에서 형인 심대풍은 알지 못했다.

"못된 것들이 이웃에 살면서 낯짝 벌건 소문을 내고 있어서 소박을 놓은 것이니 아가 너는 그런 불결한 생각은…."

스즈끼에게 듣고 아버지 서찰을 읽어서 알고 있는데 강금년이 주절주절 거짓말을 늘어놓았다.

"어머니. 그만 하세요."

박시연이 강금년의 말을 끊었다.

"내가 없는 말을 지어내기라도 했니? 그것이 시집오기 전에 의병이 되었다는 심대풍이란 잡것하고 연분 난 거 귓구멍 열린 창말 사람은 다 안다."

강금년이 며느리 험담을 쏟아놓고 입술을 삐죽 내밀었다. 마당에서 안방 얘기를 듣던 박운정이 들어왔다. 강막실을 데려와도 스즈끼가 트집 잡지 않느냐고 물었다.

"달마실로 부르러 가지 않으셔도 내일이면 오실 겁니다."

홍금희의 말에 박운정과 박시연이 표정이 기쁘게 바뀌었으나 강금년이 입술을 쌜쭉 내밀었다.

똥깐이 목계나루 주막 구옥정으로 갔다. 해가 서녘으로 뉘엿한 시각에 강달식이 똥깐을 먼저 보았다. 저승 문지방 넘었다고 소문이 자자하더니 저승사자가 돼서 누굴 데리러 오셨냐. 똥깐이 나타남으로서 속이 뜨끔해진 강달식이 너스레를 떨었다. 똥깐이 강달식의 막걸리 대접을 빼앗아 벌컥 마셨다. 입술을 주먹으로 훔치고 연화의 소식을 물었다.

"연화 고것이 어찌 되었냐고? 흐흐흐. 자네 아랫도리 거시기가 뻐근하고 묵직하게 늘어졌구먼? 오랜만에 와서는 논다니부터 탐하다니."

예전의 똥깐이 아님을 알지 못하는 강달식이 비웃었다.

"낮술에 맛이 갔냐? 재수 없게 웃고 지랄이야. 나는 힘들게 물었는데."

똥깐이 귀뺨을 때릴 듯 손을 쳐들었다.

"연화 고거 똥치 다 됐어. 오늘도 왜병 다섯은 넘게 바락바락 악을 쓰면서 들락거렸을 거야. 얼얼해진 밑에다 부채질을 하고 있을 거구만?"

강달식이 빈 대접에 막걸리를 콸콸 따라서 똥깐의 비위를 맞추었다.

"똥치라니? 도대체 뭔 소리를 씨부렁대고 있냐? 젊은 것이 막걸리 몇 잔에 혀가 풀어졌냐?"

똥깐이 막걸리 대접을 들고 눈알을 부라렸다. 술이 얼근해서 희희낙락하는 강달식을 제압하려고 눈동자에 힘을 주었다.

"연화 고것이 왜놈 노리개가 됐어. 자네도 알잖아. 사사끼 명을 받아서 연화랑 왜병 노리개 구하러 강령까지 가지 않았어? 연화가 불쌍하게 됐어. 사냥이 끝나면 사냥개를 잡아먹는다는 말 있잖아. 왜병 노리개가 된 거 아무도 몰라. 가슴에 총을 맞고 살아났지만 제정신이 아녀. 사택에 가두어 놓고 병참 왜병이 순번을 정해 겁간하고 있다네."

강달식이 연화가 처한 상황을 자세하게 말했다. 사사끼와 하리모토 사택에서 음탕하게 놀아나다가 심대곤에게 사사끼는 죽고 연화는 목숨을 건졌다. 죽을 뻔한 충격으로 운신이 자유롭지 못한 연화가 왜병의 노리개가 되었다. 술 처먹고 헛소리한다며 똥깐이 술대접을 바닥에 팽개쳤다. 강달식의 멱살을 틀어쥐었다가 구옥정에서 나왔다.

"아랫도리가 아무리 딴딴하게 궁금해도 똥물에 발 담그지 말게."

강달식이 똥깐의 등에 소리를 질렀다.

똥깐이 연화가 사는 가흥창고 사택으로 갔다. 가흥창고 사무소를 멀찍이서 보니 장길수가 혼자 앉아 있었다.

"연화 만나러 왔으면 그냥 돌아가는 게 좋아."

사택으로 곧장 가려다 가흥창고로 온 똥깐에게 장길수가 말했다. 장길수는 심대곤을 경성으로 도망가도록 도와주었다고 감옥에 갇혔다. 스즈끼가 풀어주는 조건으로 가흥창고 사무소에 근무하도록 했다.

"저승 문지방 넘어갔다 온 내게 인사가 고작 고것이냐? 싸가지없는 놈아."

똥깐이 장길수에게 손을 내밀었다.

"저승 문지방 넘어갔으면 염라대왕나리께 문안 인사드리고 쭉 눌러 있지. 누가 반긴다고 왔냐? 네놈 뒷배였던 사사끼가 죽었는데 함부로 싸다니면 몽둥이찜질로 객사할 것이다?"

장길수가 악담하며 똥깐의 손을 격하게 잡아 흔들었다.

"그러는 네놈은 겨 묻은 개냐? 네놈이나 나나 말짱 똥 묻은 개자식이다."

조선을 배반하고 일본에 협력했다. 장길수는 아직 가흥창고 사무소에 남아있고 똥깐은 벗어났다. 손잡고 흔드는 장길수의 어깨가 무거웠지만 똥깐은 새털처럼 가벼웠다.

"네놈처럼 멀쩡한 백성 끌어다가 못된 짓하진 않았다. 백성 무서운 줄 모르고 미친개처럼 쏘다닐 때는 좋았지? 내일 날 밝고도 네놈 목숨이 붙어 있으면 열 손가락에다 장을 지진다. 썩을 놈아."

마주 서서 악담이 험하게 오고 갔다.

"강변 모래 한 주먹 씹은 것처럼 속이 버석버석할 것이다. 지은 죄가 이만저만이 아니니까."

옛정이 있었던지라 장길수가 담배에 불을 붙여 똥깐의 입에 물려 주었다. 연화 보러 왔으면 그냥 돌아가라고 장길수가 똥깐을 붙들었다. 왜놈 노리개가 되었다더니 사실이구나. 똥깐이 길수의 만류를 뿌리치고 사택으로 갔다.

어두워진 연화의 방에서 불빛이 희미하게 새어 나왔다. 문설주에 귀를 대고 잠깐 기다렸다. 아무 기척이 없어 방문 열고 들어가니 연화 혼자 누워 있었다. 다섯 명 모두 채웠는데… 또… 누구요? 연화가 희미하게 말했다. 똥깐이 머리맡에 앉았다. 연화가 막 잠에 빠져드는 중이었다. 왜병이 가져다 놓은 저녁 식판에 밥이 그대로였다.

"뭐하시오? 얼른 하고 가시오. 잠이나 푹 자게."

연화가 덮고 있던 이불을 제쳤다. 속곳만 입은 연화의 몸이 드러났다. 똥깐이 일어나 횃대에 걸어둔 연화의 옷을 입혔다. 연화가 눈을 뜨고 똥깐을 바라보았다.

"또…똥깐이…."

연화가 똥깐의 가슴에 얼굴을 묻고 흐느껴 울었다.

"내 이름도 몰라? 나는 똥깐이 아니라 박창호야. 창말 사는 박창호."

똥깐이 연화를 끌어안았다.

"짐승만도 못하게 사느니 죽어야 마땅하지?"

연화가 똥깐의 옷자락을 눈물로 적셨다. 잠 푹 자둬. 내일 새벽에 먼길 가야 하니까. 똥깐이 연화의 등을 다독였다.

스즈끼는 강달식이 이죽거리며 했던 말을 잊지 못했다. 강달식을 붙들어다 혼을 내줄까 하다가 가까이 있는 이또를 불렀다. 의풍이란 곳을 다녀온 적이 있냐고 다짜고짜 추궁했다. 사사끼 대장을 살해하고 달아난 심대곤을 잡으러 갔었다고 대답했다. 심대곤은 가흥에서 마포로 도망갔다고 말하지 않았느냐고 스즈끼가 캐물었다. 강달식에게는 비밀로 하자고 했던 이또가 궁지에 몰렸다. 스즈끼가 캐묻자 의풍 심마니 옥영감에 대한 얘기를 털어놨다. 조선 산삼이라는 말에 스즈끼의 입이 딱 벌어졌다.

"심마니 영감의 사위가 일본군에게 쫓기고 있다고?"

스즈끼가 손뼉을 탁탁 치면서 눈자위를 굴렸다. 사위 심대풍이 호좌창의군 의병이며 제천 본진의 의암 곁에 있음을 이또가 알려주었다. 스즈끼도 알고 있는 사실을 말해서 심대풍이 평범한 인물이 아님을 일깨워 줬다.

"영감의 사돈총각을 잡아도 충분해."

스즈끼가 음흉한 계략을 즉시 짜냈다. 심대풍이 의병 본진에 있어 포박하기 어렵다면 심대곤을 잡아 심마니를 압박하겠다는 의도였다. 경성 마포 저잣거리 주막에서 보았다는 심대곤이 의외로 쉽게 풀리는 미끼가 될 것이라고 판단했다. 심대풍이나 심대곤을 체포하여 옥영감과 거래할 것이라고 이또가 예감했는데 현실이 되었다.

스즈끼가 왜병 오장을 모두 집합시켰다. 강달식과 가흥창고 사무소장 길수도 오라고 명령했다. 병참 마당으로 집합하고 있는 중에 왜병 하나가 들어와 이또의 귀에 속닥거렸다. 가흥창고 사택에 있던 계집이 없어졌다고 이또가 작은 목소리로 스즈끼에게 보고했다. 온전치 못한 몸으로 사택에서 나갔다는 말을 스즈끼가 믿지 않았다. 누군가의 도움을 받은 것이 틀림없다고 말하는 이또의 눈동자로 두렵다는 빛이 스쳤다. 누군가가 의병일 수 있다는 순간적인 생각이 두렵게 했다.

"황군에게 봉사하고 있음을 아는 사람이 우리 말고 또 누가 있을까?"

연화를 도운 누군가로 지목이 가능한 사람을 스즈끼가 물었다.

"강달식과 가흥창고 사무소 장길수가 알고 있을 것입니다."

이또의 말이 끝나기 무섭게 강달식이 병참으로 왔다.

"강상이 사택 계집을 어찌했는가?"

스즈끼가 다짜고짜 물었다.

"계집이라니요? 지난밤에 구옥정 논다니랑 술을 마시긴 했지만 초저녁에 집으로 갔습니다. 내가 어찌한다고 어찌 될 계집이나 되던가요?"

강달식이 펄쩍 뛰며 부인했다. 강달식이 아니면 장길수가 가능성의 인물로 남았다. 스즈끼가 고개를 갸웃거렸다.

"사택 연화가 어찌 되었기에 호들갑을 떠는지 나도 좀 압시다."

스즈끼와 이또가 심각한 표정으로 속닥거리는 것으로 미루어 연화에게 변고가 생겼다고 짐작한 강달식이 끼어들었다. 알 것 없다고 이또가 잘라 말했다가 표정을 바꾸었다. 연화의 행방을 수소문할 적임자가 강달식이라고 판단했다. 사택에서 연화가 없어졌다고 알려주었다.

"누가 연화를 업어갔을까?"

온전치 않은 몸으로 혼자 걸어 나가지는 않았을 것이라며 이또가 물었다.

"대갈빠리를 굴려 보시오. 연화 고거를 업고 갈 만한 인간이 누가 있는지."

강달식이 비실비실 웃었다.

"가흥창고 장길수일까?"

"장길수가 똥치를 업어다 각시로 삼았다는 말씀? 어림 반 푼도 없지요?"

"혹시… 강달식이 보쌈해다가 숨겨놓고 연막작전 펼치는 거 아니야?"

이또가 넘겨짚어 추궁했다.

"시방 각시 없다고 괄시하십니까?"

이또와 강달식의 입씨름이 계속되자 스즈끼가 강달식을 따로 불렀다.

"요즘 사택의 연화를 알고 있는 사람이 있을까?"

연화가 왜병의 노리개가 되었다는 것을 창말 사람들이 알고 있겠느냐며 스즈끼가 넌지시 물었다.

"날 밝아지면 저절로 눈 떠지고 귓구멍 저절로 열리는 세상에 비밀이란 게 어디 있을까요? 조선 속담에 낮에는 새가 듣고 밤에는 쥐가 듣는다고 했습니다."

사택에서 비밀스럽게 벌어지는 추악한 짓거리를 사람들이 모르겠냐고 강달식이 겁을 주었다. 스즈끼의 표정이 심각해졌다.

"연화가 그 몸으로 혼자 걸어서 멀리 갈 수는 없을 것이고. 누가 업고 갔을까?"

강달식이 스즈끼의 아픈 곳을 슬쩍 찔렀다.

"누가 업고 가다니? 연화는 사택에 없었던 것이야."

연화가 없어졌으니 연화의 존재를 아예 부정하자고 스즈끼가 말했다. 연화 혼자 벌떡 일어나 도망갔을 경우에 스즈끼의 부정이 통할 수 있겠지만, 연화의 상태를 알고 있는 사람에게는 억지 주장에 불과했다.

"먼 길도 못 가는 몸에 몹쓸 짓을 했으니 가슴에 죽창이 꽉 찔린 것처럼 갑갑하지요?"

강달식이 스즈끼의 속을 또 헤집었다. 똥깐이 왔다 갔다는 것을 병참 왜병이 알지 못했다.

스즈끼가 돌연 왜병의 분대장인 오장을 집합시켰다. 장길수도 불러

들였다.

"심가 형제를 잡아야 한다."

스즈끼가 눈알을 반들거렸다. 심가 형제를 포박하려는 시도가 어제오늘이 아니었다. 이목을 엉뚱한 곳으로 돌려 연화의 일을 덮으려는 스즈끼의 속셈을 모르고 맥없이 듣기만 했다. 비실비실 웃으며 잡담하던 오장이 스즈끼에게 정강이를 걷어차이고서야 사태를 알아차렸다.

"한 놈은 제천에 있고 또 한 놈은 마포에 있다. 제천에 있는 놈을 꼭 잡아야 하나 의병이 있으니 쉽지가 않다. 마포에 있는 놈을 잡아야 하는데 어디에 숨어 있는지 모른다."

심가 형제를 볼모로 옥영감에게 산삼을 얻으려는 스즈끼의 마음이 조급했다.

"성질 급하게 먹는 떡에 숨구멍 막혀 인생 하직합니다. 느긋하게 기다리고 있으면 심대풍이 목계를 지나갈 것이니 숨 좀 죽이고 기다립시다."

강달식의 말에 스즈끼의 귀가 확 열렸다. 믿을 수 없다는 표정으로 강달식을 노려보았다.

"헛말이 되면 열 손가락에 장을 지질 테니 성질 그만 부리고 기다려 봅시다."

강달식이 스즈끼와 독대를 요청했다. 평소 오줌을 지릴 듯 스즈끼를 두려워하던 강달식이 변해도 너무 변했다. 소백산 의풍 옥영감의 산삼을 얘기하고부터 달라졌다. 무엇인가를 잘못 먹어 실성을 했다든가, 스즈끼에게 짓까불어도 되는 믿는 구석이 있던가, 어쨌든 강달식이 스즈끼에게 무례해졌다. 의풍으로 간 심대풍 각시를 강령으로 오게 하여 미끼를 달아 두면 심대풍이 강령에 들렸다가 목계 강을 건너서 창말로 지나갈 것이니 아랫사람 앞에서 볼썽사나운 성질 고만 부리라며 훈계까지 했다.

강달식은 의병이 해산될 것임을 확신했다. 농사철이 왔으니 의병에 남아 있을 농사꾼이 없을 것임을 알고 있었고, 쫓기는 신세가 되는 의병 주모자들이 경성으로 청나라로 피신갈 것임을 예측하고 있었다. 옥녀를 강령 박갑수 집에 있게 하면 심대풍이 강령에 나타났다가 목계 나룻배로 건널 것이라는 강달식의 말에 스즈끼가 무릎을 치며 기뻐했다.

"심대곤을 경성 황군에게 넘기지 말라는 연통을 홍종오에게 넣으십시오. 다나까 대장을 살해했다고 심대곤을 경성에서 처단하면 뜻을 이룰 수가 없습니다."

경성에서 심대곤이 잡히면 목계로 끌고 와야 한다고 이또가 말했다.

창말 가흥창고 사택에 불이 났다. 원인도 모르고 걷잡을 수도 없는 불이 나서 모두 태웠다. 연화가 살고 있음을 알고 있는 사람들이 불구경하면서 발을 동동 굴렀다. 몸이 성치 않은 연화도 함께 타죽었다고 믿었다. 왜병이 연화를 노리개로 삼았다는 증거를 일시에 태워버린 스즈끼의 작품이었다.

④

지팡이 잃은 장님

홍금희가 창말에서 떠났는지 알아보고 떠나지 않았다면 병참으로 데리고 오라는 명령이 내려졌다. 왜병이 주막거리를 뒤지고 일부는 창말 박시만의 집으로 갔다. 홍금희는 이미 가흥을 떠난 뒤였다. 새벽부터 길을 재촉한 홍금희와 똥깐, 연화가 점심 무렵에야 가흥에서 서북쪽 삼십 리 멀어진 장호원을 지나갔다. 쇠약한 연화가 주저앉아 가쁜 숨을 몰아쉬면 같이 쉬어야 했다. 방에 갇혀만 있던 연화에게는 햇살도 부담이 되었다.

창말에서 떠난 지 이틀이 지난 황혼 무렵에 마포에 도착했다. 똥깐은 논다니 장화심이 마포에 있다는 소문을 들었다. 어두워져서야 장화심이 있는 주막을 찾아냈다.

"미친년아. 왜놈한테 붙었으면 호강이나 할 것이지. 얼굴에 저승꽃을 피워가지고 마포에 오면 누가 반겨주기나 한다니?"

연화의 나약해진 모습에 장화심이 가슴을 팡팡 두드렸다.

"남 말 하지 마. 화심이 네가 겨 묻은 개인 줄 착각하나 본데. 연화고 화심이고 똥 묻은 개다."

똥깐이 연화를 위한답시고 장화심을 나무랐다.

"미친놈. 왜놈 꼭두각시가 입이 찢어졌다고 막말을 하냐?"

장화심이 똥깐의 아픈 곳을 찔러 빈정거렸다.

"아가리 열렸다고 함부로 내뱉고 지랄이야. 네년 입담에 사는 뗏목 사공이 있다니 참는다."

"왜놈 앞잡이보다 열 배 백 배는 떳떳하다 썩을 놈아."

"뭣이여? 네년 몸뚱이에다 바르작거리고 간 놈이 몇인지 알고나 있냐? 부끄럼도 모르고 큰소리냐?"

"이놈아 네놈도 내 몸에서 바르작거려놓고 염치없는 소리가 목구멍에서 나오느냐?"

장화심이 뒷짐 지고 가슴을 쑥 내밀었다.

"고것도 몸이라고, 차라리 지하여장군 장승을 붙들고 용두질을 하겠다."

"사타구니에 달린 고것이 엄청 신통한 줄 아는가 본데. 뭇 사내 겪어본 이년 소견으로 네 눔 거시기는 물건도 아녀. 강아지 땟거리도 안 되는 물건 달랑 달고 까부는 꼴이란. 쯧쯧."

장화심도 입담이 보통이 아니었다. 홍금희가 민망할 정도로 막말이 오갔다. 연화가 웃음을 흘리며 듣기만 했다.

"그건 그렇고. 사람 좀 찾아 줘."

똥깐이 정색을 하고 물었다.

"연화 말고 어느 년을 또 흐려놓으려고?"

"어느 년이 아니라 어느 놈이다."

“어느 놈? 누구?”

“뗏목 사공 심대곤이 마포에 있다는 소문을 듣고 왔으니 아는 거 있으면 죄다 끌러 놔.”

“몰라.”

심대곤을 만났던 장화심이 머뭇거리다 거짓말했다. 똥깐이 심대곤을 붙잡으러 왔다는 생각이 들었다.

“정말 몰라?”

“청나라 속곳만 입구 살았나? 의심하기는?”

“정말로 몰라?”

똥깐은 장화심의 표정이 의심스러워 또 물었다.

“먼 길 오느라 팔다리가 녹작지근하지? 이부자리 깔고 잠이나 자 둬.”

장화심이 똥깐의 물음을 피해 홍금희를 넌짓 바라보았다.

“나쁜 사람 아녀요. 심대곤씨 있는 곳을 알려 주세요.”

홍금희가 똥깐을 두둔했다.

“저놈이 왜놈 꼭두각시인 거 모르면 조선 사람이 아니라 하던데 저놈의 무엇을 믿고 그런 소리를 하시오?”

장화심은 똥깐도 그렇지만 함께 온 신식 복장 홍금희도 믿지 못했다.

“믿어주세요. 우리가 먼저 찾지 않으면 심대곤씨가 일본군에게 잡혀가요.”

홍금희가 울먹였다. 먼저 찾지 않으면 왜병에게 잡혀간다는 말에 장화심의 기가 죽었다. 장화심은 홍금희를 처음 보았다. 과거를 기억하지 못하는 심대곤과 어떤 사이일까 궁금했다.

“목숨을 구해 주신 은인을 찾고 싶어요.”

홍금희가 장화심의 속을 읽었다. 똥깐이 눈을 휘둥그레 떴다. 바쁜 일이 있어 나갔다 와야 하니 따끈한 방바닥에 누워있으라며 장화심이 주막에서 나갔다. 장화심 저것이 심대곤이 있는 곳을 알고 있는 것 같다고 연화가 말했다.

아궁이에 장작불을 지펴서 방바닥이 뜨거웠다. 똥깐이 윗목에 눕자 연화가 아랫목에 누웠다. 먼 길 오느라 피곤한 몸으로 잠이 벌레처럼 스멀스멀 기어왔다. 똥깐이 코를 골자 연화도 잠들었다.

홍금희는 마당으로 나와 장화심이 나타나기를 기다렸다. 장화심이 좀처럼 오지 않았다. 방으로 들어와 앉았다가 잠에 빠져들었다. 셋이 잠에서 깼을 땐 창호지에 아침 햇살이 부서지고 있었다.

똥깐이 화들짝 놀라 방에서 나왔다. 마당에서 심익수가 버티고 있는 것이 아닌가.

"전생에 무슨 원한이 있기에 여기까지 찾아와서 못살게 구는 게냐?"

심익수가 대뜸 나무랐다.

"아…아버님."

똥깐이 마당으로 내려와 넙죽 절했다.

"너 같은 망나니짓 하는 아들 둔 적 없다."

심익수가 돌아섰다. 홍금희와 연화가 방에서 나왔다. 지난밤에 장화심이 건어물 상회로 가서 똥깐이 심대곤을 찾는다고 알렸다.

"아버님. 돌아서지 마시고 절 받으십시오."

똥깐이 심익수 앞으로 돌아가 또 넙죽 절했다.

"목계 줄다리기가 있던 날 대곤에게 얻어맞은 것을 분풀이라도 하러 온 게냐? 아님 왜놈 앞잡이로 대곤이 잡아가려고 온 게냐?"

"아버님. 제가 어찌 감히 대곤이를 잡아갈 것이며 분풀이를 하겠습니까? 대곤에게 용서를 빌고 또 만옥이 찾아서 제 할 도리를 다하고자

먼 길 마다 않고 온 것입니다."

입만 벌리면 구린내 진동하는 욕설과 악담을 쏟아내던 예전의 똥깐이 아니었다.

"이놈아. 내가 어찌하여 버러지만도 못한 네 늄의 아버지이며 또한 언감생심 만옥에게 할 도리가 있다고 헛소리를 지껄이는 게냐?"

심익수가 호통은 쳤지만 형언할 수 없는 감정이 복받쳐 오르는 것을 어쩌지 못했다. 똥깐이 땅바닥에 손을 짚고 눈물을 흘렸다. 심익수의 속이 복잡하게 얽혔다.

"나 좀 보자."

심익수가 똥깐을 방으로 불러들였다. 똥깐이 심익수가 앉기를 기다렸다가 절하고 무릎을 꿇었다.

"만옥이 제 각시인 거 아버님도 인정을 하셔야 합니다."

똥깐이 애절한 눈빛으로 심익수를 바라보았다.

"이놈아. 혼례를 올린 사실이 없는데 오만불손한 말을 함부로 뱉는구나."

만옥과 짝을 지어 줄 수 없는 똥깐의 짓거리를 알고 있는 심익수는 가슴이 먹먹했다.

"만옥일 만나게 해 주십시오. 아버님."

똥깐이 말끝마다 아버님을 붙였다.

"만옥인 이 세상에 없다."

심익수가 거짓말을 했다. 똥깐은 정신이 아뜩해져 눈을 아찔하게 감고 머리를 흔들었다.

"세상에 없다니요? 무슨 말씀이십니까?"

심익수가 심만옥을 숨기려고 거짓말하고 있다고 생각했다. 목계에서 갖은 악행을 저지르며 다녀도 사람 목숨이 간단하게 단절되는 것이 아니라는 것을 보아왔다. 심만옥이 세상을 버릴 정도로 모질지 못하다는 것도 알고 있었다.

"몸을 더럽힌 처녀가 무슨 광영을 보자고 더 살자 하겠느냐? 먼 길 왔으나 찾는 만옥이 없어 네 속이 아프겠지만, 딸을 앞세운 아비의 가슴은 어떠한지 상상이나 하겠느냐?"

심익수가 고개를 돌리고 긴 한숨을 쏟았다.

"아버님. 이놈을 죽여주십시오."

심익수의 거짓말에 똥깐이 닭똥 같은 눈물로 흐느껴 울었다.

똥깐이 진정으로 뉘우치며 개과천선한 사람이 되었단 말인가. 짝을 지어줘 아버지로서 역할을 할 수 있는 기회를 주어야 하는가. 저놈은 본성이 악한 놈이라 지금은 뉘우치는 눈물을 흘리고 있지만 언제 또 변할지 모르는 놈이다. 왜놈 앞잡이나 시정잡배 노릇으로 평생 괴롭힐 놈이다. 만옥이 죽었다는 거짓말로 미련을 두지 못하게 하여야 한다. 두 명의 여자와 동행했으니 믿지 못할 놈이다. 심익수는 흐느끼는 똥깐을 바라보며 심한 갈등을 겪었다.

"천운이 다하여 세상에 없는 사람에게 미련 두지 말고 새사람 만나서 착하게 살게."

심익수가 방에서 나왔다. 마당에서 엿듣던 세 여자가 흠칫 놀라 물러났다.

"이번에도 고맙네."

신발을 꿰어 신은 심익수가 장화심에게 한마디 던져놓고 황급히 나갔다. 내가 돌아올 때까지 여기서 기다리세요. 홍금희가 연화에게 속삭여놓고 심익수의 뒤를 밟았다.

"통곡한다고 죽은 사람 살아오지 않아. 인연이 아니라고 마음 고쳐먹고 사람답게 살아야지."

방으로 들어간 연화가 똥깐을 감싸 안고 토닥거렸다.

마포나루 강둑을 지나서 저잣거리 골목에서 심익수가 담벼락에 숨었다. 뒤를 밟다가 심익수를 놓친 홍금희가 뛰어가다 심익수와 맞닥뜨렸다.

"막실이 서방을 훔쳐간 경성처녀가 아닌가?"

심익수가 홍금희를 좋게 여기고 있을 리 없었다.

"심대곤씨를 꼭 만나야 할 사연이 있습니다."

"대곤이 처녀에게 생명의 은인이라 말했다고 들었는데 내게 자초지종을 말해줄 수 있는가?"

심익수는 아들이 어떤 연유로 기억을 잃었고 서창댁을 만나 경성에 온 과정이 궁금했다. 홍금희와 심익수가 마포나루 강둑으로 갔다.

"심대곤씨는 지금 위험한 상황에 처해 있어요."

충주성이 함락되고 남산아래 행랑채로 숨었다. 홍금희가 행랑방으로 다나까를 유인해 살해했다. 행랑채 노부부의 밀고로 박시만이 의병에게 잡혀갈 위험에 처했다. 들이닥친 사내들에게 뭇매를 맞으며 심대곤이 박시만을 도망가도록 도왔다. 심대곤은 박시만이 강막실의 남편이기 때문에 두 사람의 도피를 도와주다가 혼절했고 기억을 잃었다. 행랑채 노부부의 며느리 서창댁의 극진한 도움으로 건강을 회복해서 경성으로 왔다. 심대곤이 기억을 잃었지만 목계 병참 대장 사사끼의 살해범으로 수배되어 있다. 경성의 어느 친일 관리와 목계 병참 스즈끼 대장이 연합하여 모종의 작전을 펼칠 것이라고 홍금희가 말했다. 경성 어느 친일 관리란 홍금희 아버지 홍종오였다. 심익수가 안색이 까맣게 죽어서 어찌하면 좋겠느냐고 물었다. 심대곤을 만나게 해달라고 홍금희가 심익수에게 말했다. 심익수는 홍금희를 확실히 믿을 수 없어 심대곤과의 만남을 꺼렸다. 목숨이 걸린 일이라며 재차 애원하자 심익수가 앞장섰다.

한 무리의 왜병이 건어물 상회 앞에서 서성거렸다. 심익수가 깜짝 놀라 상회 뒷마당으로 들어갔다. 심대곤이 묶여 끌려 나오고 있었다. 심만옥과 서창댁이 놀라 울음을 터트렸다.

"안 된다. 내 아들을 데려가지 못 한다."

심익수가 문턱에서 두 팔 벌려 가로막았다. 왜병이 심익수를 밀쳐내고 심대곤을 건어물 상회 밖으로 끌고 나왔다. 홍금희가 심대곤과 맞닥뜨렸다. 죽음의 문턱에서 시만씨와 나를 구해 준 분이 틀림없었다. 홍금희가 가까이 가서 손짓해도 심대곤이 알아보지 못했다.

"어디로 가는 것인가요?"

홍금희가 왜병을 붙들고 물었다.

"배꽃같이 예쁜 처녀가 홍길동인가? 가흥에 번쩍 마포에 번쩍하네? 연화를 들쳐업고 달아난 똥깐이 마포 어딘가에 있겠구먼?"

뜻밖에 강달식이 나타났다. 홍금희가 어디로 가냐며 강달식을 붙들었다. 먼 길 가는데 막걸릿값이라도 얹어 줄 것이냐며 강달식이 목계로 간다고 알려주었다.

"밤길이 추우니 덧저고리를 가져오세요."

홍금희의 말에 서창댁이 저고리를 가져와 입혀주자 강달식이 길을 재촉했다.

"조금만 참으세요. 반드시 구해드릴 테니까요."

홍금희가 심대곤에게 말했다. 심대곤은 홍금희도 강달식도 몰라보며 당황한 얼굴로 그저 끌려갈 뿐이었다. 심익수와 서창댁도 따라나섰다.

목계로 따라갈 참이었다.

"혹시… 심만옥씨 맞나요?"

모두 떠나고 혼자 목놓아 우는 심만옥에게 홍금희가 물었다.

"누…누구세요?"

심만옥이 울음을 그치고 물었다.

"똥깐이라고 아세요?"

"그… 인간이 살아 있나요?"

심만옥의 물음에 홍금희가 대답하지 않았다. 심만옥이 죽었다고 똥깐에게 말하던 심익수가 떠올랐다. 연화를 들쳐업고 달아난 똥깐이 마포 어딘가에 있겠구먼? 심만옥은 경황없이 들었던 강달식의 말을 생각했다. 몽둥이로 맞고 피를 쏟던 똥깐이 마포에 와 있다? 자신도 모르게 아랫배를 손바닥으로 어루만졌다. 연화를 들쳐업고 왔다니. 참말 가흥창고 사택에서 왜놈 첩살이한다던 논다니를 업고 왔다고? 심만옥의 아랫배를 유심히 바라보던 홍금희가 무엇인가를 깨달은 듯 고개를 끄덕였다. 홍금희가 바삐 주막으로 갔다. 연화와 똥깐의 신발이 댓돌에 나란히 놓였다.

"심대곤씨를 만났어요?"

주막 마루에 앉아있던 장화심이 낮은 소리로 물었다. 강달식을 아세요? 홍금희도 낮은 목소리로 물었다. 홍금희는 마루에 앉아 놀란 심정을 먼저 가누었다.

"강달식? 스즈끼의 똥개가 심대곤씨를 잡아가요?"

홍금희에게 자초지종을 듣다가 장화심이 소리를 버럭 질렀다.

"강달식이 왜병을 대동해서 목계 병참으로 가고 있어요."

방문이 와락 열렸다.

"강달식 썩을 놈이 대곤이를 잡아간다고?"

엿듣던 똥깐이 방에서 나왔다. 홍금희가 침울한 심정으로 고개를 끄덕였다.

"혹시 만옥이를 만났어요?"

똥깐이 걸어와 홍금희의 손을 잡았다.

"그분은 세상에 없다는 말 들었잖아요."

홍금희가 똥깐의 손아귀에서 손을 빼내고 거짓말했다. 순간 홍금희와 장화심의 눈이 마주쳤다. 홍금희가 입술을 깨물었고 장화심이 고개를 끄덕여주었다. 심만옥이 마포에 살아있다는 것을 알고 있는 장화심이 홍금희의 거짓말에 동조했다.

"연화 저년을 창말에서 여기까지 없고 왔으니, 남들이 모두 부부라고 생각해. 저승에 간 사람 가슴에서 훌훌 털어내고 연화 저것이랑 마음 붙여 살아."

장화심이 처량한 목소리로 홍금희의 거짓말을 받아들이라고 말했다.

"저년이 예뻐서 업구 왔나? 비실비실 뒈져가는 꼬락서니가 불쌍해서 업고 온 게지?"

똥깐이 다리에 힘이 풀려 휘청 마루에 앉았다.

"속에 없는 말 씨부렁거리지 말고 저년 기둥서방이나 하셔."

장화심이 처진 똥깐의 어깨를 다독였다.

"계집년 술 방에 넣고 등이나 쳐 먹는 흉한 놈이 되라고?"

똥깐이 장화심 어깨로 한숨을 쏟았다. 똥깐이란 놈이 원래 그런 눔이 아니었냐며 장화심이 똥깐을 밀쳐냈다. 똥깐이 일어나 마당에 박힌 돌을 냅다 걷어차더니 연화가 누운 방으로 들어갔다.

"목계로 끌려갔다면 죽은 목숨인데. 불쌍해서 어떡하나? 머리를 되게 맞아 지난 것을 생각하지 못한다니 자기 죄도 모르고 죽을 것인 데….”

장화심이 걱정을 늘어놨다.

“사람 목숨이 갈바람에 논 구렁으로 곤두박질하는 잎사귀인가? 쉽게 죽는 것이 아녀.”

방에서 똥깐이 큰소리로 장화심을 나무랐다.

“저놈 때문에 목계나 창말에서 죽어 자빠진 사람들이 어디 한둘이었으며 그들이 무슨 큰 죄라도 저질러서 죽임을 당했냐?”

장화심이 닫힌 방으로 삿대질을 하며 목청을 높였다.

홍금희가 급히 일본 공사관으로 갔다. 자초지종을 들은 박시만이 스즈끼에게 전문을 넣었다. 홍금희가 앉지도 못하고 서성거리며 초조하게 기다린 회신은 절망적이었다. 병참대장 사사끼를 살해하였고 후임인 다나까 대장 실종의 유력한 용의자이므로 선처하여 방면할 사안이 결코 아니라고 스즈끼가 회답했다.

홍금희가 박시만의 만류를 뿌리치고 궁내부 대신으로 자리를 옮긴 아버지 홍종오에게 갔다. 심대곤이 잡혀간 사안에 절대 간섭하지 말라는 강경한 대답만 들었다. 심지어 집에만 있으라는 금족령까지 떠안았다. 어떡해서든 심대곤을 구명하려 발을 동동 굴렀지만 어찌해볼 방도가 보이지 않았다. 아버지와 박시만에 대한 증오심이 커졌다.

심대곤이 목계 병참 감옥에 갇혔다. 과거를 기억하지 못하고 왜 잡혀 왔는지도 몰랐다. 서창댁과 격리되었다. 지팡이 잃은 장님이 되었다. 서창댁과 심익수가 병참 근처 주막에 방을 얻었다. 스즈끼의 입이 귀밑까지 찢어졌다. 이또는 몹시 못마땅했다. 심대곤을 미끼로 옥영감에게 산삼을 뺏으려는 스즈끼의 속셈이 싫었다. 상관인 스즈끼에게 감히 거역하지 못했다. 스즈끼가 강달식을 불러 의풍 영감탱이를 만나고 오라고 명령했다. 의풍 산삼을 먼저 얘기한 강달식이 먼 길을 다녀와야 할 신세가 되었다.

"혼자 그 험한 길을 다녀오란 말씀은 아니지요?"

누구든지 같이 갔다 올 수 있게 해달라고 청했다.

"혼자 갔다 와."

스즈끼가 왜병과의 동행을 허락하지 않았다. 허락할 수 없었다. 왜병의 안전을 장담하지 못했다. 왜병이 병참마다 주둔은 했다지만 가는 길목에 호좌창의군 의병이 있어 강달식이 변절하면 왜병은 파리 목숨이 되는 것이었다. 강달식은 의풍 산삼 얘기를 먼저 꺼낸 것을 이제야 후회했다. 구원의 눈초리를 보냈는데 이또가 냉담하게 외면했다. 안전이 담보되지 않은 것은 강달식도 마찬가지였다. 똥깐이 그랬듯이 점점 누군가가 두려워지고 무서워졌다. 누군가가 뚜렷하게 지목되는 것은 아니지만 두려움은 점점 커졌다. 혼자 있으면 느닷없이 봉변을 당할 것 같고 장터처럼 복작거리는 곳에서는 여럿이 한통속으로 따돌리고 있다는 생각이 들었다. 잘못하는 것이 많을수록 두려움이 점점 커졌다. 자신을 보호해줄 사람은 조선 사람이 아니라 왜병이 되었다. 스즈끼가 정강이를 걷어차고 욕을 해도 같이 있어야 안심이 되는 신세가 서글퍼졌다. 의풍으로 가는 중에 강달식을 알고 있는 의병을 만나기라도 하면 목숨을 내놓아야 했다.

"강령에 토지를 얻었다는 영감탱이 딸 옥녀도 미끼가 될 수 있음을 명심하라고."

옥영감이 스즈끼의 청을 들어주면 옥녀가 강령에 살도록 해주겠다는 말이었다. 냉큼 갔다 오겠으니 군사 열 명을 붙여달라고 청했다. 혼자 갔다 오란 말 듣지 못했냐며 스즈끼가 소리를 버럭 질렀다.

"혼자 길 가다 매 맞아 죽어버리면 도로아미타불일 것인데요?"

강달식이 은근슬쩍 협박했다.

"병사와 함께 가다가는 강달식의 정체가 드러나서 맞아 죽을 것이고 혼자 방랑하듯 가면 무사할 것이니까 내일 이른 아침에 떠나도록 해."

듣고 보니 스즈끼의 말도 옳았다.

5

묘절 생자리

강달식이 전한 스즈끼의 제안에 옥영감과 옥녀의 귀가 솔깃해졌다. 심을 주면 잡혀 온 사돈총각의 목숨을 보전해 줄 것이다. 건네주는 심의 양에 따라 의병 간 심대풍의 목숨도 보전해 줄 것이다. 더불어 옥녀가 강령에 와 토지를 경작하여도 관여하지 않겠다. 옥녀는 명치에 얹힌 것이 일시에 내려가는 기분이었다. 옥영감도 마다하고 싶지 않은 제안이었다.

"한 달의 기한을 주겠소. 날이 길어질수록 옥에 갇힌 사람의 육신을 장담할 수 없을뿐더러, 머지않아 의병이 해산되고 심대풍이 잡혀 참형을 당해도 어쩔 수 없는 것이오."

강달식이 스즈끼의 협박을 전하고 베틀재로 넘어갔다.

강령에 가서 토지를 경작하여도 좋다는 제안이 덧붙었다. 옥녀는 자다가도 일어나 웃었다. 옥녀가 보채지 않아도 옥영감이 채삼 채비를 찬찬히 시작했다. 주루막(망태기)에 모새(쌀)와 새용(놋쇠냄비), 우렁이

(밥공기)와 올림대(숟가락)와 산재(젓가락), 감쟁이(낫), 주제비(바지), 그리고 더구레(저고리)를 넣고 불을 피울 호련(성냥)도 잊지 않았다. 디딘이(신발)도 단단한 것으로 갈아 신고 마대(지팡이)도 들었다.

심마니들이 입산하여 채삼하는 시기는 눈이 녹기 시작하는 삼월 중순부터 십이월 중순의 초겨울까지였다. 입산하여 심을 보기에 가장 좋은 시기는 처서부터 입동 사이로 이 기간에 채삼한 산삼이 보기도 좋았고 약효도 월등했다.

막 삼월이니 좀 이르긴 했다. 사위와 사돈총각의 목숨이 달려 있으니 옥영감은 하루가 급했다. 앞동산 오르듯 채삼 길을 떠날 수 없었다. 준비와 절차가 필요했다. 입산하는 날을 일, 삼, 오, 칠일 등 양의 수를 가진 일자를 택일했다. 이날은 액이 없고 길하다고 보았다. 양의 수를 가진 날짜도 그 날이 호랑이 날이면 택일하지 않았다. 호랑이를 산신의 화신으로 여기는 심마니의 관습에서 비롯되었다. 입산의 날이 정해지면 미리 신령님과의 교감을 갈구하고 신성한 관계를 위하여 예를 다했다. 철저하게 근신하며 살생은 금물이고 어떤 사체도 바라보지 않으며 술과 육류와 생선같이 기름기나 비린 것을 금했다. 심지어 아무리 친분이 깊은 관계라도 초상, 잔치, 제삿집을 방문하지 않았다. 근신은 입산하여 산중에서도 계속되었다. 가급적 대화를 삼가고 굳이 말이 필요하면 그들만의 독특한 은어로 대화했다. 산삼을 점지해준다고 믿고 있는 산신의 신성한 영역에서 인간의 말소리는 그 자체만으로도 불경이요, 더구나 속세의 언어는 산신에 대한 예의가 아니라는 관습을 가지고 있었다.

옥영감이 옥녀를 동행하고 소백산으로 향했다. 소백산 깊숙한 자락으로 오기까지는 옥녀가 앞장을 섰다. 산삼을 캐기 위해 산에 오르는 것을 심메라 했다. 심은 산삼을, 메는 산을, 마니는 사람을 의미했다.

심마니 중에 젊고 경험이 부족한 심마니를 소장마니라 칭했다. 경험이 풍부하고 노련한 심마니를 어인마니라고 불렀다. 여인이 동행하는 경우는 드물었지만 입산하는 여인을 게장마니라 불렀다. 처음 입산하는 자를 소댕이라고 했다.

소댕이 옥녀가 앞장을 선 이유는 어린 사람이 눈과 귀가 밝아 부정한 것을 빨리 발견할 수 있다고 믿어 온 풍습 때문이었다. 입산 도중에 여인과 마주치면 먼저 입산 중임을 알려주어 여인이 옆으로 피하여 그들이 지나가도록 기다리게 했다. 이때 어인마니가 여인에게 치마 한 조각을 요구하면 여인은 자신의 치마 한 조각을 찢어주어야 했다. 집에 남은 옥할멈은 닭이나 돼지 같은 동물을 잡지 않으며 빈대 한 마리도 죽이지 않아야 했다. 병든 사람과 같이 부정한 사람을 집안에 들이지도 않아야 했다. 옥영감과 옥녀가 산중에 있는 날이 사흘이든 닷새든 더 길게 열흘이든 바느질도 하지 않고 불씨도 남에게 주지 않아야 하며 몸가짐을 조심하며 산신령님께 빌기만 해야 했다.

저녁 무렵에 옥녀와 옥영감이 소백산 깊숙한 자락의 목적지에 도착했다. 산중에 있는 동안 머무르는 곳이었다. 움막을 지었던 흔적과 제를 올렸던 제단이 남아 있었다.

"죽은 나무로 움막을 만들어라."

옥영감이 바위에 올라 산의 지세를 살폈다. 움막을 짓는 동안 옥영감이 제단의 방향을 정하고 제물을 차렸다. 옥녀가 단정히 앉아 있었고 옥영감이 산신제 고사문을 읽고 절했다.

충청도 의풍 땅에서 온 옥가 심마니가 산신령님께 고합니다.

신령님 앉아서 천 리, 서서도 천 리

수만 리를 내다보시는 신령님께

부족한 심마니가 심메 보러 왔나이다.

그저 발 큰놈(곰) 눈 큰놈(호랑이) 흑저귀(까마귀) 멀리 쫓아주시고

소원을 이루게 하소서.

비사비몽 마옵시고 어디 어디에 있다고 직몽으로 일러만 주옵소서.

네잎쌍대나 오엽오분초 육엽육지에

구년묵이 덥석부리 독구도 매달린 물건도 내어 주옵소서.

산신께서 지어두신 방초 밭과 무밭을

아깝다 애석타 마옵시고 저희 인간에게 선사하여 주옵소서.

고사문을 읽은 옥영감이 소지를 두 번 날렸다.

"고분성엔 회제비가 녹았는데 배운성은 아직이네요?"

옥녀가 소백산 신선봉 골짜기에 아직 녹지 않은 눈을 바라보았다.

"회제비가 아니라 데팽이가 낀 것이다."

흰 눈이 아니라 안개가 서렸다고 옥영감이 말했으나 눈을 바라보지 말라는 의미였다.

이튿날의 채삼을 위해 잠자는 움막에서의 꿈을 소중히 여겼다. 현몽이라 하여 신령님의 계시를 받는 꿈이었다. 움막에서 잠에 들기 전에 큰 산삼 캐는 꿈을 기대하면서 경건하고 편안한 잠의 자세를 취했다. 산삼은 영초이기 때문에 산신의 계시 없이는 캘 수 없다는 믿음을 가지고 있었다.

꿈에서 하얗게 눈이 덮인 산이 보이거나 얼음이 꽁꽁 얼어붙는 장면이 보이는 것은 좋지 않은 꿈으로 여겼다. 채삼 터전인 산에 눈이 쌓이거나 물이 얼어붙는 곳에서는 산삼을 돋울 수 없다는 믿음을 가지고 있었다. 옥녀가 혹여 그런 꿈을 꿀까 봐 옥영감이 눈을 바라보지 말라

고 말했다.

소백산 자락에서 한가의 친구 중에 최가 심마니가 있었다. 꿈속에서 한가가 산중의 밭 가장자리에 앉아있는데 노인이 나타나 밭의 주인이 누구냐고 물었다. 한가는 자신도 모르게 친구인 최가의 밭이라고 대답하고 잠에서 깼다. 보통 꿈이 아님을 깨달은 한가가 이부자리에 앉아 최가의 행운을 빌었다. 이튿날 최가가 산에 올라 큰 삼을 캤다.

"몽사가 어떻더냐?"

이튿날 아침밥을 지어먹고 떠날 채비를 끝낸 옥영감이 옥녀의 꿈을 물었다.

"하얀 새가 날아오기에 눈을 뜨고 봤더니 학이더라고요. 너풀너풀 날아오는 학의 머리에 붉은 점이 있었고요. 학이 움막으로 쑥 들어와서는 망측하게도 가슴에 살포시 앉았어요."

옥영감은 속으로 옳거니 무릎을 쳤다. 길몽이 틀림없었다. 머리에 붉은 것은 삼의 열매를 뜻하고 날개의 흰 부분은 삼의 뿌리를 뜻하므로 반드시 삼을 캘 꿈이었다. 산신령님이 사위의 목숨을 구제하시는구나. 옥영감은 몹시 기뻤다.

"저쪽 고분성 너머에서 날아왔더냐?"

옥영감이 소백산 연화봉으로 손짓했다.

"어디서 날아왔는지는 잘 모르고요. 저쪽 고분성에서 까치가 울었어요."

옥녀가 신선봉을 가리켰다.

"그곳으로 가자. 건들게(바람)가 자래(나무)에 자고 데펭이(안개)도 없으니 산신령님이 점지해주실 것이다."

좀처럼 서두르지 않는 옥영감이 흥분하여 길을 재촉했다.

"무루미 다부리고서 담배를 피우지 않았잖아요?"

아침밥을 먹고서 담배를 피우지 않았음을 옥녀가 일러주었다. 옥영감이 바위에 앉아 빙그레 웃으며 곰방대에 궐련을 다져 넣었다. 흥분하여 서두르지 말라는 옥녀가 대견하여 천천히 담배를 피웠다.

"비녀꼬지(싹)가 아직 나오지 않았으니 어떻게 심을 찾아요?"

"땔나무를 하러 오지 않는 곳이니 지난 가을의 삼명아리(삼꽃)에 달실(열매)이 있을 게다."

"아버님이 숨겨두신 구광자리(산삼을 보아 둔 자리)가 있나요?"

"해몽도 좋고 날도 이만하면 생자리(새로 발견한 삼 자리)를 찾을 수 있을 게다."

"띠적 난 생자리(삼이 무더기로 있는 자리)를 보았으면 얼마나 좋을까?"

옥녀가 목계 하늘을 바라보고 중얼거렸다. 강령에 두고 온 옥답 다섯 마지기가 어른거렸다.

모녀가 꿈에서 까치가 울었다는 산자락으로 갔다. 싹은 돋지 않았고 가랑잎이 밟혀 부스럭거렸다. 땅은 녹아서 물기를 머금어 쪼그리고 앉아 기다리면 새싹이 금방이라도 돋아날 듯했다. 버드나무 몸통에 물이 올라 실가지가 하얗게 변했다.

땅에 묻힌 심을 찾기가 쉽지 않았다. 마른 심 줄기를 찾아 계곡을 건너고 산등성으로 넘어다녔다. 수풀을 헤치고 가시밭을 지나서 옥영감이 손짓하면 옥녀가 조심조심 산삼을 찾아다녔다. 산삼이 자생할 만한 자리를 아는 옥영감의 손짓에 옥녀가 밝은 눈으로 싹을 찾아다녔다. 옥영감이 소백산 자락에서 육십 평생을 살았다. 소백산의 산등성이며 골짜기며 바위벼랑까지 발길 닿지 않은 곳이 없었다.

영물 중에서 으뜸 영물 산삼은 땅속에서 싹이 없이 삼십 년 산다고 했다. 발이라도 달린 듯 움직여 돌아다닌다는 동삼이 있으니 옥영감이 육십 평생을 뒤졌다 한들 소백산 자락이 품은 산삼의 아주 일부를 보았을 터였다. 작년에 밟고 지나간 자리에 백 년이 훨씬 묶은 도삼(산삼의 아랫도리가 통통하고 여자의 몸처럼 생긴 산삼)이 오십 년 잠에서 깨어나 비녀꼬지(싹)를 들추고 있을지도 모르는 일이었다.

심봤다. 심봤다. 심봤다. 소백산 자락에 여인의 환성이 터졌다.

옥녀가 마른 삼 줄기와 열매를 발견하고 세 번 소리 지르고 들고 있던 마대(지팡이)를 땅에 꽂았다. 옥영감이 기쁘고 급한 마음으로 조신하게 다가왔다.

"옳다. 작년 달실이 틀림없다."

옥영감이 마른 산삼 열매를 손에 얹었다.

"아버님 구광자릴까요? 생자릴까요?"

옥녀가 새롭게 발견한 심 자리인지 물었다.

"생자리가 틀림없다."

옥영감이 주변을 살펴보고 대답했다.

"그렇다면 문이 어디인지 일러 주세요."

옥녀가 산삼의 씨앗이 흩날린 방향을 물었다. 옥영감이 마른풀의 흔들림과 산자락의 형세를 살피더니 문의 방향을 일러주었다. 산삼을 나무막대로 조심조심 돋우기 시작했다. 흙을 조금씩 덜어냈다. 산삼의 몸통이 드러났다. 채삼 경험이 많은 옥영감이 평생 동안 처음 보는 산삼이었다.

"약통(산삼몸통)의 가락지(주름)가 백 년은 족히 넘었다."

옥영감이 젖은 땅에 덮인 이끼를 뜯어 방금 캐낸 산삼에 둘러주고 참나무 껍질을 뜯어내 상하지 않게 덮었다. 산삼을 캐낸 곳에 산신령님에 대한 감사의 예물로 동전을 묻었다.

"띠적 난 자리(무더기 산삼이 난 자리)네요."

옥녀가 주변에서 여섯 뿌리나 더 발견했다.

"이만하면 되었다."

옥영감이 한 뿌리만 더 캐고 돌아가자고 했다.

"그냥 두고 가요?"

옥녀는 옥영감이 캐지 않은 다섯 뿌리가 아쉬웠다.

"한 뿌리만도 평생의 영물인데 두 뿌리를 주루미에 담았으니 산신령님 뵙기가 망측하다."

"정말 그냥 두고 가요?"

옥녀가 울음을 섞어 또 물었다. 강령 옥답이 눈앞에 어른거렸다. 옥영감이 옥녀의 말을 못 들은 척 하산 걸음을 재촉했다.

"신성봉 명아리에서 노루목 쪽으로 다섯 번째 명아리를 꼭꼭 살펴두어라."

움막으로 돌아와서 옥영감이 두고 온 산삼자리를 옥녀에게 일러주었다. 다섯 뿌리가 있는 산삼 자리가 옥녀에게 구광자리가 되었다.

해가 지고 어둠이 소백산을 에워쌌다. 황득(맹수와 추위 때문에 피운 모닥불) 앞에 앉은 옥녀는 말이 없고 움막에 들어간 옥영감이 연신 곰방대를 빨아댔다. 두고 온 다섯 뿌리면 강령 옥답을 스무 마지기는 더 살 수 있을 텐데. 의병 간 심대풍과 병참에 갇힌 심대곤이 생각났지만 강령에 펼쳐진 옥답이 눈앞에 어른거렸다. 아버님이 숨겨둔 구광자리가 또 있을 것이라고 생각했다. 옥녀의 추측이 옳았다. 날이 밝고 움막에서 떠나기 전에 잠깐 다녀오더니 산삼 한 뿌리를 캐왔다. 어린 산삼이라고 하였지만 삼십 년이 넘어 쌀 스무 가마의 값이 족히 넘었다.

아버님이 보아 둔 구광자리는 도대체 몇 군데일까? 산에서 내려와 열흘이 채 지나지 않았는데 산자락이 분홍으로 물들었다. 소백산 잔등에 참꽃이 꽃망울을 터뜨렸다. 참꽃이 번진 산자락을 볼 때마다 두고온 다섯 뿌리에서 막 돋아나는 비녀꼬지가 어른거렸다. 강달식이 정한 한 달이 가까워졌다. 옥녀는 댓돌에 앉아 베틀재를 바라보는 것이 하루의 일과가 되었다.

"내일은 베틀재를 넘어가야 할 것 같아요."

강달식이 약속한 한 달이 되어도 오지 않았다. 옥녀가 목계 병참 스즈끼에게 가겠다고 말했다.

"그놈들이 먼저 꺼낸 거래니라. 서두르면 그르친다."

옥영감은 조금도 조급해하지 않았다. 저만한 영물을 포기할 놈이 결코 아니라고 생각했다.

"무작정 기다리기만 하다가 대풍씨가 변을 당하면 어쩌죠?"

옥녀는 옥영감의 태평한 태도에 눈물을 흘렸다.

"왜놈과의 거래를 진심으로 받아들이지 말거라. 능히 지록위마라 억지를 쓰고도 남을 놈이다."

사슴을 가리켜 말이라고 우기는 믿지 못할 놈이라고 옥영감이 달랬다. 옥영감이 산삼을 먼저 내 놓으면 억지를 쓰면서 거래를 무시할 것이라고 예감했다.

그렇게 며칠이 지나고 옥녀의 애간장이 까맣게 타들어 갔다. 참꽃이 소백산 높은 곳까지 발갛게 번졌다. 겨우내 벌거벗고 섰던 나뭇가지로 푸르스름한 기운이 서렸다. 오늘 밤 자고 일어나면 새파란 싹을 훅 틔워 놓을 것처럼 보였다.

강달식이 베틀재로 넘어왔다.

"보세요, 저기 내려오는 사람이 한 달 전에 왔던 그 사람 맞지요?"

강달식이 백년손님이라도 되는 듯 옥녀가 호들갑을 떨었다.

"허둥지둥 덤비지 말고 방으로 들어가 있어라."

옥영감이 옥녀를 방으로 몰아넣었다. 강달식이 사립문으로 들어와 댓돌에 앉은 옥영감 표정부터 살폈다.

"영감. 한 달 전의 거래를 잊지는 않았을 텐데 어찌 그리 태평하시우?"

강달식이 옥영감의 느긋한 모습에 다소 불안한 얼굴빛을 그렸다.

"이놈아. 네놈 눈깔에는 봄꽃이 흐드러진 산등이 뵈지도 않아? 심 명아리는 여름에나 피는 것이다. 성급하기가 우물에서 숭늉 찾기와 한 가지니 네놈을 부리는 놈도 한심하다."

백 년도 훨씬 넘은 산삼을 두 뿌리나 뽑아다 놓고 옥영감이 시치미를 뗐다.

"심 꽃이 피지 않아 산삼을 캐지 못했다 그 말예요?"

"꽁꽁 얼어붙은 강바닥에서 죽순이라도 따낼 수 있다고 믿었느냐? 나잇살이 스물은 넘어 뵈는 놈이 대가리에 똥물만 잔뜩 채웠구나."

"흐흐흐. 영감탱이 말 싸가지를 고지랄로 내뱉으면 심대풍은 죽은 목숨입니다? 강령에 사났다는 다섯 마지기 논바닥에 곡식은 고사하고 잡풀만 환장하게 크겠구먼?"

이틀이나 꼬박 걸어 온 강달식이 실망의 표정을 감추고 옥영감을 협박했다.

"인명은 재천이고 옥답엔 곡식이 자라는 법이다."

"죄지은 목숨을 어디 산목숨이라고 하겠으며 임자 없는 땅덩어리를 어찌 옥답이라고 하겠습니까?"

강달식도 보통내기가 아니었다.

"네놈 상전은 두 목숨과 다섯 마지기 곡식값으로 도대체 얼마나 달라는 게냐?"

옥영감이 협상을 시작했다.

"발바닥에 불나게 먼 길 온 사람에게 너무 하십니다?"

강달식의 눈자위가 허옇게 커졌다.

"두 목숨 방면하면 심 한 뿌리 내어준다고 전해라."

두 목숨과 산삼 한 뿌리로 거래하자고 옥영감이 조건을 내놓았다.

"영감 실성했소? 심 한 뿌리로 두 목숨을 방면할 놈이 누가 있다고 씨알머리없는 소릴 하시우?"

강달식이 아니라 누가 들어도 거래될 수 없는 옥영감의 조건이었다.

"이놈아. 한 뿌리가 괜한 한 뿌리더냐? 삼십 년 묵은 다섯 뿌리를 보태도 백 년 묵은 한 뿌리에는 어림이 없는 것이 심인 것이다."

한 뿌리가 아니라 다섯 뿌리 값어치라는 말에 강달식의 구미가 당겼다.

"백 년이나 묵은 심 뿌리라 하셨소?"

강달식의 입이 쫙 벌어졌다.

"청나라 속곳만 입구 살았느냐? 사람 말을 곧이듣지 않네? 심은 준비되었으니 돌아가서 갇힌 사람 풀어주게."

"어서 내놓으시오. 손바닥에 그 엄청난 뿌리 턱 얹어주면 냅다 목계 병참으로 가서 심대곤을 풀어 주리다."

강달식이 손바닥을 척 내밀었다.

"도적놈 손바닥에다 백 년 묵은 심을 턱 얹어 달라고? 사돈총각을 풀어주기 전에는 어림없다."

옥영감이 눈알을 부라리고 돌아앉아 곰방대에 궐련을 욱여넣었다. 방에서 엿듣는 옥녀는 애가 탔다.

"영감이야말로 청국 속곳을 입으셨습니까?"

강달식도 애가 탔다. 평생 산삼 한번 구경하지 못했다. 한 뿌리도 아니고 삼십 년 묵은 다섯 뿌리가 어림없다는 백 년 묵은 영물을 보고 싶었다.

"남의 나라 땅을 뺏으러 온 섬나라 흉한 놈을 너 같으면 믿을 수 있겠느냐?"

강달식은 말문이 막혔다. 옥영감의 말이 틀리지 않았다. 백 년 묵은 산삼을 손아귀에 쥔다 해도 스즈끼에게 전달이 될지 자신마저 믿지 못할 것 같은 예감이 들었다.

"심대곤을 풀어주면 백 년 묵었다는 영물을 내어주시겠습니까?"

옥영감을 얕보고 버릇없게 굴던 강달식이 변했다. 저절로 공손해진 태도와 말로 옥영감의 비위를 맞추려고 비굴해졌다.

"제천에 있는 사위 목숨은 어떻게 보장을 할 것이냐?"

옥영감이 심대풍의 목숨을 거래 조건에 덧붙였다.

"심대풍이 눈앞에 나타나야 죽이던 살리던 할 게 아니요? 한 뿌리 갖고는 두 목숨값이 안 된다 하지 않았습니까?"

강달식이 버럭 끓어오르는 것을 참으며 공손하게 말했다. 화를 참으며 속을 감추는 강달식을 옥영감이 물끄러미 바라보았다. 저놈이 기어코 두 뿌리를 가져갈 심산이로구나. 두 뿌리를 내어주었다가는 도중에서 농간을 부릴 게 뻔하다. 저놈의 말만 믿고 선뜻 내어주었다가는 도둑맞을 가능성이 농후하다고 판단했다.

옥영감은 강달식이 한 달 전에 왔을 때부터 신뢰하지 않았다. 선량한 양민이 왔어도 믿을지 말지 할 판에 조선을 배반하고 왜놈 앞잡이가 된 깡패 같은 놈을 믿을 수 없었다.

"이렇게 함세. 사돈총각을 풀어주면 심 한 뿌리를 내어주고. 후에 사위가 잡혀있다 풀어주면 또 한 뿌리를 내어 주겠다.”

강달식이 받아들이기 어렵게 옥영감이 조건을 내걸었다. 강달식의 몫이 없으니 얼굴을 잔뜩 찡그렸다.

“씨부랄. 발바닥에 열불이 나게 다닌 놈은 헛물만 잔뜩 켜버렸네.”

강달식이 제 몫을 따로 챙기려던 속셈을 드러냈다.

“먼 길을 오가느라 고생했네. 백 년은 못 되었지만 흰쌀 스무 가마니는 넉넉한 한 뿌리 자네에게 내어 줄 테니 서운케 생각은 말게나.”

옥영감이 거간비로 한 뿌리 주겠노라고 선심 썼다. 흰쌀 스무 가마니? 강달식의 입이 귀밑까지 찢어졌다.

“임자 만나면 서른 가마니도 가능한 물건이네.”

“농지거리 아니지요?”

“사람 목숨이 걸려 있는데 내가 어찌 식은 소리를 하겠느냐?”

옥영감이 호통은 쳤지만 온화하게 웃어주었다. 강달식이 사립문에 나가 베틀재 고개로 손짓했다. 고갯길에서 조선 사람으로 변복한 왜병 넷이 심대곤을 포승줄로 묶어 끌고 왔다.

“섬나라 버르장머리 없는 놈 때문에 사돈총각 고생이 많네.”

옥영감이 포승줄을 풀었다. 문틈으로 밖을 보던 옥녀가 심대곤을 보았다. 충주에서 천신만고 끝에 찾았다가 헤어진 심대곤이 나타났다. 콩알 볶듯 울렁거리는 가슴에 두 손을 얹고 큰 호흡을 내리 몰아쉬던 옥녀가 방문을 열고 나왔다. 강령에서 도망간 심대풍 각시가 숨어 있었네? 강달식이 옥녀를 발견하고 이죽 웃었다. 강달식의 이죽거림이 옥녀의 귀에 들어오지 않았다.

심대곤은 마포 건어물 상회에 살며 아버지와 여동생에게서 형과 형수의 얘기를 귓속에 딱지가 앉도록 들었다. 형은 의병이고 형수는 옥녀라고 들었다. 그런데 강달식이 방에서 나온 옥녀를 심대풍의 각시라고 말했다. 충주 행랑에 찾아와 함께 가자고 했던 여인이 형수임을 이제야 알았다.

옥녀는 서럽고 기뻐서 눈물이 났다. 옥녀가 떠듬떠듬 다가갔다.

"형수님."

심대곤이 옥녀를 형수라고 불렀다. 옥녀가 가슴이 쥐어뜯기는 아뜩함에 휘청거렸다. 옥할멈이 부축해서 정신을 가누었으나 기가 막히고 황당했다.

"심을 가져오너라."

옥영감 옥녀에게 맡겨두었던 심을 가져오라고 말했다. 강달식과 왜병이 눈을 휘둥그렇게 뜨고 침을 꼴딱 삼켰다. 옥녀가 움직이지 않았다.

"아버님 말씀 거역할 처지가 아닐 텐데? 두 목숨 걸린 영물인데?"

강달식이 머뭇거리는 옥녀를 압박했다. 옥녀가 천천히 움직여 심을 가져와 옥영감에게 건넸다.

"영감. 백 년 묵었다는 그거 썩지 않게 잘 건사하고 계시우. 심대풍이 위험에 처하면 득달같이 와서 가져갈 테니."

강달식이 삼을 손에 쥐자 공손했던 태도를 바꾸었다.

"소백산 산신님 품에 있는데 썩을 수가 있겠느냐?"

옥영감은 사돈총각이 고갯길에 와 있는지 몰랐다. 포승줄이 풀렸으니 강달식이 욕지거리를 걸러 붙여도 참을 참이었다. 산삼이 산신님 품에 있다는 말을 알아듣지 못한 강달식이 고개를 갸웃거렸다.

"아직 산중에 있느니라."

옥영감이 허허허 웃었다. 옥녀는 아버지가 심 다섯 뿌리를 캐지 않고 내려온 까닭을 깨달았다. 심대곤이 사립문으로 나갔다. 왜병은 심대곤이 없어진 줄 모르고 산삼에 넋을 놓았다. 왜병이 고갯길로 올라갔다. 강달식이 따라가지 않고 쭈물거렸다.

"이것으로 사철 굶지 않을 땅 마지기는 살 수 있으니. 왜놈 앞잡이는 그만두고 사람답게 살아라."

옥영감이 작은 심을 싼 뭉치를 강달식의 품에 찔러주었다.

"고…고맙소. 영감님."

강달식이 머리가 땅에 닿을 듯 굽실거렸다. 눈앞의 재물에는 체면도 뒷전이었다.

"의병 간 사위 목숨 구해주면 이보다 더한 것을 줄 테니 잊지 말게."

고갯길로 부지런히 가는 강달식에게 옥영감이 소리 질렀다.

"이보다 더한 것을 또 주신다고요?"

입이 짝 벌어진 강달식이 돌아서서 손을 흔들었다.

"머슴 두고 땅땅거리며 살게 해 줌세."

옥영감이 어서 가라고 손짓했다.

심대곤은 모든 것이 낯설었다. 아버지와 서창댁이 목계에서 기다린다며 돌아가겠다고 말했다. 오늘은 늦었으니 하룻밤 자고 가라고 옥영감이 붙들었다. 경성에서 목계로 끌려오면서 죽을 줄만 알았는데 옥영감이 구명해주었다. 옥영감의 요청을 뿌리칠 수 없어 하룻밤 묵었다.

"아버님과 처가 포승줄에 묶여 목계로 오는 저와 동행하였습니다. 방을 얻어 옥바라지를 하였는데 의풍으로 온 사연을 모르시고 황망해 하실 것입니다."

이튿날 날이 밝기 무섭게 떠난다고 마당으로 나왔다.

"발 빠른 강달식이 내일이면 목계에 도착하고 사돈어른도 자세한 내막을 아실 것이네.”

옥영감이 조급해하지 말고 편안하게 돌아가라고 일렀다.

“목계로 가는 길을 아세요?”

옥녀가 새벽에 먼저 일어나 옥영감 부부 모르게 먼 길 갈 채비를 마쳤다. 심대곤이 고개를 흔들며 난감한 표정을 지었다. 기억을 잃었고 포승줄로 묶여 왜병에게 끌려왔으니 돌아가는 길을 알 턱이 없었다. 감옥에 갇혀 있어 육신이 건강하지 못했다.

“저와 같이 가요. 강령 토지에 씨를 뿌려야 해요.”

옥녀가 같이 가자고 나섰다. 가는 도중에 심대풍을 찾아가 스즈끼와의 약속을 알려줘야 한다고 말했다. 옥영감 부부가 한사코 말렸다. 옥녀가 잠깐 생각하더니 옥영감 부부와 같이 강령으로 가자고 말했다. 옥영감이 가지 않겠다고 거절했다. 옥녀는 다섯 뿌리나 남겨 놓은 산삼 생자리가 불현듯 생각났다. 옥영감이 의풍에서 떠나면 생자리도 잃어버릴 것 같은 예감이 들었다.

“형수님이 동행해 주신다면 고맙지만….”

심대곤이 말끝을 흐렸다. 형수님. 옥녀는 가슴이 찢어지는 고통을 느꼈다. 심대곤에게 잠깐 밖에서 만나자고 했다. 심대곤이 의풍에 처음 온 사람처럼 소백산 산줄기와 깊은 골짜기와 영월로 가는 계곡을 두리번거렸다.

“저쪽 회골을 아세요?”

심대곤이 살았던 집으로 갔다. 심대곤이 그저 무덤덤하게 폐가를 바라보았다.

“저 집에서 살았던 거 기억나세요?”

회골 집을 기억하면 용진 주막 뒷방에서의 그 엄청난 인연을 회상할 수 있을까 기대했다.

"그랬었나요?"

돌아오는 대답이 옥녀의 가슴을 갑갑하게 옥죄었다.

"부…인이 있지요?"

옥녀가 어금니를 물고 서창댁을 꺼내 들었다.

"형수님에게 아랫동서가 되겠네요. 충주에서 죽을 목숨을 살려주었고 마포에서도 그 사람 때문에 편하게 살았어요."

심대곤이 충주 행랑채를 기억했다.

"충주 행랑에 내가 찾아갔었던 거 기억나요?"

충주 행랑채에서 울먹이던 옥녀를 기억하고 있는지 물었다.

"그때는 형수님을 알아보지 못해 죄송했어요."

심대곤이 충주 행랑채에서의 기억나는 것들을 천천히 말했다. 생명의 은인에게 은혜를 갚는 심정으로 여생을 함께할 것이라며 옥녀의 가슴을 헤집었다. 의풍이 기억나지 않느냐고 물었다. 심대곤의 대답은 간단한 고개 끄덕임이었다.

"만약…에…요."

옥녀가 말을 끊고 뜸을 들였다.

"기억을 잃기 전에 서창댁보다 더 소중한 인연을 맺은 사람이 있다면 어떡하겠어요?"

옥녀가 심대곤에게 표정을 보이지 않으려 돌아섰다. 그리고 입술을 깨물었다.

"그런 사람이 있었나요?"

심대곤이 진지한 어조로 물었다. 옥녀가 눈을 질끈 감았다.

"그런 사람이 있었나요?"

심대곤이 다시 물었다.

옥녀가 대답 대신에 골짜기 물로 갔다. 손을 천천히 씻고 또 씻었다. 강령 토지만 생각하고 살자. 중얼거리며 뽀득뽀득 손을 씻었다.

6

섬나라 변절자

선봉장 절충이 처형되었다. 흐트러진 군율이 잡히는 듯했으나 열흘을 넘지 못했다. 뜰과 길섶으로 연둣빛 싹이 돋아났다. 고향에 두고 온 전답이 생각나서 도망가는 의병의 수가 둑 터진 봇물 같았다. 도망친 의병이 버리고 간 총기가 자고 나면 수두룩하게 쌓였다.

의암과 장수가 이탈하는 의병을 막을 재간이 없었다. 단발령이 내려지고 국모가 시해되어 의기투합했던 의병이지만, 본래 대대로 농사를 짓고 살아온 농투성이였다. 농한기 겨울에 의병이 되었지만 날씨가 풀리고 농사철이 다가오니 두고 온 전답으로 돌아갔다. 회귀하는 연어처럼 부모와 아내와 자식들에게 돌아가는 그들을 막지 못했다. 충주와 목계에서 왜병에게 패하고서 관군과 왜병의 해산 압박이 거세졌다. 의암이 말을 하지 않았지만 해산의 구실을 찾고 있는 중이었다.

"서북방면으로 가서 군사를 다시 모집하여 왜병과 대적하고자 하는데 어떠한가?"

의암이 심대풍과 둘이 있을 때 의중을 털어놨다. 도피처를 찾고 있음이었다. 전국 팔도가 지금 상황과 같을 것이라고 심대풍이 불가함을 말했다. 의암이 요동으로 나갈 것을 은밀히 밝혔다.

강령 만석지기 박갑수의 외동딸 박단실이 심대풍을 찾아왔다.

"의논드릴 일이 있어 박달재로 넘어왔습니다."

"도처에 의병과 왜병이 대치하고 있는데 여인의 몸으로 박달재를 넘어왔단 말입니까?"

"소인이 뫼시었습니다."

배집사가 저쪽에서 지켜보다 걸어왔다.

"위급한 일이 있는 것 같으니 방으로 듭시다."

의병과 주민의 눈을 의식한 셋이 방으로 들어갔다. 강령에 와 줄 수 없느냐고 배집사가 찾아온 목적을 말했다. 심대풍도 박달재 넘어 고향으로 가고픈 심정 간절했다. 의병의 기세가 꺾이고 해산이 눈앞에 보이니 고향이 그리웠다. 의병대열에서 벗어나면 붙잡힐 처지라 마음만 간절했다. 앞날이 먹구름만 가득 들어찬 듯 가슴이 갑갑했다.

"강령에 오셨을 때 아버님과 나눈 말씀 기억하고 있으리라 믿고 싶습니다."

요동으로 갈 때 동행하겠다는 약속 잊지 않았느냐고 박단실이 물었다. 심대풍이 그날을 회상하고 고개를 주억거렸다. 요동으로 가는 상황이 되지 못해 움직이지 못할 뿐이었다.

"요동이 아닌 강령에다 님을 붙들고 싶습니다."

박단실이 머뭇머뭇 말을 삼키다가 얼굴을 붉혔다. 심대풍이 흠칫 놀라 박단실을 바라보았다. 박단실이 눈을 초롱초롱하게 뜨고 입술을 깨물었다. 심대풍은 즉답할 처지가 아니라 대답하지 않았다.

"아씨를 지켜주십시오. 참판마님도 지켜주시고 또 만석지기 토지도 지켜주십시오."

배집사가 무릎을 꿇었다. 심대풍이 황당하여 만류했다. 박단실도 무릎을 꿇었다.

"사람 잘못 보셨습니다. 이미 말했듯이 목숨을 장담할 수 없으며 또 만석지기 토지를 지켜줄 만한 그릇도 되지 못합니다."

심대풍이 오히려 황당해져 극구 사양했다.

"목숨은 참판나리께서 구명해주실 것입니다. 만석지기 토지에서 천석지기 떼어주면 목숨 보전의 방도가 생겨날 것입니다."

토지로 뇌물을 주어서라도 박갑수의 사람으로 만들겠다는 의지를 전하러 온 것이었다.

"나라와 임금을 위하여 분연히 봉기하였는데 조정의 매국대신이 왜와 결탁하여 대역죄인의 누명을 씌웠습니다. 억울한 누명이기는 하나 죄를 재물로 대신할 수 없습니다."

심대풍이 목숨을 뇌물로 구걸하지 않겠다고 거절했다.

"참판마님께서 목계 병참 스즈끼와 물밑거래를 하고 있습니다."

"물밑거래?"

"스즈끼의 꼭두각시 강달식이 강령과 병참을 오가며 협상을 하고 있습니다."

"참판어르신이 천석지기 토지로 이 몸을 사겠단 말이군요?"

"머슴으로 사들이는 것이 아님을 깨달으셔야 합니다."

심대풍이 황당하여 말문이 막혔다. 무릎을 꿇고 있는 둘을 편히 앉도록 했다. 대답 주기 전에는 꿈쩍도 하지 않겠노라고 둘이 입술을 깨물었다. 심대풍이 곤란한 상황에 빠졌다. 갑작스럽게 정곡을 찔려 육신과 정신이 아뜩하니 사나흘 말문을 달라고 하여 꿇은 무릎을 풀게 했다.

"임을 거안제미로 받들 것입니다."

박단실이 밥상을 눈 위로 받들어 올리며 심대풍을 섬기겠다고 말했다. 아내로서 남편을 지극히 공경하겠다는 박단실의 뜻이었다.

"혼인을 약속한 여인과 떨어져 있지만 한시도 생각에서 지워 본 적이 없습니다."

옥녀와 동행하여 박달재를 넘어왔던 배집사를 심대풍이 바라보았다.

"그러하신 임의 뜻을 높게 공경하고 있습니다. 두 분 평생 금슬상화하시기를 바라겠습니다."

박단실이 심대풍을 줄곧 임이라고 불렀다. 거문고와 비파의 소리가 조화롭게 어울리듯 심대풍과 옥녀가 부부로 화합하기를 바란다고 말했다. 심대풍은 둘을 강령으로 보내야 했다. 사흘 후에 답을 주겠으니 돌아가라고 말했다. 더 있어 봐야 위험한 시간의 연속이기 때문이었다. 사흘 후면 참판마님과 스즈끼와의 거래가 성사될 것이고 자유로운 사람이 될 것이라며 배집사가 밝은 표정을 지었다.

옥녀가 심대풍의 처소로 왔는데 심대곤과 함께 왔다. 형이 행방불명되었던 동생의 손을 덥석 잡았다. 동생이 어색하여 고개를 돌렸다. 형의 눈물을 보고 동생도 눈물을 흘렸다.

"강령으로 함께 가요"

옥녀의 말에 심대풍이 깜짝 놀랐다. 어제 배집사와 박단실이 했던 말을 옥녀가 또 했다. 옥녀가 스즈끼와 산삼 얘기를 들려주었다. 스즈끼 이놈이 내 목숨을 두고 이중거래를 하고 있구나. 중얼거렸지만 박단실과 배집사가 왔었음을 말하지 않았다. 옥영감과 스즈끼 사이에 거래가 있었다면 박참판과의 거래는 속임이었다. 스즈끼가 박참판의 천석 토지를 가져가기 전에 강령으로 가겠다고 마음먹었다. 의풍에서 오느라 고단하겠지만 박달재 넘어 강령으로 가기로 했다. 옥녀가 환하게 웃었다. 심대풍은 잠시 기다리게 해놓고 의암에게 갔다. 의암에게 이유는 말하지 않고 하직을 고했다. 요동 가는 여정에 벗을 하려 했건만 위험한 길이라 같이 가자고 고집부릴 수 없다며 몹시 서운한 내색을 감추지 못했다.

"박달재 넘어 강령에 머물 예정입니다. 요동으로 가시는 길목이니 바람처럼 가시지 말고 기척하시며 가십시오."

심대풍이 일어나 큰절을 하고 의암의 처소에서 나왔다. 의암이 나와 심대풍이 보이지 않을 때까지 서 있었다. 박달재 고개로 접어들자 어두워졌다. 낮에는 관군이 박달재로 가는 길목을 지키고 있었지만 밤이라 허술했다. 캄캄한 밤에 길목에 나와 있다가 의병의 습격을 받을까 두려웠던 것이었다. 해가 뜨기 전에 강령에 도착해야 했으므로 부지런히 걸어갔다. 옥녀가 가쁜 숨을 몰아쉬며 심대풍이 모르는 일들을 말해주었다.

강령에 도착했다. 어스름한 새벽 기운이 강물줄기에서 일어서 있었다. 의풍에서 걸음을 시작한 심대곤과 옥녀의 얼굴에 피곤이 덕지덕지 묻어났다. 옥녀는 박참판이 내어준 사랑채 방에 가서 잠을 자고 싶었다.

"아버님이 계시는 목계로 가요."

심대풍이 목계까지 계속 가자고 말했다. 강령에서 목계까지는 이십 리를 더 걸어야 했다.

"곧 날이 밝으면 길목마다 병참 왜병이 지키고 있을 텐데."

심대곤도 서창댁과 아버지에게 무사히 돌아왔음을 눈으로 확인하고 싶었다. 심대풍이 붙잡힐까 우려되었다.

"대곤이 목계로 가서 아버님을 뵙도록 해라."

심대곤이 목계까지 계속 가기로 하고 심대풍과 옥녀가 박참판네 대문을 두드렸다. 배집사의 연통을 받은 박단실이 황급히 나와 맞이했다. 심대풍이 참판 어른에게 드릴 말씀이 있다며 박갑수에게 가자고 했다. 박단실의 안내로 박갑수의 방으로 들어갔다.

"만석지기 가문이 토붕와해되는 와중에 늙은이까지 몸져누웠으니 먼 길 오신 젊은이에게 민망하구려."

누워 있던 박갑수가 몸을 일으켜 심대풍과 옥녀를 맞이했다.

소작인 박종삼의 농간으로 아편이 안방에 몰래 들어오고 외아들 박단홍이 아편의 오묘한 맛을 알았다. 토지문서가 주인도 모르게 대문밖으로 흘러나갔다. 기와집 흙이 무너져 떨어지고 기와가 깨져 흩어지듯 만석지기 가문이 기우는 조짐이 보였다.

"천석지기 토지를 내어주고 이 몸을 구명하신다는 얘기를 들었습니다."

심대풍이 박갑수와 스즈끼의 거래가 사실인지 물었다.

"그…그…일은 비밀스럽게 추진하고 있는데 어찌하여?"

박갑수가 배집사와 박단실을 번갈아 쳐다보았다.

"제가 찾아뵙고 아버님의 뜻을 전하였습니다."

박단실이 무릎을 꿇었다.

"나라를 구하고자 의병이 되었으나 목숨을 장담할 수 없는 신세가 되었습니다. 참판어른의 뜻이 백골난망입니다만 뜻이 너무 황당하여 받아들이기 어렵다는 말씀을 드립니다."

심대풍이 그럴 수 없다며 정중하게 사양했다.

"천석지기 토지를 내주어도 구천석지기 토지가 있으니 참판마님에게는 큰 손실이 아닙니다.”

배집사의 말에 박갑수가 그렇다고 고개를 끄덕였다.

“구천석지기가 남아 있어 가문의 위세가 흔들림이 없다 하지만 천석지기 토지를 경작하는 백성은 어찌 되는지 생각하셨습니까? 한 사람의 목숨이 중하다 하여 천석지기 토지를 경작하는 백성을 굶주리게 할 수 없습니다.”

심대풍의 말에 박갑수와 박단실과 배집사의 입술이 얼어붙었다. 옥녀는 곁에서 자신의 안위보다 도리를 앞세우는 심대풍이 안타까웠다. 박단실은 심대풍이 야속해서 눈물이 저절로 나왔다.

뜻이 깊고 인정 또한 넘치는 젊은이로구나. 만석지기 토지를 지켜나갈 적임자로다. 박갑수가 속으로 감탄하는데 심대풍 옆에 다소곳이 앉은 옥녀가 새삼스럽게 보였다.

저 처자만 아니면 이 젊은이는 단실의 배필이며 만석지기 토지의 주인이며 강령고을 소작인의 든든한 어른이 될 텐데. 박갑수는 생각을 할수록 아쉬웠다. 그런데도 어쩐 일인지 옥녀가 밉지 않았다.

“의병의 해산이 임박한 것으로 듣고 있는데 요동으로 갈 작정인가요?”

박갑수의 뜻을 받아들일 수 없다는 심대풍이 야속해서 눈물을 삼키던 박단실이 물었다.

“참판어른이 옥녀에게 내주신 다섯 마지기 논을 부치며 살겠습니다.”

심대풍이 옥녀의 땅에다 농사를 짓겠다는 말을 남기고 안방에서 나왔다.

박갑수와 박단실은 심대풍이 강령에 머물 것이라는 말에 우선 안도했다.

“강령에 와 있음이 알려지면 병참에서 왜병이 올 것입니다. 포박당하는 위급한 상황에 처하면 마님의 뜻을 받아들일 것입니다."

배집사가 박단실을 위로했다. 박갑수와 박단실은 옥영감과 스즈끼와의 거래를 몰랐다. 밤새 걸어서 졸리고 고단해서 옥녀의 방에 누웠다. 눈을 감고 잠을 청하던 심대풍이 목계 병참으로 가서 스즈끼 대장을 만나겠다며 일어났다. 옥녀가 안 된다고 펄쩍 뛰었다.

"어차피 부딪혀야 할 사안이오. 의풍 어르신 말씀도 있고 참판어른도 황당한 뜻을 가지고 있으니 큰 염려는 하지 않아도 될 것입니다."

심대풍이 스즈끼를 만나 속셈을 알아야 이후의 일을 계획할 수 있다고 판단했다.

"왜놈을 믿어서는 안 된다고 말씀하셨잖아요?"

옥녀는 스즈끼가 미덥지 않았다. 옥영감과의 거래를 묵살하면 심대풍이 곤경에 처할 것이 뻔했다. 스스로 걸어가 해를 입을까 걱정이 이만저만이 아니었다. 황금덩어리 눈앞에 두고 멀쩡한 놈 없다며 심대풍이 고집을 꺾지 않았다. 가지 말라고 설득을 거듭하던 옥녀가 같이 가겠다고 따라나섰다. 옥녀는 뜰을 지나면서 옥답 다섯 마지기를 바라보았다. 잡풀이 파릇하게 돋아 미나리꽝으로 보였다.

"박가 늙은이 땅을 다섯 마지기나 사들인 처자 맞지요?"

사내가 길을 막고 옥녀에게 물었다.

"뉘시오?"

옥녀를 대신하여 심대풍이 물었다. 사내는 박갑수의 토지를 소작하던 박종삼이었다. 곡식을 재배하라고 준 토지에 몰래 양귀비를 키웠다. 아편을 박참판 안방으로 들여보내고 상답 열 마지기의 토지문서를 손아귀에 쥔 인물이었다. 박단실이 달려가 아편을 또 안방에 들이면 관가에 고발하겠다고 엄포를 놓았다. 박종삼은 지병으로 죽어가는 마누라의 고통을 덜어주려다 자신도 중독되었다. 안방마님과 박단홍에게 아편 맛을 알게 하고 토지문서를 손에 쥐었다. 눈자위가 검붉게 물들었고 소매에 숨긴 손이 덜덜 떨고 있는 것으로 보아 중독의 정도가 중증임을 알 수 있었다.

주막에 가서 따끈한 국밥으로 속 좀 데우라고 심대풍이 엽전을 꺼내 박종삼에게 내밀었다. 비렁뱅이 취급한다며 박종삼이 심대풍의 손을 뿌리쳤다. 동전이 논바닥으로 날아갔다.

"무슨 연유로 이러는지 모르지만 갈 길이 바쁘니 비키시오."

심대풍이 박종삼을 밀치고 걸어갔다.

"기껏해야 다섯 마지기 땅임자가 열 마지기 땅임자를 무시하네?"

박종삼이 옥녀의 팔을 더럭 잡고 땅바닥에 앉았다.

"하고픈 말이 무엇이오?"

심대풍이 박종삼에게서 옥녀를 떼어놓고 물었다.

"열 마지기 토지 좀 사주시오."

옥녀의 귀가 번쩍 열렸다. 강령고을에 열 마지기 토지를 소유한 사람을 듣지 못했다. 마약중독자가 몇 푼 얻으려 거짓 배짱을 부린다고 여겼다.

"강령에서 토지를 가진 자가 셋이라는 사실을 아직도 모른단 말이오? 박가 늙은이랑 여기 이 처자랑 또 내가 그 셋이란 것을 아직도 모르는 게요?"

박종삼이 덜덜 떨리는 손으로 가슴을 탕탕 두드렸다.

"참판댁 안방에 아편을 넣고 토지문서를 내갔다는?"

옥녀가 떠듬떠듬 물었다.

"곱디고운 처자의 입에서 나온 말이 듣기가 좀 거북하네. 토지문서를 내갔다는 말은 틀린 것이고 안방마님과 거래를 했다는 것이 옳은 말이지."

중독된 안방마님에게서 아편대금을 토지로 받았으니 정당한 거래라고 억지를 부렸다.

"열 마지기 토지를 매물로 내놓고 이러시는 모양인데 원래의 토지 주인과 거래하는 것이 도리가 아니겠소?"

심대풍이 박종삼을 일으켜 세웠다.

"박가 늙은이에게 내 땅을 팔라고? 어림 반 푼도 없네."

안방으로 아편을 계속 들여보내자 박단실이 박종삼을 관가에 고발했다. 충주 관아에 끌려가 치도곤을 당하고 다시는 아편을 재배하지도 팔지도 않겠다고 서약해서 풀려났다. 곤장을 맞은 육신의 통증이 박종삼을 괴롭혔다. 아편을 먹으면 통증이 일시적이나마 멈췄다. 아편을 관가에서 압수해서 통증을 멀쩡한 정신으로 견뎌야 했다. 관가에서 서약한 것을 위반하고 아편을 몰래 사려니 뭉칫돈이 들었다. 열 마지기 땅을 팔기로 작정했다.

"얼마를 주고 열 마지기를 사들였나요?"

옥녀의 물음에 박종삼이 대답하지 못했다. 아편을 담 너머로 넘겨주고 문서를 넘겨받았으며 강령에서 땅이 거래되었던 전례가 없었다.

"마지기당 쌀 열 섬 값이면 파시겠어요?"

옥녀가 토짓값을 먼저 말했다.

"도합이 열 마지기니까 흰쌀 백 섬 값을 주시오. 두말없이 토지문서를 내어주겠소."

박종삼 품에서 문서를 꺼내 보이며 이죽이죽 웃었다.

"길 가는 사람에게 그만한 돈이 갑작스럽게 있겠소?"

심대풍이 옥녀의 팔을 끌었다.

"좀 깎아줄 테니 마저 끝을 맺읍시다."

"원주인에게 먼저 거래를 해보시고 성사되지 않으면 찾아오시오."

"열 마지기 논바닥에 잡초가 환장하게 들어차서 미나리꽝이 되는 한이 있어도 박가 늙은이에게 파는 일은 없네."

박단실이 자신을 관가에 고발했으므로 박참판과 거래하지 않겠다고 고집을 부렸다.

"참판어른의 은혜를 입고 있는 사람이 그 땅을 덥석 사들일 수는 없잖소?"

심대곤이 토지를 사지 않겠다고 거절했다. 아편을 먹어야 하는 박종삼의 애가 탔다. 강령 토지에 욕심을 둔 옥녀의 가슴도 바작바작 타들어 갔다.

"얼마를 감해주면 흥정이 되겠소? 일할? 이할? 삼할?"

사는 사람이 배를 내밀고 파는 주인이 통사정을 하는 기이한 현상이 되었다.

"지체하면 큰일이 나는 길이라서 우린 이만 가오."

심대풍이 옥녀를 끌고 길을 재촉했다. 바삐 걸어가는 심대풍에게 박종삼이 삿대질을 하고 침을 뱉었다.

"삼할 감하면 열 마지기가 일곱 마지기 값인데…."

옥녀는 열 마지기 토지가 눈에 밟혀 걸음걸이가 뒤뚱거렸다.

"장터에서 곡괭이를 사는 것이야 얼마를 주었던 뒤끝이 말끔하지만, 토지를 사고파는 흥정은 그렇지 못해요. 강령고을 소작인 중에 열 마지기 토지를 사들일 만한 재력가는 없어요. 급하게 나서지 않고 돌부처인 양 기다리면 더한 헐값으로 당신에게 돌아올 것이니 속상해하지 마세요."

심대풍이 옥녀의 타들어 가는 속을 차근차근 달랬다.

"창말이나 충주에서 사겠다고 나서면 늦을 텐데요?"

"강령이 전부 박참판 소유라는 것을 천하가 다 아는 사실인데 강령 땅이 매물로 나왔다는 것을 믿을 사람 누가 있겠어요? 더구나 그 문서는 은밀하게 담을 넘어간 것이니 거래가 어려울 거예요. 의풍에 기별해서 토지대금이나 마련해요."

심대풍이 빙그레 웃었다. 옥녀는 심대풍의 깊은 뜻에 눈물이 글썽 맺혔다.

"일곱 마지기 값을 마련해야겠지요?"

"동짓달 통시에 빠진 개처럼 몸을 떨어대니 그 값이 아니어도 가능할 거예요."

심대풍이 병참에 가기 전에 아버지를 만나러 갔다. 심만옥이 마포 건어물 상회에 남아 있어 만나지 못하고 아버지와 동생과 서창댁을 만났다. 여덟 살이나 많은 서창댁이 옥녀에게 형님이라고 불렀다.

심대풍이 병참으로 가자 왜병이 다짜고짜 포승줄로 묶어 스즈끼에게 끌려갔다.

"저승 문턱을 제 발로 걸어 들어왔구나."

스즈끼는 골칫거리 형제의 문제가 해결되니 속이 후련해져 웃음을 터트렸다. 강달식은 장회전투에서 생명의 은인인 심대풍과의 재회가 부담스러워 의도적으로 시선을 피했다.

"약조를 저버리지 않을 것이라 믿고 왔소."

심대풍이 의풍 옥영감과의 거래를 상기시켰다.

"흐흐흐. 약조? 나는 심대풍과 약조를 한 기억이 없는데?"

역시 스즈끼는 믿을 만한 인간이 아니었다. 심대풍의 표정이 굳어졌다.

"의풍에 계신 아버님과의 거래를 잊었나요?"

옥녀가 불길해지는 예감을 애써 떨치고 스즈끼에게 물었다.

"의풍 아버님이 누구시지?"

스즈끼가 딴전을 피웠다.

"옥영감을 정말 몰라요?"

거래의 전달 역할을 한 강달식의 입장이 곤란해졌다.

"옥영감? 난 그 영감탱이 누군지 몰라."

스즈끼가 가면을 쓴 것처럼 표정의 변화 없이 거짓말을 반복했다. 거짓말을 반복해서 사실로 믿게 하려는 의도였다.

"백 년이나 묵었다는 영물을 모르신다고요?"

강달식이 스즈끼에게 전달한 산삼의 길이를 손바닥으로 어림해 보였다.

"아하. 그 산삼 한 뿌리? 심대풍과 무슨 상관이 있다고 억지를 부리냐?"

스즈끼의 돌변한 태도에 강달식의 가슴이 콱 막혔다.

"산삼을 건네주면 형제 목숨을 살려준다고 거래를 하셨잖습니까? 백 년 묵은 영물을 날름 받아놓고는 어깃장을 놓으면 나는 어떡하란 말입니까?"

강달식이 못마땅해서 발을 동동 굴렀다.

"강달식. 헛소리 그만하시고 목계장터나 한 바퀴 돌고 와."

옆에서 지켜보던 이또가 강달식을 내보내려고 했다.

"이또상. 내가 영물을 건네는 것을 두 눈으로 보았잖아. 이또상이 증언을 해야지?"

강달식이 이또에게 구원을 청했다.

"난 그런 거 본 적도 들은 적도 없다."

이또가 스즈끼 아닌 강달식의 편에서 사실을 말할 것이라고 믿은 것이 잘못이었다. 스즈끼보다 더 냉랭하게 부인했다.

"살인을 저지른 죄인을 두고 약조를 하다니? 그게 있을 법한 일인가?"

스즈끼가 갑자기 냉랭하게 말했다. 왜병이 심가 형제를 에워쌌다. 이또가 손짓하자 심대곤을 포승줄로 묶었다. 스즈끼가 심대곤도 포박하도록 명령했다. 졸지에 심가 형제가 묶였다.

"아무리 섬나라 오랑캐라지만 약조를 헌신짝 버리듯 배신하는 네놈들이 사람들이냐?"

심익수가 거칠게 항의했다. 옥녀와 서창댁은 벌써 훌쩍훌쩍 울었다. 거래를 맡았던 강달식은 스즈끼와 이또의 변절이 황당해서 콧바람을 씩씩 뱉었다. 스즈끼와 이또가 눈을 맞추고 능글맞게 웃었다.

"포박된 사유를 일러줄 것이니 똑똑히 들으시오. 심대풍은 달마실에서 황군 둘을 살해하였으며 조선을 경영하려는 천황폐하의 원대한 뜻에 배반하여 의병이 되었다. 충주성이 함락되던 시기에 의병에 의해 황군이 무수히 죽임을 당했으니 그 죄가 결코 가볍지 않다. 심대곤은 병참대장 사사끼를 살해하였고 다나까 대장 행방불명에 혐의가 짙다. 황군의 뜻을 받드는 조선인 박창호와 연화를 살해하려다 미수에 그쳤으니 가벼이 넘어갈 죄가 결코 아니다."

미리 준비한 듯 조목조목 말하는 스즈끼의 눈에서 독기가 뿜어져 나왔다.

"섬나라 배은망덕한 오랑캐 심보를 믿은 내가 어리석었다."

심익수가 통탄을 했지만 엎질러진 물이었다.

7

천석 토지

　강령지주 박참판네에 초상이 났다. 열 살배기 박단홍이 잦은 병치레 끝에 쇠약해진 몸으로 아편을 하다가 급기야 세상을 버렸다. 박갑수는 만석 토지를 물려줄 외아들을 잃었다. 크게 슬퍼하는 가족이 없었다. 오랜 기간 병을 앓아왔고 아편을 피워서 수명이 오래가지 않을 것이라고 예감하고 있었다.

　박단홍의 장례를 치르고 나니 또 중환자가 생겼다. 안방마님 문턱에 사람을 두고 들고나는 것을 철저히 감시했다. 아편이 들어오는 것을 막으려고 머슴이 교대로 방문을 지켰다. 병이 깊어질 대로 깊어졌으니 소 잃고 외양간 고치는 격이었다. 아편이 차단되자 금단현상이 오고 밤마다 불면에 시달리며 짐승처럼 울부짖었다. 단홍이 죽고 달포가 지나지 않아 안방마님의 장례를 치렀다.

　박갑수와 박단실이 의지하려 했던 심대풍이 병참에 갇혔다. 만석지기 가문에 검은 구름이 잔뜩 몰려와 앞날이 캄캄했다.

"스즈끼를 만나야겠다."

뒷간도 간신히 다녀오는 박갑수가 목계 병참에 가겠다고 나섰다. 박단실이 배집사를 보내 스즈끼 꼭두각시 강달식을 불러오자고 했다. 기어코 가야겠다며 마당으로 내려온 박갑수가 다리에 힘이 풀리고 하늘이 노랗게 변해 바닥에 주저앉았다. 강달식을 불러오자는 박단실의 뜻에 따르기로 했다.

목계로 간 배집사가 병참을 기웃거리다가 강달식을 만났다.

"참판 어르신이 심가 형제 문제로 자네를 보자 하시네."

옥영감이 따로 준 심을 어떻게 사용했는지 강달식의 옷이 고급스러웠고 볼에 살이 도톰하게 올랐다.

"강령 박부자 영감이 땅마지기라도 떼어준답디까?"

강달식은 부자가 되었으니 부러울 게 없었다. 사람 붙들고 거들먹거리는 못된 버릇이 생겼다.

"어쭙잖은 소리 접어두고 따라오게."

배집사는 참판마님을 영감이라고 칭한 강달식의 주둥아리를 주먹으로 쥐어박고 싶은 충동을 참았다. 강달식이 담배 한 대 피면서 기다리라고 말해놓고 병참으로 들어갔다. 스즈끼에게 강령 박부자를 만나고 오겠다고 거들먹거렸다. 참판이 네놈 친구라도 되느냐고 속으로 스즈끼가 비웃었다. 겉으로는 흐뭇한 표정으로 반겼다. 스즈끼는 강령 박갑수가 사람을 보내올 것이라고 믿고 있었다. 속으로 흐흐흐 웃었다.

"박부자가 무슨 이유로 강상을 보자고 했을까?"

스즈끼가 일부러 고개를 갸웃거렸다.

"지주 어르신 말씀이면 나라님 말씀이니 후딱 다녀오겠습니다."

강달식이 박갑수의 말을 나라님 말씀으로 일부러 말했다. 약속을 깨고 심가 형제를 가둔 스즈끼가 탐탁하게 보이지 않았다.

"소작 백성의 피를 빨아먹는 지주가 나라님이란 말이냐?"

돌아서 나가는 강달식에게 스즈끼가 물었다.

"목구멍이 포도청이니 가진 거라고는 불알 두 쪽밖에 없는 백성에게 지주 어르신 말씀이 곧 목숨이 아니겠습니까?"

강달식이 돌아서서 퉁명스럽게 대답했다.

"섣불리 흥정하지 말고 듣고만 와야 한다."

스즈끼가 속에 품고 있는 것을 슬쩍 내비쳤다.

"흥정이라 하셨습니까?"

강달식도 스즈끼의 검은 속셈을 넘겨잡고 있었다.

"너는 흥정할 위치에 있지 않으니 참판늙은이가 하는 말을 듣고만 와서 내게 빠짐없이 전해야 한다."

"참판 어르신이 녹두밭 윗머리라도 떼어주시려나 기대를 했는데 헛심 부름으로 다리품만 팔게 생겼네."

강달식이 투덜거렸다. 옥영감에게 산삼 한 뿌리를 거간비로 받았다. 박갑수에게 토질이 나빠 경작하기 힘든 땅이라도 거간비로 받아낼 욕심을 품었다. 마음이 급한 배집사가 부지런히 걸었다. 강달식이 봄볕에 나온 염소처럼 어슬렁어슬렁 걸어서 배집사의 걸음을 자꾸 멈추게 했다.

"참판 어르신 속내를 나도 좀 압시다?"

강달식이 처음에는 영감이라고 하더니 참판 어르신이라고 말을 바꾸었다.

"막걸리를 받아오는 심부름도 아니고 사람을 불러들이는 심부름인데 어르신의 속을 내 어찌 알겠나?"

배집사는 스즈끼도 그렇지만 강달식이 훨씬 미덥지 않았다.

"심가형제 문제로 날 보자 하신다고 말하지 않았소?"

강달식이 촐랑촐랑 걸어와서 배집사의 저고리를 붙잡았다. 배집사가 뿌리치고 계속 걸어갔다.

"까만 옷 입은 놈 믿지 마쇼. 한 입으로 두 소리를 하는 놈이니."

강달식이 따라가며 투덜거렸다. 배집사는 귀를 솜뭉치로 막은 듯 앞서 부지런히 걸어갔다.

강달식이 사랑채로 안내되었다. 심대풍이 병참 감옥에 갇혀있는 것이 사실이냐고 박단실이 물었다.

"누가 잡아서 갇혔는가요? 제 발로 걸어 와 잡혀서 갇혔으니 나는 눈곱만큼도 잘못이 없소."

의풍으로 오가며 거래를 담당했던지라 가슴이 뜨끔한 강달식이 발뺌했다.

"백 년 묵은 심이 의풍에서 가흥으로 오는 도중에 곰팡이라도 퍼렇게 슬었단 말이냐?"

박단실이 강달식의 정곡을 찌르며 물었다.

"멀쩡한 사람 코앞에 앉혀 놓고 병신 만들려고 먼 길 오라고 했소?"

"곰팡이가 퍼렇게 슬지 않았다면 도라지 뿌리를 가지러 이틀이나 걸어서 의풍을 다녀왔단 말이냐?"

"도라지 뿌리 때문에 목숨 걸고 그 먼 길 다녀왔겠소? 까만 옷 입은 놈을 찰떡같이 믿은 잘못이지."

"네가 입고 있는 옷도 까맣거늘 내가 너를 믿지 못하겠구나."

박단실이 부리는 종을 대하듯 강달식을 꾸짖었다.

"내가 참판네 종이오? 아버지를 개같이 두어서 그나마 있는 땅뙈기 까만년 밑구멍에 처넣고 시방은 댓 마지기 간신히 붙들고 있지만 나도 어엿한 양반집 자손이오.”

더부댁을 별채로 몰아내고 안방을 차지한 의붓어머니 까만년을 강달식이 화풀이로 삼았다.

“까만 옷 입은 놈을 믿지 말라고 네 입으로 이 자리에서 말하지 않았더냐?”

“섬나라 까만 놈을 믿지 말라는 소리지 같은 동포를 믿지 말라 했소?”

“믿을 수 없다는 섬나라 왜놈 앞잡이 노릇을 하는 강달식이란 자가 우리 동포였음을 몰라주어 미안하구나.”

박단실이 강달식의 치부를 지적하고 비웃었다.

강달식이 부아가 치밀었지만 끄응 삼키고 입도 다물었다. 어긋나는 말을 할수록 치부가 드러나고 있으니 대꾸해야 제 발등 찍기였다.

“허실 말씀이나 얼른 하쇼.”

강달식이 입맛을 쓸쓸하게 다시며 말했다.

“어허. 이놈이 그래도 혓바닥을 반 토막으로 놀리는구나.”

박단실이 목소리를 높여 꾸짖었다. 강달식은 가슴이 뜨끔해져 오금이 저렸다. 강달식을 노려보던 박단실이 배집사를 불렀다. 배집사가 머리를 조아렸다.

“이 상것하고는 말을 더 할 수 없으니 밖으로 내치게나.”

강달식은 박단실의 나이가 어리고 더욱이 여인이라고 얕게 대응하려다 꼬리를 내렸다. 만석지기 지주다운 박단실의 위엄에 주눅이 들고 말았다.

“멍석말이 당하지 않으려면 예를 갖추어 공손히 말씀 올리게.”

배집사가 강달식을 나무랐다.

“죄…죄송하구먼요.”

강달식이 허리를 구부리고 말을 더듬었다.

"거래를 맡았으면 불편부당하지 않게 성사를 시켜야 옳지 않느냐? 두 쪽 달고 그 먼 길을 오간 보람이 없게 되었지 않느냐?"

강달식이 꼬리를 확실하게 내렸다고 판단한 박단실이 찬찬하게 타일렀다.

"발바닥이 부르트고 물집이 생겨 먼 길 다녀왔건만 성사된 것이 없어 속에서 열불이 나고 있습니다요."

강달식은 억울했다. 스즈끼가 약속을 어기는 바람에 중간에서 실없는 사람이 되고 말았다.

"지금이라도 마무리를 지으면 될 것을 미련하게 가슴에다 열불이나 싸지르고 있느냐?"

박단실이 강달식의 억울한 심정을 어루만져 주었다.

"마무리를 어떻게요?"

강달식이 눈을 반짝 뜨고 물었다.

"네가 마무리를 지을 수 없다면 내가 나서는 수밖에."

"아씨께서?"

"내가 스즈끼를 만나야겠다. 군소리 말고 돌아가서 만남을 주선하도록 해라."

"스…스즈끼 그자가 만나 줄까요?"

"내가 너처럼 일을 그르칠 거 같으냐?"

"그게 아닙니다. 그놈은 한 입으로 두말을 장마철 죽순처럼 쑥쑥 내뱉는 놈이라서…."

"곧장 돌아가서 내일 점심을 함께하자는 약속을 얻어놓고 마땅한 요리를 선약해 놓아라."

"스즈끼 대장에게 다른 볼 일이 있으면 어떡하지요?"

"다른 볼일? 아마도 내가 만나자 하면 다른 볼일 모두 제쳐놓고 나올 것이니 그런 염려는 말아라."

강달식은 자신감 넘치면서 지주다운 면모를 비치는 박단실에게 빠져들었다. 박단실이 허락만 해주면 스즈끼 꼭두각시 그만두고 박참판네 머슴이라도 되고 싶었다.

"강령 만석지주 어르신이 만나기를 청한다고 전하겠습니다요."

강달식이 머슴이 된 것처럼 허리를 굽실거렸다.

"이놈. 아버님이 살아계시거늘 어찌하여 막말을 하는 것이냐? 네놈이 정녕 매타작을 당하고 싶어 불효막심한 말을 함부로 지껄이고 있구나?"

박단실이 탁자를 손바닥으로 치며 호통을 쳤다.

"아…아닙니다요. 박참판 어르신이 중병이란 소문이 돌아서…."

"이놈! 정녕 멍석말이를 당하고픈 게로구나."

"자…잘못했습니다."

스즈끼를 등에 없고 거드름을 피던 강달식이 박단실의 위엄에 쩔쩔 맸다.

"아버님이 아닌 내가 만나려 한다고 분명히 전해라."

강달식이 돌아가고 배집사가 박단실에게 갔다. 강달식이 말했듯이 스즈끼 그자를 너무 쉽게 보아서는 안 된다고 말했다. 박단실이 병중인 아버지에게는 스즈끼와의 만남을 알리지 말라고 배집사를 단속시켰다. 병이 깊은 박갑수가 모르게 심대풍을 구하려는 생각 때문이었다.

"목계 가까운 부락의 땅이 몇 마지기나 되오?"

박단실이 스즈끼와 거래할 땅을 알아보라고 배집사에게 일렀다.

"부석리가 목계에 가장 인접하여 있습니다. 모두 합치면 천석지기는 족히 될 것입니다."

"부석리라면 아편으로 열 마지기를 내간 박종삼이 사는 부락이 아 닌가?"

"옳습니다. 물길도 흡족한 옥답이지요."

"박종삼을 빼고 작인이 몇 가구나 되는가?"

"서른 가구가 넘습니다."

사랑채에서 박단실과 만나고 나온 강달식이 쪽문으로 나오다가 옥녀 와 맞닥뜨렸다.

"열 일 제쳐놓고 찾아가 만나려 했는데 잘되었네요. 심을 어찌하였기 에 서방님이 갇혔나요?"

옥녀가 강달식을 가로막았다. 강달식은 변명을 하려 해도 말문이 콱 막혔다.

"의풍 아버님께서 백 년은 족히 묵은 산삼을 건넨 것이 분명한데 왜 갇혔나요?"

"나도 속았어. 까만 옷 입은 섬나라 놈이 먼 길 다녀오게 해놓고 나 까지 깜빡 속였어."

강달식도 옥녀만큼 답답하고 억울해서 눈물이 솟았다.

"의풍에 가면 심이 더 있어요. 지금이라도 당장 의풍에 가서 심을 가 져올 수 있으니 두 분을 구해 주세요."

옥녀의 눈에서 눈물이 그렁그렁 솟았다.

"참판댁 아씨가 스즈끼를 만난다 하니 조금만 기다려 보시오."

"단실아씨가요?"

"땅마지기 떼어주고 심가 형제를 구명할 요량인가 봐. 아무리 화급해 도 곁으로 물러서서 기다려 보자고."

강달식이 쪽문으로 나갔다.

박참판네가 땅마지기를 떼어주고 두 분을 구명하신다고? 언뜻 생각하기에 얼마나 고마운 처사인가? 고개를 갸웃거리며 생각을 더 짚어보니 무턱대고 고맙기만 한 것이 아니었다.

쪽문에서 생각을 굴리던 옥녀가 사랑채로 갔다. 사랑채 댓돌에 배집사와 박단실의 신발이 나란히 놓여 있었다. 옥녀가 댓돌에 올라 기척을 냈다. 배집사가 방문 열고 나와 물끄러미 바라보다가 들어오라 했다.

"참판댁에서 대풍씨를 구명한다고 들었습니다."

옥녀가 강달식에 들었던 말이 사실인지 물었다.

"까만 옷 입은 놈은 한 입으로 두말을 한다고 비웃던 그놈의 말이 한 시간도 못되어 되돌아 왔구나."

박단실이 강달식의 입 가벼움을 먼저 탓했다.

"스즈끼가 더한 재물을 속에 품고 대풍씨를 가둔 것이 틀림없어요."

옥녀는 강령으로 온 후 잠에 들어도 깊게 자지 못했다. 내일 날 밝으면 심대풍과 심대곤을 끌어내어 처형하는 것은 아닌가. 조바심으로 밤새 뒤척였다. 의풍에 가면 재물을 가져올 수 있지만 시간이 허락하지 않았다. 박단실이 땅을 주고 목숨을 구하려 한다는 강달식의 말을 확인하고 싶었다.

"그놈이 더한 재물을 노려 농간을 부리고 있음을 알고 있다면 더 묻지 마세요."

박단실은 심대풍에게 품고 있는 연모의 심정을 들키고 싶지 않았다.

"스즈끼가 노리는 더한 재물이 구체적으로 무엇인지는 제 몸이 두 쪽으로 찢어지는 사달이 난다 해도 제가 감당해야 할 몫이에요."

옥녀가 말했지만 심경이 복잡했다.

"몸이 두 쪽으로 찢어져도 감당할 수 없는 재물을 요구한다면 어찌할까요?"

박단실은 옥녀의 아버지 옥영감이 소백산 자락에 숨겨둔 산삼을 알지 못했다. 옥녀가 내놓으려는 재물이 아마도 산삼일 것이라는 짐작은 하고 있었다.

"스즈끼를 만난다는 약조를 미루었으면 합니다."

박단실이 스즈끼에게서 심대풍을 구하는 것을 옥녀는 원하지 않았다.

"기회를 달라 그 말이군요?"

"네."

옥녀는 박단실이 왜 심대풍을 구명하려는지 어렴풋이 짐작만 해왔다. 피를 나눈 일가도 아닌데 토지까지 떼어주며 구명하려는 단실의 속심정을 확실히 알고 싶었다.

"그 시간이 도대체 얼마일까? 하루? 열흘? 한 달?"

옥녀가 선뜻 대답지 못했다. 의풍이 가까운 거리가 아닐뿐더러 옥영감의 산삼에 스즈끼가 심대풍을 내어줄지 의문이었다.

"충주부로 압송하던가, 아님 막말하여 교수대에 세우는 것도 스즈끼의 마음입니다. 지금 이 순간에도 그놈이 무슨 짓을 할지 예측하기 어려운 상황에서 미루어달라는 것이 과연 옳은 판단일까요?"

박단실이 스즈끼를 신뢰할 수 없다고 말했다. 옥녀도 같은 생각이었다. 바람 앞에 선 등잔불처럼 순간순간이 불안했다. 아무 소리도 못하고 등골에 식은땀을 흘리다 사랑채에서 나왔다.

무슨 재물을 가졌기에 만남을 연기해달라는 것이냐고 박단실이 배집사에게 물었다. 의풍에 있는 옥영감을 믿고 저러는 것 같다고 배집사가 대답했다. 아무리 생각을 굴려도 옥영감이 소유할 수 있는 재물은 소백산 영물인 산삼뿐이었다. 험한 소백산 골짜기에 재물이 될 만한 것은 산삼밖에 없다는 생각은 배집사도 같았다.

"백 년 묵은 산삼을 받아 챙기고서 오리발을 내민 스즈끼가 산삼 몇 뿌리 더 쥐여 준다고 호락호락할까?"

박단실은 스즈끼가 산삼을 손아귀에 쥐었으니 강령 토지를 노릴 것이라고 판단했다.

"옥영감에게 산삼이 있다는 것을 알면 양손에 떡을 모두 쥐려 할 것입니다."

옥녀가 산삼을 들고 거래를 하려 한다면 스즈끼가 산삼도 토지도 모두 가지려 할 것이라고 배집사가 말했다.

"토지와 산삼을 모두 챙긴다?"

"그러고도 남을 놈입니다."

"다급해진 옥녀가 안절부절 나서야 산삼만 뺏길 것이다 그 말이네?"

박단실은 옥녀가 나서기 전에 스즈끼와 담판을 지어야겠다고 생각을 굳혔다.

강달식이 병참에 가지 않고 주막의 심익수를 만나러 갔다.

"같은 왜놈 앞잡이라도 네놈은 똥깐이란 놈하고는 다른 줄 알았더니 천하의 몹쓸 잡것이구나."

심익수가 대뜸 힐난했다.

"아 씨발. 까만 옷 입은 놈 때문에 좆같은 인간이 되어버렸네?"

강달식도 심익수와 서창댁을 대하기가 편치 않았다.

"이번엔 무엇을 뺏어다가 꿀떡같이 삼키려고 왔느냐?"

심익수는 강달식이 옥영감에게서 따로 산삼을 받았음을 옥녀에게 들었다.

"강남제비가 되어 엄청나게 좋은 기별을 물고 왔는데 기분 짜개지는 말씀을 하신대요?"

강달식이 다리를 흔들며 폼을 잡았다. 서창댁이 눈을 쫑긋 뜨고 가까이 왔다.

"강 건너 저쪽 들판이 누구 세상인지는 알고 있지요?"

강달식이 서창댁에게 히히 웃었다.

"이놈아 조선의 땅이고 조선 백성이 사는 세상이지 왜놈의 세상이란 말이냐?"

심익수가 강달식의 음흉한 시선을 가로막고 호통을 쳤다.

"강령 만석지기 박참판네를 아시냐고요."

강달식이 심익수도 알고 있는 박갑수를 들먹였다.

"참판댁 어르신이 서방님과 아주버님을 구명해 주신다 합니까?"

서창댁이 불쑥 물었다. 서방님과 아주버님의 석방을 염원하는 심정이 툭 터진 것이었다.

"아주머니는 무당 속곳을 입었습니까? 강령 들판을 뛰어오느라 턱에 받친 숨이 아직도 가슴팍에 간닥간닥하는데 그것을 어떻게 알았대요? 참말로 무당 속곳을 치마 속에 걸쳤지요?"

강달식이 서창댁의 치마를 능글맞게 바라보고 헤죽거렸다.

"싸가지없는 놈을 봤나? 말간 대낮에 여염집 아낙 치마에 눈초리를 박구서 농지거리를 해?"

심익수가 주먹으로 강달식의 뒤통수를 휘갈겼다.

"아 씨발. 기가 막히게 좋은 기별을 물고 왔다는데 주먹질을 허네?"

머릿속이 아뜩해진 강달식이 뒤통수를 싸매고 고함을 버럭 질렀다.

"이놈아. 할 말은 뜸을 들이고 여염집 여자 치마에 곁눈질했으니 뒤통수 맞고 코피가 시뻘겋게 터져도 항변할 수 없을 것이다."

심익수가 주먹을 쳐들었다.

"나중에 후회하지 마소."

강달식이 주먹을 피해 물러났다.

"기별이 무엇인지 말씀 좀 주세요."

서창댁이 걸어와 걸어나가는 강달식을 붙들었다.

"아주머니 치마 좀 꼬나봤다고 뒤통수를 얻어맞았는데 내가 말을 해줄 것 같아요?"

강달식은 서창댁과 심익수가 같이 애걸하기를 기다리며 뜸을 들였다.

"강남 제비가 돼서 물고 왔다는 기별 좀 주고 가시요."

서창댁이 간청하자 강달식이 심익수를 바라보았다. 심익수가 헛기침을 뱉고 등을 돌렸다.

"강령 고을 만석지기 박참판네 아씨께서 토지를 내주고 심가 형제를 구명한다니 아주머니도 속 끓이지 말구 조금만 기다리시오."

강달식이 심익수가 들으란 듯 큰 소리로 뱉고는 병참으로 바삐 걸어갔다. 서창댁은 물론이거니와 심익수의 귀가 번쩍 열렸다.

"하늘이 무너져도 솟아 날 구멍이 있다더니…."

심익수가 급히 걸어가는 강달식을 세우려고 곰방대로 허공을 헤집었다.

"설마 식은 소리는 아니겠지요?"

서창댁이 꿈을 꾸는 심정으로 말했다.

"왜놈 앞잡이를 하고는 있지만 단양에서 대풍에게 목숨을 빚졌다 하니 빈말은 아닐 게다."

심익수는 강달식의 말을 믿고 싶었다.

"강령고을에 사신다는 고마우신 분이 누구일까요?"

"토지를 내어 준다는 분이 박참판이 아니라 그 댁 아씨라고 하였더냐?"

심익수는 박갑수가 아닌 박단실이 구명한다는 말이 찜찜했다.

"네 아씨라고 들었습니다."

심익수는 강령 만석지기 부잣집의 무남독녀 박단실을 옥녀로부터 들었다. 옥녀에게 상답 다섯 마지기를 내어주고 초가삼간까지 마련해 준 사실도 들었다. 강령 고을에서 토지를 떼어주고 아들을 구명한다 하니 기쁜 일이 아닐 수 없었다. 박참판이 아니라 혼인도 하지 않은 박단실이 앞장서 구명을 한다니. 기쁨의 뒷맛이 씁쓸해짐을 어찌할 수 없었다.

백 년 묵은 산삼을 손아귀에 쥔 스즈끼의 입이 귀밑으로 찢어졌다. 신령님이 주신 것처럼 약효가 영험하다는 조선의 산삼을 눈앞에 두고 미칠 듯이 기뻤다. 웃던 웃음을 딱 멈추고 어금니를 물었다. 강달식이 의풍에 가더니 소백산 영물 한 뿌리를 가져왔다. 옥영감에게 이보다 더 한 영물이 있을 것이라고 욕심을 품었다. 거래를 무시하고 심대풍과 심대곤을 가두었다. 충주부로 압송해 시뜰에서 처형을 하거나 경성 공사관으로 보내어 처형할 것이라고 소문을 냈다. 옥영감의 영물을 얻으려고 술책을 부렸다. 뜻하지 않게 강령 만석지기 박갑수가 토지를 내어주고서라도 형제를 구명할 것이라는 소문을 들었다. 헛소문이 아님을 증명이라도 하듯 강달식을 불러갔다.

"박갑수가 몇 마지기나 내놓는다 하더냐?"

강달식이 병참으로 돌아오자 스즈끼가 급하게 물었다.

"녹두밭 윗머리라도 던져주는가 싶었는데 미친년 볼기짝만한 땅 쪼가리도 없던데요?"

강달식이 급하게 달려드는 스즈끼 속을 넘겨잡고 비아냥거렸다.

"그럼 씨암탉이라도 노랗게 고아 한상 차려 대접하려고 불렀단 말이냐?"

스즈끼는 요즘 들어 말투가 비아냥 조로 변한 강달식이 못마땅했다. 재물을 위해서 꾹 눌러 참고 억지웃음까지 흘리며 물었다.

"꺼먼 옷 입은 대장님 앞잡이를 조선 사람 어느 인간이 반갑다 하겠습니까?"

강달식이 강령을 다녀와 고픈 배를 틀어쥐고 투덜거렸다.

"강령에 다녀온 일을 자세히 보고하시오."

곁에서 얼굴을 찌푸린 이또가 나섰다.

"대장님 좀 보고 싶다 합니다."

"박갑수가 나를 보자 한다고?"

스즈끼가 급하게 물었다.

"박갑수가 아니고요."

강달식이 느긋하게 말했다.

"박갑수가 아니면 강령에 그만한 토지를 가진 인물이 또 있느냐?"

"그럼요. 있지요. 있고 말고요."

강달식은 토지에 욕심이 나서 굵은 침을 꿀떡 삼키는 스즈끼가 우스워졌다.

"강달식. 너의 본분을 망각하였구나. 일본제국 천황폐하의 명을 받들어 동북아시아 경영을 위해 파견 오신 스즈끼 대장님의 일을 돕는 조센징 나부랭이라는 것을 잊었구나."

이또가 강달식의 정강이를 걷어찰 듯 다가왔다.

"시방 조센징 나부랭이라고 말했어요?"

"그렇다. 조센징 나부랭이야."

"조센징 나부랭이? 흐흐흐. 상투 자르고 꺼먼 입성 입혀서 몹쓸 망나니로 만들어 놓고서 조센징 나부랭이라고?"

강달식이 옆구리에 주먹을 얹고 이또와 맞섰다. 빠가야로. 이또가 강달식의 정강이를 걷어찼다. 뼛속이 아리는 아픔을 참으려 이를 악문 강달식이 주먹을 부르르 떨었다. 스즈끼가 이또에게 밖으로 나가 있으라고 명령했다. 스즈끼가 나서지 않았다면 강달식은 주먹을 휘두를 참이었고 이또는 권총으로 위협할 참이었다.

"미개한 조센징을 믿지 마십시오. 삼 일에 한 차례는 맞아야 사람이 되는 짐승 같은 조센징을 가까이해서는 안 됩니다."

조선인을 꼭두서니로 이용하던 사사끼 대장이 조선인에게 죽었다. 다나까도 행방이 없어졌다. 이또가 이들을 보좌했다. 스즈끼 대장이 강달식을 가까이하는 것에 불만이 생겼다. 강달식이 아니었다면 스즈끼가 의풍 옥영감을 알지도 못하였고, 왜병을 죽인 심대풍과 사사끼 대장을 죽인 심대곤을 미끼로 재물을 탐하려 하지 않았을 터였다. 심대풍과 심대곤이 처형되기를 원했다. 강달식이 의풍 산삼을 들먹거려 스즈끼의 재물욕심에 불을 붙였다. 강령 토지로 거래를 주선하는 강달식을 스즈끼 곁에서 없애고 싶었다.

"강령 고을에서 박갑수가 아닌 누가 나를 보자 하던가?"

이또에게 얻어맞은 아픔을 어루만져 주듯 스즈끼가 나긋하게 물었다.

"내일 정오에 온다고 하셨습니다."

강달식이 강령에서 온다는 사람에게는 존댓말을 쓰고 자신에게는 존댓말도 아니고 상스런 말도 아닌 어정쩡한 말투로 말했다. 스즈끼의 속에서 화가 뭉글뭉글 생겼다. 이놈 자식. 조금만 더 참는다. 속으로 벼르면서 화를 참았다. 점심 요기를 할 수 있는 요릿집을 알아놓으라는 사람이 누구인지 물었다. 내일 얼굴을 맞대면 알 것이라며 강달식이 걸어 나갔다. 스즈끼는 속에서 화기가 돋아 바싹 마른 입술을 쩍쩍 다셨다.

"심가 형제를 시뜰에 끌고 나가 참한 다음에 저놈은 쥐도 새도 모르 게 목줄을 따서 묵은 우물에 넣어야 합니다."

이또가 들어와 강달식을 없애자고 말했다. 스즈끼가 동감하는 듯 끄 덕였다.

강달식은 병참 마당을 벗어나서야 이또에게 채인 정강이를 손바닥으 로 문지르며 얼굴을 찡그렸다.

"조센징 나부랭이? 똥독에 머리통 처박을 날이 곧 있을 것이다."

강달식이 절뚝절뚝 걸어가며 어금니를 물었다.

이튿날 정오에 박단실이 병참으로 왔다. 강달식이 마을 어귀로 나와 있다가 박단실을 맞이했다. 배집사와 동행하였는데 옥녀가 보퉁이를 안고 따라왔다. 병참 마당으로 들어가다가 미리 와 있는 심익수와 맞 닥뜨렸다. 옥녀가 잰걸음으로 다가와 눈물을 쏟았다. 박단실이 심익수 를 처음 보았다.

"고생이 많구나. 의풍 사돈어르신이 큰 힘을 주셨는데 애비인 나는 도리를 못하니 며느리 너를 볼 낯이 없다."

심익수는 혼인하지 않은 옥녀를 이미 며느리로 여기고 말끝을 흐렸 다. 서창댁이 옥녀의 손을 쥐었다.

"조금만 참고 계시면 좋은 일이 있을 것입니다."

박단실이 심익수에게 머리를 조아렸다. 심익수는 한눈으로 보아도 조 신하고 품위 있어 보이는 저 처녀가 박갑수의 무남독녀임을 알았다. 만 석지기 지주 외동딸이 머리를 굽히니 심익수가 말문이 턱 막혔다.

"강령 만석지기 박갑수 참판어른의 무남독녀십니다."

배집사가 예를 갖추라고 암시를 주었다.

"몰라뵈어 송구합니다. 소인의 자식 때문에 병참대장을 만나신다고 들었습니다. 슬하의 자식이 모두 감옥에 갇혀 있으니 늙은 육신으로 조상님 뵐 낯이 없습니다."

심익수가 엎드려 절이라도 할 듯 굽실거렸다.

"나라를 구하고자 함이었는데 무슨 죄가 있겠습니까?"

박단실이 위로의 말을 건넸다.

"강남 간 제비가 기가 막힌 기별 물고 왔다 하지 않았소?"

강달식이 어제 맞은 뒤통수를 벅벅 긁었다. 요릿집 약속은 성사되었는지 박단실이 물었다.

"목계 나루터 근처인데요? 스즈끼 대장은 엄청나게 좋아하지만 아씨가 좋아하시는지 모르겠네요?"

강달식이 쪼르르 걸어와 대답했다. 박단실이 강달식을 앞세워 요릿집으로 걸어갔다. 병참 사무소에서 기다리던 스즈끼와 이또가 따라갔다.

"두 놈은 황군을 죽인 중죄인입니다. 재물을 받고 풀어주어도 됩니까?"

이또가 불만을 털어놨다.

"천황폐하께서 동북아시아를 경영하시려 함을 모르는가?"

스즈끼가 언짢은 투로 대답했다.

"천황폐하의 명을 받들고 조선에 파견된 황군을 죽인 놈이며 전임 병참 대장을 살해한 놈입니다. 이국땅에서 비명횡사한 황군의 넋을 생각해서라도 이러시면 안 됩니다."

이또가 물러서지 않았다.

"자네가 하나는 알고 있으나 둘은 헤아리지 못하는 것이야."

스즈끼가 걸음을 멈추고 말했다.

"천황폐하의 뜻을 거역한 중죄인을 사면하는 것은 천황폐하에 대한 반역입니다."

"두 놈을 시뜰에 끌고 가서 처형을 한다고 이미 죽은 황군과 사사끼 대장이 살아 올 것 같은가?"

"살아 돌아오지 못하여도 불귀의 객이 되어 구천을 떠도는 넋을 편안히 모시는 것입니다."

"이또 말도 맞아. 살아있는 자의 희생도 필요하지만 죽은 자의 희생도 필요하다고 단순히 이해를 해."

"죽은 자의 희생을 빌미로 재물을 취하신단 말씀입니까?"

스즈끼의 자존심을 건드리는 이또의 말이었다.

"이 사람. 큰일을 할 재목이 못 되는군."

스즈끼가 소리를 버럭 질렀다.

"병참으로 돌아가셔야 합니다. 그 여자를 만나서는 안 됩니다. 두 놈을 경성으로 압송하여 처형해야 합니다."

이또가 스즈끼의 앞을 가로막았다.

"두 놈을 죽인다고 얻을 것이 무엇이 있는가? 나도 두 놈을 이 세상에 살려두고 싶지 않아. 하지만 두 놈을 넘겨주면 천석지기 토지를 얻을 수 있어. 천황폐하께서는 조선을 발판으로 청국까지 경영하시려는 원대한 포부를 가지고 계신다는 것쯤은 이또도 알고 있잖아. 청국을 손아귀에 넣으려면 전쟁 물자와 돈이 필요한데 일본에서 가져오는 것보다는 조선에서 마련하는 것이 일본제국 황국신민의 고통을 덜어주는 길임을 명심하게."

스즈끼가 이또를 밀쳐내고 걸어갔다.

남한강물이 내려다보이는 작은 언덕에 앉은 요릿집에 단실이 먼저 와 있었다. 목계 나루터와 건너편 솔 무더기 사이로 오가는 나룻배가 그림처럼 보였다. 봄의 기운이 멀리 장미산과 남한강 물줄기로 흠뻑 물들었다. 강물이 잔바람에 일렁이며 햇살이 은비늘로 튕겨졌다. 건너편 솔 무더기의 솔잎이 새파랗게 물기를 머금었다. 억새밭이 하얗게 일렁이다가 새까만 재로 타버린 남한강 너른 둔치로 파릇한 싹이 푸른 멍석처럼 돋았다.

박단실이 봄의 들녘에 취해 있는 중에 스즈끼가 왔다. 박단실의 단아하고 참한 모습에 흡족한 웃음부터 머금었다.

"강령고을 박참판댁 아씨 되십니다."

배집사가 박단실을 소개했다.

"만석지기 박부자네 무남독녀가 절세미인이라는 소문을 들었소."

스즈끼가 박단실과 마주 앉았다.

"강령에 계신 참판마님을 부자라 칭하는 사람 아직 없었습니다. 가까이 충주는 물론이거니와 멀리 경성에서 마님을 칭하시기를 박참판 어르신이라 하셨습니다."

박단실을 가볍게 여기려는 스즈끼에게 배집사가 정중한 어조로 일침을 놓았다.

"하하하. 만석지기 토지를 가졌으니 부자가 아니오? 박부자라 칭한 것이 아씨께서 불쾌하셨다면 용서하시오."

스즈끼는 박단실이 쥐고 온 토지문서를 어서 건네받고 싶었다.

"쉬이 온 길이 아니었으나 용건만 간단히 말하겠습니다."

박단실이 눈을 초롱초롱하게 뜨고 말했다.

"쉬이 온 길이 아니라면 일은 쉬워야지요. 그리고 무엇이 그리 급하십니까? 요기를 하시면서 천천히 다감하게 말씀 나눕시다.”

스즈끼는 단실이 가져온 토지문서에 욕심을 품고 왔지만 가만히 살펴보니 참한 용모에 마음이 쏙 빠져들었다. 용건만 간단히 한다는 첫마디가 서운했다. 좀 더 오래 마주 앉아 있고 싶은 심정이 가슴에 고여 볼이 붉어졌다.

“심대풍과 심대곤이 병참 감옥에 갇혀있다고 들었습니다. 두 분을 방면하여 주시오.”

박단실이 단아한 자세를 고집하고 본론을 말했다.

“무슨 연유로 그런 말씀을 하시는지?”

스즈끼가 시침을 떼고 진중하게 물었다.

“의풍에 있는 옥영감과 모종의 거래를 했다 들었습니다만 그 얘기는 더 하지 않겠습니다. 내가 온 까닭은 두 분의 방면을 위한 것입니다.”

“심대풍은 황군 둘을 살해하였고 심대곤은 사사끼 대장을 살해한 살인자요. 중죄인이니 재물로 거래를 할 수 있는 사안이 아니오.”

곁에 있던 이또가 끼어들었다.

“조선 사람이 일본 사람 둘을 살해했으니 방면하지 못하겠다 그 말씀인가요?”

박단실이 이또에게 물었다. 대화 상대가 누구냐는 시선을 스즈끼에게 보냈다. 스즈끼가 이또에게 그만하라고 얼굴을 찡그렸다.

“당연하지요. 사람을 죽인 살인죄를 그깟 토지로 대신할 수 있다고 생각했다면 큰 오산이오.”

심대풍과 심대곤을 미끼로 토지를 얻으려는 스즈끼의 의도를 이또가 정면으로 반대했다. 스즈끼가 얼굴을 찡그렸다.

“그렇다면 일본 천황은 심대풍보다 몇 곱절 더한 중죄인입니다.”

박단실이 가소롭다는 표정으로 말했다.

"무엇이?"

스즈끼와 이또가 동시에 외마디를 질렀다. 이또가 허리춤에 있는 권총을 뽑아 들 기세였다.

"사람을 죽인 자라서 중죄인이라고 하지 않았습니까?"

박단실이 조금도 겁먹지 않고 당당하게 맞섰다.

"그놈들은 황군을 살해한 중죄인임에는 변함이 없어."

이또가 격한 목소리로 박단실을 윽박질렀다.

"그럼 조선 사람을 죽인 황군은 중죄인이 아니란 말인가요?"

"조선 사람을 죽인 황군?"

"섬나라 당신들이 조선에 들어와 죽인 조선인의 숫자가 세 명뿐이라고 장담할 수 있습니까?"

박단실의 말에 스즈끼와 이또가 서로 얼굴을 바라보았다.

"무례하오. 조센징과 천황폐하를 어찌 함께 보는 것이오?"

듣고만 있던 스즈끼가 나섰다. 토지를 얻기 위해 박단실을 두둔했다가는 이또에게 큰 흠을 잡힐 것 같은 처지가 되었다.

"이보시오. 당신네 천황이나 조선인이나 하늘 아래 똑같은 사람입니다."

"그럼 조선의 양반은 무엇이고 상놈은 대체 무엇인가? 만석지기 토지를 등에 업고서 소작인에게 상전 노릇 하는 입으로 말씀 좀 해보시오."

스즈끼도 가소롭다는 표정으로 말했다.

"하늘 아래에 인간 모두가 평등하며 똑같다는 동학농민군을 당신네 섬나라에서 건너온 군사가 잔혹하게 짓밟아놓고 그런 말을 할 수 있습니까? 아버님이 만석지기 자손으로 태어나 소작인을 여러 고을 거느리고 있지만 당신들처럼 남의 땅에 들어와 사람을 죽이고, 심지어 국모까지 시해하는 도적질은 생각하여 본 적도 없으며 소작인을 손톱만큼도 핍박한 사실이 없습니다."

박단실의 음색에서 쇳소리가 묻어났다.

박단실의 비위를 맞추며 은근슬쩍 엄포도 놓으며 뜯어낼 토지를 협상하려 했는데 이또가 끼어들어 언쟁이 생겼다. 스즈끼의 얼굴에 당황하는 기색이 역력했다. 이또를 나무랄 수도 없는 상황이 되었다. 침묵이 흐르고 팽팽한 긴장이 감돌았다. 스즈끼는 은근히 화가 났지만 당당하고 단아한 자태에 화를 낼 수 없었다.

"일본인 입장에서는 두 분이 죄인이 되지만 조선 사람인 내 입장에서는 두 분은 결코 죄인이 아님을 헤아려 주십시오."

박단실이 팽팽한 긴장을 먼저 깨뜨렸다. 다소 누그러진 음색으로 간청했다. 스즈끼의 속을 긁으면 심가 형제가 위험질 터였다.

"일본의 황국신민으로서 두 놈은 분명한 죄인이오."

이또가 칼을 박듯 말했다.

"여기가 일본 땅입니까? 조선의 땅입니까."

"아직까지는 조선의 땅이지만 아리따운 당신도 일본 제국의 자랑스러운 황국신민이 되는 날이 머지않아 반드시 올 것이오."

스즈끼가 조선이 일본의 속국이 된다고 말했다. 박단실은 기가 막혔다.

"내가 괜한 헛걸음을 한 것 같습니다."

박단실이 자리에서 일어났다. 협상의 결렬을 바라는 이또가 음흉하게 웃었다. 박단실은 스즈끼가 거래하지 않겠다고 돌아설까 가슴이 철렁했다.

"먼 길 오셨는데 요기는 하고 가야 하지 않겠소?"

당황해진 스즈끼가 지푸라기라도 덥석 잡아보려는 심정으로 붙들었

다. 박단실이 다시 앉을 생각이 없다는 표정으로 배집사를 바라보았
다. 스즈끼가 외면할까 가슴이 조마조마했다.

"둘이 긴히 나눌 얘기가 있으니 모두 자리를 비켜주시오."

스즈끼가 거래의 걸림돌인 이또를 방에서 내보내려고 했다. 배집사가
단실의 눈짓을 받고 방에서 나갔다. 이또가 나가려 하지 않았다. 스즈
끼가 버럭 소리를 질러 이또를 내보냈다.

"두말하지 않겠습니다. 천석지기 토지를 내어 줄 테니 두 분을 방면
하고 평생을 보장하여 주시지요."

둘만 남게 되자 박단실이 단도직입으로 제안했다. 스즈끼는 천석지
기 토지라는 말에 기뻐 뒤로 자빠질 지경이었다. 속내를 들킬까 어금니
를 물었다. 천석지기 토지? 넓이가 얼마나 될까? 사할 소작료를 받는
다 해도 사백 석이 아닌가?

"좋소. 그런데 한 가지 조건이 있소."

거래가 성사되었다 싶은 스즈끼가 엉뚱한 방향으로 말꼬리를 틀었
다. 솥에서 고아내는 냄새가 아까부터 허기진 뱃속에서 노를 젓고 있으
니 마주 앉아 허기를 재우고 찬찬히 조건을 말하겠다고 했다. 스즈끼
가 방문을 열고 손짓했다. 주인이 알았다는 듯 고개를 끄덕이더니 음
식이 들어왔다. 구수한 국물이 담긴 솥과 화롯불이 들어왔다. 얇게 포
를 뜬 생고기와 봄 뜰에 돋은 갖가지 푸성귀도 들어왔다. 솥을 화로에
얹으니 국물이 부글부글 끓었다. 푸성귀가 파릇하게 익으며 국물이 쪽
빛으로 변했다. 냄새가 퍼지면서 저절로 군침이 돌았다.

"조선 사람은 이런 맛 처음일 것이오. 말로는 표현을 할 수가 없는
음식의 맛과 아름다운 아씨가 어우러지니 하늘에서나 맛볼 수 있는 점
심이 아닌가 하오."

스즈끼가 생고기를 끓는 국물에 살짝 넣었다가 꺼냈다. 얇게 썬 고기라서 금세 익은 것을 참기름 종지에 찍어 입 안에 넣었다.

"함께 듭시다. 이게 무슨 고기인지 아시오?"

스즈끼가 생고기를 한 점 집어 들고 물었다.

"육질이 발갛고 얇게 포가 떠지는 것으로 보아 날아다니는 짐승 같습니다만 조건이나 어서 말하시지요."

"날아다니는 짐승? 하하하. 눈동자가 옥구슬 같으니 탁월한 눈썰미까지 갖고 있군요. 조각조각 썰어놓은 살점만 보고도 날아다니는 짐승의 살이라는 것을 알다니."

박단실은 요릿집에 들어오면서 주인의 손에 목이 비틀리는 꿩을 보았다.

"뭣하시오. 기가 막힌 음식을 두고 구경만 할 참이오?"

스즈끼가 익은 푸성귀와 고기를 겹쳐서 먹었다.

"조건이나 말씀하시지요."

박단실은 조건을 듣기 전에는 젓가락도 수저도 손에 들지 않을 참이었다.

"이런… 기가 막힌 음식에 반주가 없다니… 여보시오. 술 좀 가져오시오."

스즈끼가 딴청을 부리며 술을 가져오라 했다. 돌부처로 앉아 있는 박단실을 멋쩍게 바라보다 잔에 술을 따라 마셨다. 두 잔 세 잔을 마시고 생고기의 절반을 먹어도 박단실이 꿈쩍도 하지 않았다.

"조선의 아름다운 여인은 모두 고집이 있소?"

스즈끼가 젓가락을 내려놓았다.

"두 분을 방면하시고 평생을 보장하신다면 천석지기 토지를 내놓는다 하였습니다."

박단실은 스즈끼가 취하기 전에 거래를 성사시켜야 했다.

"조건을 말하겠소. 그놈을 방면할 테니 내 눈 밖에서만 살도록 하시오."

"눈 밖이라면?"

"그놈들을 풀어놨더니 목계에 얼쩡거리고 다니며 아침저녁으로 나와 맞닥뜨린다면 급한 내 성미에 불이 활활 타오를 것이고, 그렇게 되면 그놈들의 목에 칼날을 들이댈지도 모르는 일이라서 하는 말이오."

스즈끼는 토지를 받고 풀어줬다는 사실을 숨기고 싶었다.

"목계에서 떠나라?"

"충주도 얼씬거리지 말고 경성에서도 걸어 다니지 말고."

"그럼 산에 들어가 중이 되란 말입니까?"

"중놈이 되든지 비렁뱅이가 되든지 내가 알 바가 아니고, 어쨌든 내 눈앞에서 다시는 나타나지 않도록 해달라는 말이오."

"그런 조건이 붙는다면 이번 거래는 성사되기가 어렵겠습니다."

박단실이 조건을 들어줄 수 없다고 단언했다. 토지를 받고 변절해서 생떼를 부릴지도 모르는 일이었다. 심대풍이 강령에 살 수 없게 되는 것이기도 했다.

"그만한 조건도 들어줄 수 없단 말이오? 두 놈의 목숨을 구명하고자 하는 생각이 없다 그 뜻이군?"

술을 거푸 마신 스즈끼의 눈자위에 취기가 붉게 번졌다.

"마음대로 하십시오. 내게 일가붙이도 아니고 남남인 사람입니다. 나라를 위해 죄를 뒤집어쓴 뜻이 가상하여 토지를 내어주고서 구명하려 했던 것뿐이니."

박단실이 자리에서 일어났다.

"어…어찌 다된 국에 코를 빠뜨릴 참이오? 기가 막힌 음식도 마련했는데 그냥 가신다니 섭섭하오."

스즈끼가 당황해서 말을 더듬었다. 박단실의 시선이 방문 고리를 잡았다.

"아…알았소. 그 조건은 없는 것으로 하겠소이다."

스즈끼가 조건을 취소했다.

"그럼 내가 조건을 말하겠습니다."

박단실이 조건을 내밀었다.

"조…조건이라니? 내가 조건을 철회하였는데 뜬금없이 조건이라니?"

스즈끼가 엉덩이를 들썩여 박단실의 치맛자락이라도 잡을 듯 바르작거렸다.

"조건은 두 가지요. 들어주신다면 자리에 앉아 계속 거래를 할 것이며 그렇지 않다면 그만 돌아가겠습니다."

"두…두 가지나?"

"조건을 들어보시겠습니까?"

"아…알았소. 들어는 봅시다."

박단실이 앉았다. 입안이 바싹 마른 스즈끼가 술을 거푸 두 잔 마셨다.

"첫째는…."

"첫째는?"

스즈끼가 박단실에게 고개를 쭉 내밀었다.

"꿩고기를 드시더니 모가지가 활대처럼 휘어지는 재주가 생겼네요?"

박단실이 눈웃음을 살짝 흘렸다. 스즈끼는 가슴에 돌덩이가 쿵 떨어진 듯 숨을 뚝 끊고 박단실을 바라보았다. 넋이 나간 시선으로 침을 꿀떡 삼켰다.

"방면의 대가로 내어주는 토지의 소유주는 어느 개인이 아닌 병참이어야 하는 것이 첫째 조건이고."

"병참이 토지의 소유주가 된다는 조건?"

"어느 개인에게는 절대로 내어줄 수 없습니다."

스즈끼가 쓴 입맛을 다시며 뜸을 들였다.

"첫째 조건을 받아들일 수 없다면 거래가 깨지는 것이며 두 번째 조건과 두 사람의 목숨이 없어지는 것입니다."

"아…알았소. 두 번째 조건은?"

"토지의 주인이 바뀌었다 해서 소작인을 함부로 하지 마십시오. 천석지기 토지도 소작인이 경작을 해야 소출이 나올 것이니 까다로운 조건은 아닐 것입니다."

"소작인을 건들지 말라? 그렇다면 땅주인이 땅을 마음대로 하지 못한다는 말이오?"

"토지가 왜 토지인 줄 아십니까?"

"씨를 뿌리면 알곡을 내어 주니 토지가 되는 것이지."

"천석지기 토지를 가져간다 한들 소작인이 없으면 그 토지는 잡풀이나 우거지는 몹쓸 땅에 불과한 것입니다. 소작인의 땀이 떨어지고 맺혀서 옥답이 되는 것이고, 그 옥답이 소작인과 지주에게 알곡으로 보답하는 것입니다. 소작인 없는 토지는 그저 바람이나 지나가는 모래 뜰과 다름이 없다는 것을 아실 줄 믿습니다."

"소작인을 건들지 말고 소작료만 받아라?"

"소작료를 기껏 일할 더 올려 받으려고 욕심부리면 소작인이 등 돌릴 것이고, 그 땅은 더 이상 옥답이 아닐 것입니다."

스즈끼는 박단실의 깊은 뜻에 감탄했다. 자태도 곱고 마음도 넓고 인정도 있으니 조선 제일의 여인으로 보였다.

"그럼 이 계약서에 서명하시지요."

박단실이 이미 작성해 온 계약서를 내밀었다. 스즈끼가 계약서를 읽고서야 단실의 지략에 끌려다녔음을 깨달았다. 박단실이 계약서를 작성해 놓고 일어섰다 앉았다 하면서 성사시켰다. 스즈끼가 계약서를 바닥에 놓고 박단실을 바라보았다. 박단실이 미륵 같은 넉넉한 표정으로 스즈끼를 바라보았다. 스즈끼가 박단실의 시선에 감전되어 서명했다.

박단실이 스즈끼와 거래를 끝내고 나루터로 내려갔다. 강 건너에 관병이 바글바글 몰려와 있었다.

"참령이 경성군대 삼천을 끌고 제천으로 가는 길이랍니다."

배집사가 나루터에 나와 있는 사람을 만나고 와서 말했다.

"의병과 싸우러 왔단 말이군요?"

"의병이 경군을 당해내지 못할 것입니다."

"병참에 갇혀 있는 것이 다행일까요? 불행일까요?"

"천석 토지를 손아귀에 들려준다 했으니 경군에게 넘겨주지는 않을 것입니다."

심대풍이 병참에 갇혀 경군과의 싸움에서 벗어났다.

경군 삼천이 서창나루를 지나 청풍 황강으로 올라갔다. 뿔뿔이 흩어지고 얼마 남지 않은 의병의 코앞에 경군 삼천이 도달했다. 큰 싸움이 있을 것이며 의병이 경군을 당해내지 못할 것이라는 소문이 퍼졌다. 경군이 진격하자 의병이 제천 남성에서 맞섰다. 숫자로도 열세였고 사기가 땅에 떨어져 중과부적이었다. 설상가상으로 소나기가 쏟아지고 바람이 거세게 불어서 화승총에 불을 붙일 수 없었다. 중군장 하사가 전사했다. 우용이 스승의 시신 곁을 떠나지 못하고 총탄에 맞아 절명했다. 의병이 대패했다. 의암이 험하고 먼 길 요동으로 피신을 떠났다. 유격장 운강이 압록강을 건너 요동에서 만나자고 의암과 약속하고 영월로 빠져나갔다. 의암을 보좌하던 장수들이 전사하거나 떠났다. 지평에서 거병하여 제천에서 대열을 정비하고 충주성을 점령하며 기세를 떨쳤던 호좌창의군이 와해되었다.

8

제 발등에 도끼질한 등신

마포 건어물 상회에 혼자 남은 심만옥은 불안하고 갑갑하고 무료했다. 심대곤을 천신만고 끝에 찾았는데 왜병이 목계로 포박해갔다. 심익수와 서창댁이 목계로 따라갔다. 건어물 상회를 닫아 놓고 기다림의 연속이었다. 똥깐이 마포에 와 있다는 소식을 홍금희에게 들어서 외출하지 않았다.

장화심이 취중에 심만옥이 경성에 있다고 연화에게 말했다. 똥깐이 건어물을 팔고 있다는 심만옥을 찾아 나섰다. 저잣거리 건어물 상회를 살피러 다니는 중에 심만옥의 상회를 기웃거렸다. 심만옥이 봉창으로 쏟아져 들어오는 봄볕에 넋을 놓고 있다가 어정거리는 똥깐을 보았다. 문틈으로 언뜻 스쳐 놀란 눈을 부릅뜨니 정말로 똥깐이었다.

똥깐이 두려웠다. 들킬세라 구석에 숨어 있다 다시 보니 똥깐이 보이지 않았다. 똥깐이 왔다 가고 가슴에 구멍이 생겼다. 벽에 등을 기대고 볼록 솟은 아랫배를 만졌다. 한숨이 저절로 나왔다. 겁간을 당해 아기를 가졌지만 어쨌든 뱃속 아기의 아버지였다.

똥깐이 나타나고 시무룩해졌다. 어떻게 해야 하는가. 뱃속에 든 아기를 위해 어떻게 해야 하는가? 똥깐의 생각을 털어내려 머리를 도리질했다. 생각을 자꾸 할수록 똥깐이 보고 싶은 생각마저 들었다. 생각의 늪에 갇혔다. 밤이 와도 불을 켜지 않고 깊은 어둠에 침침하게 앉아 있었다.

목계와 창말과 달마실을 다니면서 사사끼 앞잡이로 사람들을 괴롭히던 징글맞던 얼굴. 줄다리기가 있던 날 폐가에서 겁간당하던 순간의 짐승 같은 얼굴. 의풍에서 임신한 사실을 알고 목을 매려 했던 순간이 주마등으로 스쳐 갔다. 생각이 꼬리를 물고 스쳐 가면서 불안과 슬픔과 태어날 아기에 대한 기대감이 겹쳐 우울하고 기뻤다. 아버지와 오빠와 서창댁이 목계로 가고 혼자 상회를 지키며 외출하지 못했다. 낮에도 밤인 것처럼 방에 캄캄하게 앉아만 있었다.

봄볕이 봉창에 드리우는 시간이 늘어났다. 아직 겨울인 듯 방에만 숨어 있을 수 없었다. 태어날 아기를 위해 똥깐을 잊자. 왜놈 꼭두각시로 갖은 악행을 일삼은 사람을 아버지라고 부르게 해서는 안 된다. 심만옥이 결심하고 방에서 나왔다. 긴 생각의 늪에서 빠져나왔다. 저잣거리로 나가 봄나물을 샀다. 뱃속에 든 아기를 위해 밥을 지어 먹었다. 설거지를 하고 배가 부르니 갖은 생각이 났다. 생각이 벌레처럼 뇌리로 기어 다녔다. 밤이 깊어 사방이 조용했지만 집안을 쓸고 닦고 마당까지 쓸었다. 부지런히 움직여 파고드는 생각을 지우려 했다.

똥깐이 막걸리에 취해 주막으로 왔다. 왁자하던 술꾼이 돌아갔다. 심만옥을 만나지 못한 똥깐이 처량해 보였다.

"오뉴월에 피죽도 못 먹은 병신 같구먼?"

연화가 얼근하게 취해 비아냥거렸다.

"목구멍이 군불아궁이 같구나. 시큼한 목구멍에 젖 한 모금 넣자."

똥깐이 두 주먹은 됨직한 연화의 젖퉁이를 움켜쥐고 농을 걸었다.

"사타구니가 시커먼 놈이 소갈 들었는가 보다."

연화가 뿌리치자 똥깐이 마당에 처량하게 주저앉았다.

"탁주 한 사발 줄까?"

연화는 마당에 맥없이 고꾸라진 똥깐이 안쓰러웠다. 마당에 두 다리를 쭉 뻗은 똥깐이 고개를 꺾고 훌쩍거렸다.

"눈물 짜고 있냐?"

연화가 똥깐의 등을 토닥였다. 똥깐이 어깨를 흔들며 울었다.

"목계에서 못된 짓 일삼을 때는 눈깔에서 시퍼런 번갯불이 콩 튀듯 하더니 고까짓 계집 때문에 눈물을 짜냐?"

연화가 똥깐의 등짝을 손바닥으로 찰싹 때렸다.

"고까짓 계집이라고 했냐?"

"그래. 고깟 년 때문에 두 쪽 달고 우냐 했다."

똥깐이 후려칠 듯 연화를 노려보다 고개를 꺾었다.

"너는 모른다. 사나이 가슴에 얹힌 심사를 너 같은 똥치 년은 열 번 죽었다 깨나도 모른다."

"똥치? 시방 나더러 똥치라고 했어?"

연화가 후다닥 털고 일어나 빗자루를 움켜쥐었다.

"똥치가 아니면 여염집 아낙이라도 되냐?"

"밤이면 밤마다 똥치 붙들고 바락바락 성내는 네놈은 도대체 무엇이고?"

연화가 똥깐의 구린 곳을 콕 찔렀다.

"똥내 나는 소리 집어치워라. 사발젖퉁이랑 사타구니를 벌렁 내놓고 술 처먹은 년이 무슨 변명이 있다고 바락거리냐?"

똥깐도 연화의 아픈 곳을 헤집었다.

"술이나 처먹고 팍 뒈져버려라."

연화가 빗자루를 내동댕이치고 술독에서 막걸리를 한 사발 퍼왔다. 내려앉은 기분을 살려보려는 연화의 거친 입심을 아는 똥깐이 술을 받아 맛있게 마셨다.

"그 여자를 꼭 찾아야 실성한 정신이 돌아오겠냐?"

똥깐의 울적한 기분이 좀 나아지자 연화가 부드럽게 물었다.

"맨 하늘에 벼락이 짜르르 울고 조선 땅이 두 쪽으로 쩍 갈라진대도 찾아야 하겠다."

"만옥이 그렇게 예쁘더냐?"

"예쁘기도 하지만 내가 해야 할 도리가 있으니 목숨 걸고 찾아야 한다."

"도리라고 했냐?"

"만옥이 내 각시다."

"각시? 너 같은 개차반이 먼 재주로 각시가 있겠냐? 혼자 똥 뀌고 구린내 쏟지 마라."

"너는 사나이 가슴에 얹힌 심사를 모른다."

"사나이 가슴에 도대체 뭐가 얹혔는데?"

"서방질 밥 먹듯 한 너는 말해줘도 모른다."

"내가 모르는 게 무엇인데?"

똥깐이 계속 모른다며 무시를 하니 연화가 성질을 버럭 냈다.

"연화야. 네 몸뚱이로 엎어졌던 놈을 헤아릴라치면 정월 대보름 목계 장터로 구경 온 사내를 꾸러미로 묶어도 모자랄 것이다. 그 많은 사내가 사타구니에다 씨를 뿌렸는데 네 아랫배는 똥만 잔뜩 들어찼지?"

똥깐이 작대기로 흠씬 두들겨 맞아도 시원치 않을 욕을 연화에게 걸러 부쳤다. 연화는 똥깐이 심만옥을 그토록 찾는 연유를 이제야 알았다. 아침에 혹시나 하고 나가서 저녁에 역시나 기운이 처질대로 처져 들어오는 이유를 알았다. 심만옥이 어떤 연유로 똥깐의 아기를 가졌는지 새롭게 궁금했다.

"오늘 밤에 내 똥배에다 그 잘난 씨 좀 뿌려주라. 나도 아기 좀 뱃속에 세워 보자."

연화가 문을 활짝 열고 방으로 들어가자고 손짓했다.

"씨가 없어 아기가 안 섰냐? 사타구니에다 얼개미를 걸었다면 검은깨 서너 말은 넘게 남았겠구나."

여전히 마당에 앉은 똥깐이 연화의 아랫도리를 눈짓으로 훑으며 비아냥거렸다.

"마포 물을 보름이나 먹었으니 묵정밭이 옥답이 되었을지 누가 아냐? 퍼질러 앉아서 똥 싸 뭉개지 말고 벌떡 일어나라."

연화가 속곳을 벗어 방에 던져놓고 치마를 훌쩍 쳐들었다. 연화의 허연 허벅지에 똥깐이 입술에 침을 짜 바르고 방 문턱으로 기어 올라갔다.

"에구. 꼴값을 하고 자빠졌구나."

장화심이 건넌방에서 하품을 하며 나왔다.

마포 강나루 둑에 버드나무가 푸르스름하게 서서 아침 이슬을 머금었다. 연화와 밤을 지낸 똥깐이 저잣거리로 나갈 채비를 했다. 기어코 심만옥을 만나야 하겠느냐고 장화심이 마당에 버텨 서서 물었다.

"고집 그만 부리고 나를 살려주는 셈으로 건어물 상회로 같이 가자."

똥깐이 심만옥 있는 곳을 알려달라고 애원했다.

"살려달라니? 내가 너를 죽이려 달려들기라도 했냐? 연화년이랑 밤 새 껄떡대더니 몸뚱이가 핑핑 도는구나? 강물도 하늘도 말짱 말간 대 낮인데 헛소리를 하다니."

장화심은 여간해서 심만옥이 있는 곳을 알려주지 않을 심사였다.

"네년이 오뉴월 독기를 품고 생고집 부려도 내가 반드시 찾고 말 것 이다."

똥깐이 허리끈을 질끈 동여매고 나갔다.

"속 좀 그만 태우고 알려줘라. 불쌍하다."

방문 열고 지켜보던 연화가 똥깐의 편을 들었다.

"이년아. 똥깐이 저놈을 이불 속으로 끌어들여 놓고 찢어진 주둥이라 고 그런 소리가 나오니?"

장화심이 간밤에 똥깐과 몸을 섞은 연화를 나무랐다.

"저놈하고 그러는 거 어제 오늘인가?"

"그러니까 네년이 미친년이지."

"자빠뜨리는 눔이 있으니 별수 없이 넘어지는 년이 있는 것이지."

연화가 낯부끄럽게 변명했다. 심만옥을 찾으려고 갖은 애를 쓰는 똥 깐과 남남이 되어야 함을 연화도 알고 있었다. 마음을 따라가지 못하 는 것이 몸이었다.

똥깐이 저잣거리를 한 바퀴 돌고 건어물 상회로 갔다. 문틈으로 햇볕 을 바라보던 심만옥이 똥깐을 먼저 보았다. 깜짝 놀라 숨었다가 똥깐 을 엿보기 시작했다. 똥깐이 닫힌 문짝을 두드렸다. 누구 없소? 소리 를 넣으며 문짝을 두드렸다. 대답이 없자 상자더미에 걸터앉았다. 막걸 리를 마신 듯 불그레한 얼굴을 심만옥이 바라보았다. 갖은 욕설을 입에 담고 가홍 일대를 들쑤시고 다니던 독살스런 표정이 아니었다. 왜놈 앞잡이를 그만두고 마음을 고쳐 잡았다더니 참말일까? 심만옥이 문고리를 쥐고 중얼거렸다.

햇덩이가 중천을 넘었다. 똥깐이 세 시간 넘게 건어물 상회에 앉아 있었다. 심만옥이 자신을 지켜보고 있음을 아는 듯 궐련을 말아 피우면서 앉아 기다렸다. 심만옥도 문고리를 놓고 벽에 등을 기대 앉아 있기만 했다. 똥깐도 애절해진 표정으로 계속 앉아 있었다. 배에서 쪼르륵 소리가 났다. 심만옥은 뱃속의 아기를 위해 끼니를 굶지 않았다. 문밖에 앉아 있는 똥깐처럼 마냥 앉아 있었다.

"각시 찾으러 간다더니 여기서 무슨 청승이고?"

여인이 똥깐에게 말하는 소리가 들렸다. 심만옥이 문틈으로 보니 장화심이 와 있었다.

"화…화심이 너는 무슨 바람을 타고 여까지 왔는데?"

생각에서 깨어난 똥깐이 구부러졌던 척추를 세웠다.

"병든 병아리 꼬락서니 구경 왔다."

장화심이 불쌍하다는 표정으로 혀를 끌끌 찼다.

"대목 장날에 술은 안 팔고 어찌 왔니?"

똥깐이 힘없이 물었다.

"피죽도 못 먹었냐? 모기 목구멍이 되었냐? 점심은 먹었고?"

장화심이 똥깐의 손목을 잡아끌었다. 표정으로 보아하니 점심을 먹은 꼴이 아니었다.

똥깐이 눈물을 찔끔 흘렸다.

"심만옥이 어디 있는지 알고 있지?"

똥깐도 장화심의 손을 꼭 잡고 애절한 눈빛을 보냈다.

"그날 아저씨가 하신 말씀 듣고서도 이러는 똥깐이 참 불쌍하다. 심만옥이 시상 낯부끄러워 저승 갔다 말씀하지 않았니? 딸자식 저승 보냈다고 말씀하신 그 아저씨 가슴이 가뭄 타는 논바닥처럼 짝짝 찢어졌을 것이다."

장화심이 잡힌 손목을 비틀어 뺐다. 장화심의 말을 듣고 심만옥이 눈을 동그랗게 떴다. 아버지가 똥깐을 만났고 거짓말로 똥깐을 돌려세웠다는 것을 처음 들었다.

"거짓말인 줄 다 안다."

똥깐이 고개를 절레절레 흔들었다.

"그 아저씨에게 얻어먹을 게 무엇이 있다고 내가 거짓말을 하겠니?"

장화심이 말꼬리를 잡히지 않으려고 냉랭해졌다.

"내 각시가 마포 어딘가에 멀쩡하게 살아있다는 것만이라도 알려주라."

똥깐이 애원을 하며 두 손을 모았다. 장화심은 심만옥이 상회 안에 있음을 알고 있었다. 숨어서 똥깐을 훔쳐보고 있다고 판단했다. 똥깐이 장화심의 치맛단을 잡고 무릎을 꿇었다. 어디 있는지 알려 주지 않아도 좋으니 살아있다고만 말해 달라고. 밤마다 내 각시 심만옥 꿈을 꾸고 있다고. 어젯밤에는 얼굴이 떠오르지 않아서 미치는 줄 알았다고 눈물을 흘렸다.

"찾아서 뭐하려고?"

장화심이 측은하다는 표정으로 물었다.

"서방 노릇 아버지 노릇 할 것이다."

똥깐의 볼에 굵은 눈물이 흘렀다.

"혀가 빠진 놈이나 네 말을 귀에 담을까? 몹쓸 짓 진탕 해놓고서 이제는 새사람이 되었다며 용서받겠다면 역적질하고 죽을 놈 하나도 없겠다."

"정말이다. 정말이다. 참말이다."

똥깐이 자신의 가슴을 주먹으로 짓눌렀다.

"그만 가자. 배창자가 등짝에 납작 붙었다."

장화심이 어서 밥 먹으러 가자고 재촉했다. 만옥이 내 각시가 마포에 있는 것이 정말이냐며 똥깐이 눈물 질펀한 얼굴로 물었다.

"끼니마다 곡기를 목구멍에 넣어야 아기가 옳게 자랄 것이 아니냐? 밥 먹으러 가자."

장화심의 말에 똥깐의 눈자위가 핵 돌아갔다. 장화심은 속으로 아차 싶었다. 심만옥이 점심을 먹을 수 있도록 상회에서 떠나자는 말을 내뱉고 말았다.

"아기가 옳게 자랄 것이라니? 무슨 말이냐?"

똥깐이 다그쳐 물었다.

"서방 노릇 아버지 노릇 하려면 점심을 굶지 말아야 한다 그 말이다."

장화심이 황급히 말을 돌렸다.

"순대가 쩔쩔 끓는 가마솥에 돼지 비계 덩어리가 둥둥 떠다니는 것이 기가 막히게 맛있더라."

똥깐과 장화심이 저잣거리로 갔다. 심만옥은 볼에 눈물이 진창임을 알았다. 주먹으로 눈물을 닦아냈다. 순대국밥이 먹고 싶었다. 비계 덩어리가 하얗게 둥둥 뜨는 순대국밥을 따끈하게 먹고 싶었다. 가슴이 뭉클해져 눈물이 범벅인 얼굴을 찬물로 씻었다. 옷을 단정히 입고 저 잣거리로 나갔다. 뱃속에 든 아기의 아버지가 일러준, 허연 비계 덩어리가 둥둥 뜨는 순대국밥을 먹으러 걸어갔다. 뱃속에 든 아기가 먹고 싶어 목구멍으로 앙증스런 손을 내미는 것 같았다. 똥깐과 맞닥뜨리지 않을까 조심조심 행인 틈으로 들어갔다.

국밥집 마루에서 장화심과 똥깐이 마주 앉아 국밥을 먹고 막걸리를 마시고 있는 중이었다. 젊은 여자가 대낮에 마루에 앉아 막걸리를 마시고 있으니 국밥집에 온 사람은 물론 사립문밖 행인까지 진기한 풍경인 듯 구경했다.

심만옥은 똥깐이 버티고 있어 들어가지 못했다. 다른 주막으로 갈까 생각했지만 똥깐이 먹은 하얀 비계 덩어리가 둥둥 뜨는 순대국밥을 먹고 싶었다. 구수하게 삶은 순대 냄새가 허기진 뱃속을 흔들었다. 사립문밖에서 숨어 똥깐이 일어나기를 기다리는 중에 장화심과 눈이 마주쳤다.

"그만 일어나자."

장화심이 자리를 털고 일어났다.

"술이 반동이나 남았는데 가자고?"

갑자기 가자며 일어나는 장화심을 똥깐이 멀뚱하게 바라보았다.

"추위가 풀린 강물로 뗏목 사공이 엄청 몰려올 것인데 술 한 동이 놓고 자리만 차지하면 욕먹는다."

장화심이 미적거리는 똥깐의 팔을 잡아당겼다. 연화가 주막에 있으니 욕먹지 않는다고 똥깐이 버텼다. 술독에 가득 담긴 술을 오늘 중으로 모두 팔아야 한다고, 내일까지 가면 시큼하게 맛이 변해 버려야 한다며 똥깐을 끝내 일으켰다. 장화심이 똥깐을 끌고 나왔다. 심만옥이 뒷걸음으로 숨었다. 앞장세운 똥깐의 등짝을 떠밀고 심만옥을 바라보았다. 놀라 숨으려는 심만옥에게 장화심이 씽긋 웃었다.

똥깐이 앉았던 마루에서 심만옥이 순대국밥을 비운 것은 아주 짧은 시간이었다. 구수한 국물이 쥐구멍으로 흐르는 논물처럼 목구멍으로 들어갔다. 홑몸이 아닌 심만옥이 마파람에 게 눈 감추듯 먹자 주모가 한 그릇 더 주었다. 심만옥이 허연 비계 덩어리가 떠다니는 국물을 후루룩 들이마셨다.

음식이 별나거나 진귀해서 맛있는 것이 아니었다. 먹고 싶었던 음식이었기 때문에, 점심때를 두 시간이나 훌쩍 넘긴 상태였기 때문에, 덧붙이자면 똥깐이 먹고 간 음식이었기 때문에 혓바닥이 목구멍으로 녹아 넘어가는 맛이었다. 부른 배를 안고 저잣거리로 나왔다. 좌판에 널린 갖가지 물건과 오가는 행인이 풍요롭게 보였다. 세상에 부러울 것 없었다.

목계로 잡혀간 작은오빠를 생각하자 갑자기 슬퍼졌다. 길바닥에 앉아 울고 싶은 심정이 울컥 생겼다. 서둘러 건어물 상회로 왔다. 방문 닫고 바닥에 엎드려 울었다. 눈물이 바닥으로 흥건하게 흐르도록 한참 동안 울었다. 울다 지쳐 잠들었다가 깨어보니 사방이 어둑한 밤이었다. 경성에 혼자 있다는 사실이 무섭고 외로웠다. 방문 열고 밖을 보아도 행인이 돌아간 저잣거리로 바람만 불어 다녔다. 오늘도 혼자여야 하는가. 건어물 상회를 혼자 지켜야 하는가. 낮에 어정거리다가 돌아간 똥깐이 자꾸 떠올랐다.

창말 강막실의 시댁 아침 밥상머리에서 강금년이 시퉁한 표정으로 며느리를 흘끔 쳐다봤다. 밉살스런 소문이 돌고 있음을 영감은 아느냐고 박운정에게 먼저 시비를 걸었다. 일본 사람이 조선에 들어오고서 밉상스러운 소문이 어디 한두 번이냐며 박운정이 대수롭지 않은 투로 말을 받았다.

"병참 감옥에 갇힌 심가 형제를 풀어준다는 소문을 영감도 들었지요?"

시어머니 강금년이 며느리 강막실 면전에서 심가 형제 소문을 말했다. 고분고분 아침밥을 먹던 강막실이 숟가락을 멈췄다.

"죄가 없으니 당연하게 풀려나야 하고말고."

박운정이 조금도 놀랄 소문이 아니라고 대꾸했다.

"죄가 없다니요? 사람을 죽인 백정만도 못한 살인자가 죄가 없다니요? 따뜻한 밥 자시면서 정신이 깜빡깜빡하시요?"

강금년이 대뜸 목소리를 높였다. 강막실은 심대풍과 심대곤이 풀려난다는 소리에 가슴이 콩닥콩닥 뛰어서 밥알을 씹지도 못하고 꼴딱 삼키며 애써 태연한 척했다.

"어머니. 왜놈이 창말에서 애매하게 죽인 조선 사람의 수가 어디 손가락으로 헤아리기나 하겠어요?"

박시연이 툭 나서 강금년의 속을 긁었다.

"계집애가 못하는 소리가 없어? 시만이 누구 덕에 경성에서 벼슬하며 살고 있는지 뻔히 알면서 그런 혀가 빠질 소리를 함부로 하고 있냐?"

강금년이 딸에게 벌컥 화를 냈다. 며느리 심사를 흔들고자 하는데 나서지 말라는 경고였다. 강금년은 심대풍과 심대곤이 풀려날 것이라는 소문을 듣고 부아가 잔뜩 치밀었다. 밥상머리에서 부아통을 끌러놓았는데 며느리 강막실이 묵묵부답에 표정조차 변하지 않았다.

"어머니. 남의 제사상에 감 놔라 배 놔라 그만하시고 진지나 드셔요."

박시연은 강금년이 속에 품은 것을 훤히 알았다.

"참말로 이상도 하지?"

이쯤에서 말문을 닫을 강금년이 아니었다. 박운정과 박시연이 슬쩍 눈을 맞추더니 강금년의 말을 들은 척도 하지 않았다.

"강령 참판인가 철판인가는 무슨 속셈으로 그놈들을 구하려는 걸까?"

강금년은 무시당한 가슴속에 부아가 은근하게 생겼다. 부아풀이를 며느리에게 하고 싶었지만 애써 참고 눈자위를 굴렸다. 밥상머리에서 외톨이가 되었다. 밥그릇에 수저 부딪는 소리가 달그락거렸다.

"며늘아기야."

강금년이 강막실에게 부아를 퍼부을 참이었다.

"네. 어머님."

강막실에 입안에 든 밥을 꼴딱 넘기고 대답했다.

"넌 알고 있지?"

"무엇을…요?"

"심가네 두 놈을 참판인지 철판인지가 구명한다는데… 무슨 생각으로 그런 쓸데없는 짓을 했을까?"

강금년은 풀려나는 심가 형제와 며느리를 어떡해서든 엮고 싶었다.

"모르는데요?"

강막실이 시선을 밥그릇으로 내렸다.

"참판 외동딸이 혼기가 찼다 하던데?"

강금년은 밥상머리에서 강막실의 속을 기어코 뒤집어볼 참이었다. 그래도 강막실과 박운정과 박시연이 약속이나 한 듯 묵묵부답이었다.

"심가 두 놈이 소리소문없이 귀신 장가를 갔다더라? 형제 중 형이란 놈은 까마득한 골짜기 사는 세상물정 모르는 처녀를 꼬드겨서 임신시켰고. 동생이란 놈은 서방 죽은 과부 종년이랑 배가 맞아 종놈 신세가 되었다네? 참판네 외동딸은 부러울 게 뭣이 있다고. 그런 잡것들을 살려준다 하더냐?"

강금년이 들은 소문에 억지스러운 살을 붙여 악담을 늘어놨다. 강막실이 일언반구하지 않았다. 모르면 모른다고 말꼬리를 잡을 것이고 안다면 그걸 어떻게 알고 있냐고 생트집 잡을 것이 뻔했다.

"시어머니가 말씀하시는데 대답이 없냐?"

강금년이 강막실의 대답을 강요했다.

"밴댕이 소갈딱지 소리 그만하시고 조반이나 마저 자셔."

박운정이 한마디 던졌다.

"에구 등신아. 다리병신아. 만석지기 딸로 태어나지."

강금년이 어머니로서 차마 해서는 안 될 말로 딸의 속을 긁었다. 어떻게 해서든 강막실의 속을 뒤집어보려는 강금년의 막말을 박시연이 어금니를 물고 참았다.

"등신아. 네 아버지가 천석 토지문서만 갖고 있어도 심가네 형제를 사서라도 시집보낼 텐데. 지지리 복두 없는 다리병신아."

강금년은 이것들이 한통속으로 무시한다며 독기를 품었다. 어미로서 차마 못 할 말까지 했다. 박운정이 밥맛을 쏘옥 뺏긴 듯 수저를 놓았다.

"어머니. 아버지만 내 부모요? 천석지기 토지문서 없는 것이 아버지만 잘못이요? 길거리 나가서 다리병신 소리 귀에 딱지가 앉도록 들어왔소. 나를 다리병신으로 낳아준 부모에게 다리병신 소리 들으니 엄청 섭섭하네요. 내가 다리병신이 되고 싶어서 되었어요?"

박시연도 수저를 놓았다. 강막실이 들어도 눈물이 핑 도는 박시연의 말이었다.

육순의 본처가 차린 아침밥상에 갓 스물이 넘은 첩년이 촐랑 붙어 앉아 아침을 먹고 있었다. 강달식은 속에서 열불이 치솟았다. 어제오늘 일이 아니라 꾹 참고 아침밥을 먹으면 트림이 목구멍으로 방귀처럼 터져 나왔다.

"형님. 강령 참판네가 천석 토지를 왜놈에게 준다는 소문 들으셨어요?"

까만년이 요즘 강달식의 골머리를 썩게 하던 강령 박참판네 토지를 꺼내 들었다.

"세상이 돌아는 가는지 돌다가 마는지 두 눈 두 귀 꾹 닫고 사는 거 자네도 알고 있지?"

더부댁이라고 눈이 없고 귀가 없을까. 강달식이 관련된 일을 철없는 까만년이 들고나오니 말다툼이 생길까 걱정되었다. 오늘따라 강달식이 시선을 밥상에 놓고 밥을 먹고 있었다. 까만년과 더부댁이 주고받는 말을 못 들은 척 밥만 먹었다. 요즘 강달식의 머리에 지워지지 않는 말이 생겼다. 조센징 나부랭이. 이또가 스즈끼 앞에서 했던 말이 지워지지 않았다. 꼭두각시 조센징 나부랭이라는 이또의 비웃음도 지워지지 않았다.

"눈먼 봉사도 아니면서 코 찔찔하게 나다니다 쇠지랑물에 버선 적시는 것은 아닌지 모르겠네요. 형님."

까만년이 겉으로는 걱정하는 말을 했다. 강달식이 병참 스즈끼 앞잡이 노릇 하다가 봉변을 당하지 않겠냐는 비웃음이었다. 이또의 비웃던 모습을 생각하고 있던 강달식이 못 들은 척했다. 까만년의 속셈을 넉넉히 읽었다. 그래도 못 들은 척했다. 쇠지랑물에 버선을 적실까 걱정하는 것이 아니라 똥독에 풍덩 빠져 망신당하기를 고대하는 까만년의 속셈을 모르지 않았다.

"씀바귀 무침 좀 자셔봐. 몸이 나른하고 병든 병아리처럼 꼬박꼬박 졸음이 쏟아지는 봄철에 입맛 돋우는데 고만이여."

더부댁이 씀바귀 무침을 까만년의 밥에 올려주었다.

"형님. 둔치에 쑥이 지천인데요."

까만년이 봄이면 끓여주던 쑥국이 어찌 없냐고 투덜거렸다. 여느 때 같으면 강달식의 눈에서 불똥이 튀고 밥상이 뒤집어질 빈정거림이었다.

"냉이 캐느라 정신을 쏟았더니 쑥이 그새 뻣뻣하게 자랐구먼?"

더부댁은 강달식이 밥상을 뒤엎을까 걱정이 돼서 얼른 말을 받아 변명했다.

강달식은 귀에 딱지가 귓구멍을 막았는지 수저만 놀렸다. 머릿속에서 이또의 빈정거림이 벌떼로 왱왱거렸다. 강달식이 밥그릇을 비우고 일어나 밖으로 나갔다.

"형님의 잘난 아들이 신줏단지로 떠받드는 병참 대장이 천석 토지를 덥석 받고 의병을 풀어준다고 하던데요?"

강달식의 기척이 마당에서 사라지자 까만년이 말했다.

"달마실 사람을 풀어준다는 소리는 들었어도 의병을 풀어준다는 소리는 처음이네."

강달식이 없으니 더부댁이 목소리에 힘을 실었다. 두 눈 두 귀를 달고 사신다더니 소문은 어떻게 들었냐며 까만년이 빈정거렸다. 옆에서 밥벌레처럼 밥만 먹던 다복이 숟갈을 놓았다. 밥상 내 갈 테니 수저 놓으라며 더부댁이 밥상을 들었다. 한 숟가락 남은 밥을 마저 먹으려던 까만년의 숟갈을 빼앗았다.

"의병이 풀려나면 형님 아들이 태평은 고사하고 무사하기는 할까요?"

먹던 밥숟가락을 빼앗긴 까만년이 더부댁의 가슴에 맷돌을 턱 얹었다. 더부댁이 신음을 끄응 흘렸다.

"왜병이 천년이고 만년이고 조선 땅에 산다면야 무슨 걱정이겠소 형님?"

까만년은 첩으로 들어와 안방을 차지했다는 이유로 괴롭혀 온 강달식이 미워 죽을 지경이었다. 의병인 심대풍이 풀려나게 되었다는 소문을 들었다. 풀려난 의병이 왜병 앞잡이 강달식의 가슴에 칼을 들이대는 꿈을 꾸고 가슴이 콩콩 뛰었다. 꿈이 들어맞으려는 조짐인지 강달식이 요즘 풀이 푹 죽었다. 정말로 꿈이 현실로 다가오는 것일까. 까만년은 속으로 기뻐 죽을 지경이었다. 한 숟갈 남은 밥을 마저 먹으려고 밥상을 더부댁에게서 빼앗았다.

"낮이 길어져서 해가 중천에 뜨기도 전에 뱃가죽이 등짝에 붙어버리는데 형님도 매정하시네요?"

까만년이 돌아앉은 다복이 들으란 듯 말했다. 다복이 대꾸도 않고 곰방대를 빡빡 빨았다.

"한 숟갈 남았는데 고양이 밥을 먹는가? 나도 바쁜 몸이여."

"그럼요. 형님이야 이제부터 바빠지겠지요? 잘난 아들 때문에."

"자네 뱃가죽이 등때기에 붙어버리게 길고 진 대낮이 내게는 난쟁이 똥자루보다 짧아. 못자리 피도 뽑아야 하고, 논바닥에 물질도 터야 하고. 허리가 부러지게 짧은 대낮이니 그만 이죽거리고 숟갈이나 내놔."

더부댁이 까만년의 손에 들려 있는 숟가락을 빼앗았다.

강달식은 집에서 나왔으나 무논으로 질러가는 듯 걸음이 천근만근이었다. 병참으로 가지 못하고 골목을 두 바퀴 돌았다. 강막실의 시댁 사립문으로 지나다가 강금년과 시선이 마주쳤다. 강금년은 뒷간에서 나와 치마를 털어 내리던 중이었다. 강금년이 사방을 살피더니 사립문으로 나왔다.

"더부댁이 고뿔이라도 생겼는가? 새까만 첩년이 제 목구멍만 풀칠을 했는가 보네? 피죽도 못 먹은 꼴이구먼?"

강금년이 걸음걸이에 힘이 없는 강달식에게 혀를 끌끌 찼다. 병참에 가는 중이냐며 부산스럽게 걸어왔다. 토지문서라도 품고 따라올 것이냐며 강달식이 퉁명스럽게 대꾸했다. 토지문서라는 말에 강금년은 우리 집 영감이 참판 벼슬이라도 되느냐며 히죽 웃었다. 아들이 경성에서 공사관 관리 벼슬을 하지 않느냐고 강달식이 물었다.

"우리 아들이 경성에서 큰 벼슬을 하는 줄 알고는 있구먼?"

으쓱해진 강금년이 거만스럽게 말했다.

"그게 벼슬인가요? 왜놈 꼭두각시 노릇이지."

강달식이 피식 웃으며 빈정거렸다.

"달식이 자네 처지에 그런 소리 할 수 있어?"

강금년은 속이 상했지만 강달식의 비위를 건드리지 않으려고 웃음을 흘렸다.

"박시만이 경성에서 별난 벼슬을 한다고 자랑을 하고 싶은가 본데…."

강달식이 말을 끊고 하늘을 쳐다보았다. 조센징 나부랭이. 이또의 빈정거림이 머릿속에서 우글거렸다.

"먼 소릴 하다 뚝 잘라 먹어? 달식이 입으로 아무리 변명을 지어내도 스즈낀지 똥새낀지 똥구멍이나 닦아주는 달식이랑은 하늘과 땅 차이지?"

강금년의 입에서 침이 튀어나와 입술에 하얀 거품이 번졌다.

"하실 말씀이나 하세요."

강달식은 병참으로 가는 것도 싫었지만 할 말도 없이 실실거리는 강금년과 마주 서 있는 것도 싫었다.

"심가 형제가 풀려난다는 것이 참말인가?"

강금년이 강달식에게 알고 싶은 본론을 꺼내 들었다. 강달식은 병참도 강금년도 귀찮았다. 모르는 일이라며 걸어갔다. 심가 형제가 풀려난다니까 똥창이 통통 부었냐고 강금년이 빈정거렸다. 강달식이 걸음을 뚝 끊었다.

"두 놈 풀려나는 데 앞장을 서더니 제 발등에 도끼질한 등신이 되었구먼? 똥창이 퉁퉁 부어서 어기적어그적 걸어가는 꼬락서니가 보기 참 좋다."

강금년이 퉁퉁 부은 강달식의 심통을 악담으로 콕콕 찔렀다.

스즈끼는 천석 토지를 손에 쥐었으니 자다가도 벌떡 일어나 웃을 지경이었다. 토지문서를 받았으니 심가 형제를 풀어줘야 한다는 스스로의 압박에 시달렸다. 이또는 스즈끼가 마뜩하지 않았다. 심가 형제 중에 사사끼 대장을 살해한 심대곤을 풀어주는 것에 불만이 컸다.

"조선의 천석 토지가 일본의 손아귀에 들어왔어."

일본의 손아귀가 아니라 엄격하게 말하면 스즈끼의 손아귀였다.

"조선이 속국이 된다 해도 토지를 빼앗지 않고는 조센징을 다스릴 수가 없습니다. 토지 개혁을 단행하여 토지를 몰수한 후 재분배가 이루어질 것입니다. 조선을 식민지로 만드는 데 공헌을 한 자에게는 작위와 토지로 당근을 주어야 할 것이며 조선을 독립시키기 위해 항거하는 놈들은 토지를 빼앗기고 타국으로 떠나야 할 것입니다."

이또는 스즈끼보다 생각이 컸다. 땅을 받고 기뻐하는 스즈끼보다 더한 야욕을 품었다.

"거래는 거래니까 풀어 줘야지?"

"고래심줄처럼 버티다가 풀어주십시오."

"고래심줄처럼 버티라고?"

"호락호락한 모습을 보여주어서는 안 됩니다."

"그럼 어떻게 버텨야 하는가?"

"땅문서를 받았으나 종잇장이니 땅에서 얻어내는 소출, 즉 땅의 진정한 값어치를 본 후에 풀어준다고 하십시오."

"소작료를 받을 때까지 가두어 두란 말인가?"

스즈끼의 물음에 이또가 음흉스런 웃음으로 화답했다. 스즈끼의 생각은 이또와 달랐다. 마주 앉아 흥정을 하던 박단실의 단아한 모습이 눈앞에 선했다. 박단실과의 약속을 지키고 싶었다. 언제 어느 자리에서 또 만나게 될 박단실에게 나쁜 인상을 주고 싶지 않았다.

"강달식이 요즘 맘에 들지 않아."

스즈끼가 강달식에 대한 불편한 심기를 드러냈다.

"그놈도 결국은 조센징입니다. 일본을 위해 갖은 일을 한다 해도 작위를 받고 토지를 받을 만한 인물이 아닙니다."

이또도 강달식을 마뜩하게 여기지 않았다.

"조선이 일본의 식민지가 되기 위해서는 무엇보다도 조센징의 역할이 중요한데 강달식은 아니야."

"조센징의 피가 흐르고 있으니 언젠가는 일본에 반역을 하고 말 것입니다."

"토사구팽이란 말이 떠오르는군."

"그렇습니다만 아직은 강달식이 필요합니다."

"강달식이 요즘 다른 마음을 먹고 있는 것 같단 말이야."

"그럴수록 당근을 먹여야지요. 다른 마음을 품고 있을 때 채찍을 가하면 돌아서 덤빌 것입니다. 먹이를 던져주면 충실한 개가 될 것입니다. 살이 통통하게 오른 짐승은 잡아먹기도 쉽습니다. 하하하."

"당근을 던져주며 충실한 종복으로 부려 먹으라 그 말이군?"

"놈을 확실하게 우리 사람으로 만들어야 합니다."

이또가 강달식에게 직책을 주자고 제안했다.

"조센징을 황군으로 임명하잔 말인가?"

"조선을 발판으로 삼아 대륙으로 진출하려면 열도의 황군만으로는 역부족입니다. 조선이 일본의 식민지가 되면 조선의 사내를 전쟁터로 끌어내야 합니다."

"강달식을 대륙진출의 총알받이로 삼자는 말이군."

"황군에 임명되면 천황에 대한 충성을 맹세해야 할 것이며 다른 마음을 먹지 못할 것입니다. 그렇게 되면 대장님의 충실한 개가 되는 것이지요. 또한, 황군이 되었으니 상관인 대장님이 놈의 머리통에 총알을 날린다 해도 항거할 수 없을 것입니다."

이또의 흉괴에 스즈끼가 흡족하게 웃었다.

"놈에게 쉽지 않은 업무를 주어 속마음이 어느 정도 변하였는지 알아보십시오. 심가 형제 석방을 위한 거래 과정에서 대장님께 불만을 가지고 있을 것입니다."

이또가 강달식의 속을 들여다보자고 제안했다. 스즈끼는 강달식을 시험하려는 이또의 속셈을 알지 못했다. 이또는 강달식을 처리하는게 도가 아니면 모라고 판단했다. 수용하기 어려운 일을 시켜서 수행에 성공하면 황군으로 삼고, 거절하거나 실패하면 가차 없이 처단할 생각을 품었다.

호랑이도 제 말을 하면 나타난다고 강달식이 병참으로 들어왔다. 스즈끼와 이또가 나누던 말을 뚝 끊었다.

"경성에 다녀와야겠다."

스즈끼가 임무를 주었다. 강달식이 어리벙벙한 표정으로 이또를 바라보았다. 심대곤을 잡아 온 장본인이니 당연히 갔다 오라고 이또가 말했다. 말뜻을 알아듣지 못한 강달식이 대답하지 못하고 쭈물거렸다. 바지에 똥이라도 쌌느냐며 이또가 비웃었다.

"심대곤을 마포에서 잡아 온 당사자가 마포로 데려다주란 말이다."

계속 어리벙벙하게 쭈물거리는 강달식에게 스즈끼가 소리를 버럭 질렀다.

"풀어주면 제 발로 걸어갈 것인데 데려다주라니요?"

경성에 가야 하는 이유를 알게 된 강달식이 반문했다. 데려다주는 것이 아니라 마포 건어물 상회에다 가두고 오는 것이라며, 이또가 어찌 그렇게 바보스럽냐는 말투로 힐난했다. 강달식은 내키지 않았다. 심대풍과 심대곤이 무서워졌다. 똥깐도 갖은 악행을 서슴없이 저지르면서 심대풍과 심대곤을 무서워했다. 심대곤을 마포에까지 가서 잡아 온 것을 몹시 후회하는 중이었다. 석방한 심대곤을 마포까지 가서 건어물 상회에 가두고 오라고 스즈끼가 명령했다. 스즈끼와 강달식 둘만 있도록 이또가 밖으로 나갔다. 스즈끼가 손가락을 까닥여 강달식을 가까이 오도록 했다.

"심대곤의 일을 잘 처리하고 오면 강달식을 황군에 임명하겠다. 이또와 똑같은 황군 오장의 직책을 주겠다."

강달식을 왜병으로, 오장 계급으로 임명하겠다고 스즈끼가 제안했다.

순대국밥을 먹고 건어물 상회에 돌아와 울다 잠든 심만옥이 캄캄한 밤중에 일어났다. 낮에 시끌벅적하였던 저잣거리의 소음이 쥐죽은 듯 사라졌다. 몇 시쯤 되었을까? 문을 열고 밖을 보니 칠흑 같은 어둠이 가득했다. 하늘에 눈썹 같은 달이 떠 있고 별이 마치 봄 들녘의 꽃밭처럼 넓게 반짝거렸다. 아침이 오려면 견뎌야 할 시간이 길었다. 이불을 깔고 잠을 청했다. 낮에 주막에서 입안에 감돌던 국밥 국물이 생각났다. 장화심과 마주 앉았던 똥깐이 눈앞에 어른거려 잠이 오지 않았다.

목계로 잡혀가고 따라간 가족이 주마등으로 스쳐 가면서 똥깐의 얼굴이 겹쳤다. 낮에 보았던 똥깐의 모습을 차근차근 떠올렸다. 갖은 악행을 일삼던 때와는 다른 모습으로 떠올려졌다. 잘못을 뉘우치고 개과천선이라도 하였단 말인가? 줄다리기가 있던 날 겁간하던 순간을 떠올리면 온몸에 소름이 돋았다.

어둠이 물러가는 기미가 창호지로 스며들자 건어물 상회에서 나왔다. 철시된 저잣거리를 지나 마포나루 강둑으로 갔다. 파란 싹을 주렁주렁 매단 버드나무로 아직 벗겨지지 않은 어둠이 엉겨있었다. 세상이 온통 붉게 변했다. 햇덩이가 세상을 비추려 제 몸을 발갛게 달구는 중이었다. 강둑에 앉아 발갛던 세상이 푸르스름하게 깨어나는 장관을 바라보았다. 강 건너 산에서 햇덩이가 쑤욱 솟아오르더니 강물로 햇살을 쏟아 내렸다. 버드나무에 엉긴 안개를 말끔하게 거두어갔다.

부지런한 어부의 고깃배가 강으로 가로질러 갔다. 강 건너 산자락의 비탈밭에서 꼼지락거리는 벌레처럼 농부가 움직였다. 햇덩이의 솟아오름은 태동의 시작이었다. 잠잠하던 강물이 출렁거리기 시작했고 풀숲에서 개구리가 폴짝 뛰어나왔다. 아침의 신기한 기운에 휘감겨 유령처럼 강둑으로 걸어갔다. 어젯밤도 잠을 자지 못해 시선이 초췌해졌다. 아침 햇살에 깨어나는 것들이 눈동자를 맑은 물로 씻어주었다.

심만옥이 걸음을 멈췄다. 자신도 모르게 똥깐이 묵고 있는 주막 사립문으로 걸어왔다. 주막이 조용했다. 지난밤 북적대던 술꾼의 흥청거림이 조용해지고 댓돌에 신발이 어지럽게 놓였다. 사립문에서 댓돌에 놓인 신발을 바라보았다. 옆집에서 솥뚜껑 여는 소리, 잠을 깨우는 소리가 들렸다. 집집마다 굴뚝으로 연기를 피워내며 하루를 시작하는 부산함이 점점 크게 들렸다.

내가 왜 여기까지 왔을까? 심만옥이 걸어온 길을 바라보았다. 새벽 장터로 나가던 장사꾼이 사라지고 골목이 텅 비었다. 혼자 마포에 남아 있으면서 가슴이 골목처럼 텅 비었다. 돌아가야 해. 뱃속의 아기를 위해 저 방에서 잠자고 있는 사람을 만나서는 안 돼. 심만옥이 몸을 돌려 걸어갔다. 다섯 걸음도 가지 못하고 멈췄다. 고개를 돌려 주막을 바라보았다. 여전히 방문은 닫혀 있고 피곤에 지친 몸이 벗어놓은 신발이 댓돌에 놓였다. 술꾼이 앉았던 마루와 마당이 텅 비었다.

햇덩이는 힘차게 떠올랐는데 보이는 것이 허무했다. 닫힌 방문을 바라보았다. 이대로 걸어가면 똥깐을 영영 만나지 못할 것 같았다. 어금니를 물었다. 눈물이 볼로 흘러내렸다. 눈물을 손바닥으로 훔치다가 머리칼이 물안개에 젖었음을 알았다. 몸을 돌려 걸어갔다.

닫혔던 방문이 조금 열렸다. 장화심이 사립문에 서성거리는 심만옥을 처음부터 지켜보고 있었다. 심만옥이 보이지 않자 마당으로 나와 옆 방문을 열었다. 뒤엉켜 잠든 똥깐과 연화의 모습에 얼굴을 찡그리고 방문을 닫았다. 심만옥이 걸어간 골목을 보며 긴 한숨을 쉬었다.

빠른 걸음으로 골목을 돌아 나온 심만옥이 휘청거렸다. 갑작스럽게 어지럼증이 돌았다. 담벼락에 몸을 기대 이마에 손을 얹고 주막을 바라보았다. 눈물이 나왔다. 어지럼증이 진정되자 저잣거리로 걸어갔다.

장화심이 어젯밤 술상 설거지를 하는 중에 똥깐이 방에서 나왔다.

"오늘도 각시 찾으러 나갈 참인가?"

장화심이 왔다 간 심만옥을 생각하고 물었다.

"뒷골이 지끈한 것이 등짝까지 뻐근하네. 돈에 침 뱉는 놈 없다지만 사람 속이는 것이 아녀."

똥깐이 뒷머리를 문지르며 우물로 어정어정 걸어갔다.

"속이다니?"

"막걸리 한 잔 값으로 두 잔 값 돈 받으려고 술독에 슬금슬금 맹물 쏟아붓지 말란 말이어."

똥깐이 함지박으로 보리쌀을 닦느라 방아질을 하는 장화심의 엉덩이를 발로 툭툭 건드렸다.

"썩을 놈이 장사 말아 막으려고 환장을 했나? 술독에다 맹물 쏟아붓는 거 눈구멍으로 봤어?"

장화심이 손에 묻은 보리쌀 뜨물을 똥깐의 얼굴에 뿌렸다.

"껌껌한 밤마다 은근슬쩍 하는 짓이 겁은 나는구먼?"

"냉수나 마시고 간밤에 끼고 잔 년 그만 일어나라고 소리나 넣어."

장화심이 바가지에 물을 떠서 내밀었다.

"고양이 똥 누는 소리를 질러가면서 새벽녘까지 엉겨 붙어 지랄을 했으니 육신이 노긋할 것이어."

똥깐이 목울대를 울컥거려 바가지 물을 마셨다.

"미친년이 남의 서방 끼고 오만 지랄을 뻗었구먼."

"남의 서방?"

똥깐이 바가지를 보리쌀 함지박에 툭 던졌다.

"눈만 뜨면 찾아다니는 년은 어떤 년이야?"

똥깐이 고인 오줌을 쏟으러 뒷간으로 갔다. 장화심이 방문을 열어젖혔다. 연화가 실눈을 살짝 뜨더니 쏟아져 들어오는 햇살에 얼굴을 찡그렸다.

"그만 일어나라."

장화심이 점잖게 일렀다.

"조금만 더 자자."

연화가 뒤척였다. 덮고 있던 이불이 젖혀지고 홀딱 벗은 아랫도리가 드러났다.

"썩을 년."

장화심의 욕지거리가 터져 나오고 들려 있던 바가지 물이 방안에 뿌려졌다. 물벼락을 맞은 연화가 후다닥 일어났다가 알몸인 것을 알고 횃대에 걸린 치마로 몸을 가렸다.

"저년이 미쳤나?"

연화가 머리칼에서 물방울을 뚝뚝 흘리며 소리를 바락 질렀다.

9

마음 밭에 가시덤불

"어머니. 나 어떡하면 좋겠소?"

병참에서 돌아와 저녁상을 물린 강달식이 더부댁 방으로 갔다. 아들의 표정을 본 더부댁이 가슴에 맷돌이 얹힌 듯 입술을 깨물었다. 까만년이 밥상머리에서 이죽거려도 맥없이 앉아 밥만 먹고 있는 요즘 가슴이 조마조마했다. 밥상을 번쩍 들어 두 조각 낼 듯 칼칼한 성질을 죽이고 있는 아들을 보는 속이 온전할 리 없었다. 오늘 저녁도 철없는 까만년이 대꾸하지 않는 강달식을 얕보고 이죽거렸다.

"저녁 먹었으면 구들장이나 짊어져라."

더부댁은 어른이 다 된 자식이 혹 울음을 토해낼 것 같아 동문서답했다.

"어머니. 조센징 나부랭이가 황군이 될 수 있겠소?"

강달식이 울음 얹힌 목소리로 다가앉았다.

"팥을 맷돌로 갈아도 팥이고 콩은 삶아도 콩이다. 조선 사람이 어찌 일본 사람이 될 수 있다는 게냐?"

더부댁 가슴이 덜컹 내려앉았다.

"그렇지요? 조센징 나부랭이가 황군이 될 수는 없겠지요?"

"시퍼런 나이로 청상이 된 젓갈댁이 똥깐이 때문에 고개도 못 들고 고샅으로만 숨어다니는 거 눈구멍으로 똑똑히 보고도 그런 말을 하는 게니? 똥깐이 꺼면 옷 입은 눔 위한답시고 허연 옷 해치고 다니다가 어찌 되었는지 너도 알고 있잖니?"

똥깐이 저지른 짓거리 때문에 고개를 들고 밖으로 나가지 못하는 젓갈댁을 봐서라도 꼭두각시 노릇 말라고 아들을 달랬다. 까만년이 모자의 얘기를 엿들었다.

강달식이 불면에 시달렸다. 조센징 나부랭이, 비웃는 이또. 심대곤을 잘 처리해주면 황군 오장의 직책을 주겠다는 스즈끼. 똥깐과 젓갈댁, 더부댁의 애처로움이 겹쳐와 잠을 이루지 못했다. 우리 사위가 풀려나게 해주면 쌀 스무 가마는 족히 받아낼 산삼을 손바닥에 턱 올려주지. 의풍 옥영감의 제안도 새록새록 떠올랐다. 심대곤이 풀려나도록 해주면 옥영감이 산삼을 준다고 했다. 흰쌀 스무 가마가 모자라면 기와집에 종을 부리고 살 수 있게 해준다고도 했다. 이 생각 저 생각이 머릿속에서 꼬리를 물고 있으니 잠을 잘 수 없었다.

꼭두새벽에 강달식이 사립문으로 나왔다. 밤을 꼬박 새우다가 새벽녘에 봉학사 스님에게 가고 싶은 생각이 들었다. 어둑한 논둑으로 걸어 달마실을 지나 장미산 봉학사로 올라갔다. 봉학사 마당에 서자 날이 환하게 밝았다.

혜원 스님은 강달식을 알지 못했다. 똥깐이 쥐도 새도 모르게 없어지고 그 역할을 대신하는 자가 생겨났다는 풍문을 들었다. 그놈이 눈앞에 강달식인 줄 몰랐다.

"마음 밭에 가시덤불이 가득 들어찼소이다. 법당에 엎드려 가시덤불을 불살라 버리시오."

거친 숲을 헤매다 온 들짐승처럼 쓰러질 듯 초췌한 강달식에게 혜원 스님이 법당 문을 활짝 열었다. 강달식이 비칠비칠 법당으로 들어가 쓰러지듯 엎어졌다. 스님이 경내를 한 바퀴 돌고 온 짧은 순간에 강달식이 깊은 잠에 들었다. 계명산 봉우리로 햇덩이가 떠올랐다. 바람도 숨을 죽인 봉학사 경내에 코를 고는 소리가 퍼졌다. 부처님의 은은한 미소를 하늘 삼아 강달식이 깊은 잠의 나락에 빠져들었다.

"형님은 좋으시겠소?"

아침상을 안방에 들였건만 강달식이 돌아오지 않아 애가 끓는 더부댁에게 까만년이 말했다.

"혓바닥에 가시 얹은 소리 작작하시고 조반이나 어서 드시게."

더부댁이 시비를 걸어오는 까만년을 점잖게 달랬다.

"형님의 잘난 아들이 황군이 된다 하니 형님은 청국 비단옷으로 호강하며 하얀 쌀 밥상을 끼니마다 받으니 세상이 노랗도록 좋으시겠다는 소리인데 듣기 거북스러운가요?"

까만년이 나긋나긋한 목소리로 더부댁의 속을 긁었다. 이것이 엊저녁 말을 엿들었구나. 더부댁은 가슴에서 종주먹이 치밀었으나 꾹 참았다.

"자다가 봉창 뒤지는 소리 말고 밥이나 드시게."

여간해서 끼어들지 않던 다복이 한마디 거들었다.

"염라대왕전에 잡혀갈 나이에 영감도 호강은 오지게 하다가 죽겠소?"

까만년이 뱁새눈을 다복에게 내리깔았다.

"볼썽사납게 이를 빡빡 갈면서 요대기를 자꾸 치대더니 헛꿈을 꾸었어?"

다복은 언제나 상황 파악이 느렸다. 까만년이 품은 속셈을 알지 못했다. 까만년이 험한 꿈을 꾸고서 더부댁에게 트집 잡는 줄로 여겼다.

"영감은 내가 밥상머리에서 헛꿈 얘기나 하고 있다고 생각하시오?"

까만년은 다복에게도 불만이 생겼다. 이불을 같이 덮고 자는 부부면서 한 마디도 거들어 주지 않는 다복이 얄미워졌다.

"꿈이 아니면 젊은 것이 노망을 했는가?"

다복이 버럭 화를 냈다.

"뱃가죽을 쭉 갈라서 속을 보일 수도 없고."

까만년이 가슴을 주먹으로 탕탕 두드렸다. 마늘밭에 나가야 하니 조반이나 얼른 드시라고 더부댁이 싸움을 말렸다.

"오호라. 저승 문지방 넘을 때가 되니 조강지처가 새록새록 생각나고 첩년은 뒷전이란 말이지?"

까만년이 싸울 태세로 눈알을 휘돌렸다.

"첩살이하면서 그만한 대접을 받았으면 주는 밥이나 따박따박 먹고 물러나 앉는 게 도리네."

강달식이 없으니 더부댁도 못할 소리가 없었다.

"열여섯도 안 된 몸 버려가며 늙은 서방 공경하려고 삼시세끼 밥상 받은 것이 형님 가슴에 한이 되었소?"

이제 스물이니 첩살이가 오 년째였다. 그래 봤자 강달식보다 세 살이나 아래였다.

"정조를 바쳐가며 냄새나는 영감 모셨으니 머리칼을 뽑아 짚신이라도 엮어달란 말인가?"

더부댁도 목소리를 높였다.

"형님 아들이 황군 되어 호강하시겠다는 말 한마디 했다고 나를 뒷전으로 몰아세우기에 하는 말이지요."

까만년의 목소리가 작아졌다. 여간해서 큰 소리를 내지 않는 더부댁이 눈을 부라리니 풀이 죽었다. 아들이 황군이 된다는 말을 어디서 들었느냐고 다복이 까만년에게 물었다. 까만년은 말문이 막혔다. 엄청난 말을 어디서 들었는지 묻지 않았느냐고 다복이 추궁했다. 까만년은 차마 엿들었다는 소리를 하지 못하고 더부댁의 눈치를 살폈다.

"남 얘기 훔쳐 듣는 버릇 여전하고만?"

더부댁의 꾸지람에 까만년이 고개를 숙였다. 까만년의 말이 사실이냐고 다복이 더부댁을 추궁했다. 잘난 아들이 들어오면 붙잡아 앉혀 놓고 물어보라며 더부댁이 밥상을 번쩍 들고 방에서 나갔다. 까만년의 눈이 휘둥그레졌다. 강달식의 흠을 잡으려다 굶게 되었다. 오전 내내 고픈 배를 틀어쥐어야 할 상황이 되었다.

밭일 간다며 더부댁이 나갔다. 다복도 심사가 엉키는지 마당을 오가다가 사립문밖으로 나갔다. 아침을 제대로 먹지 못한 까만년이 부엌으로 가서 솥뚜껑을 열어보고 찬장을 들여다봐도 밥 한 숟가락 없었다. 더부댁이 설거지를 하다가 까만년의 밥을 소여물통에 쏟아버렸다. 끼니마다 밥은 꼬박 찾아 먹으면서 일하지 않는 까만년의 밥을 논밭에 나가 쟁기를 끌어야 할 소에게 주었다.

까만년이 마루에 시무룩하게 앉아 있다가 생각이 갑자기 도졌는지 벌떡 일어나 사립문으로 나갔다. 안방에 틀어박혀 상전처럼 밥상을 받아 통통하게 살이 올라 뙤뚱뙤뚱 걸어갔다. 강금년이 사립문에서 어정거리는 까만년을 보고 방에서 나왔다.

"까만 살이 하얘질까 방에만 숨어 있다는 자네가 내 집까지 어쩐 일이랴?"

강금년이 재밌거리를 만난 듯 부산을 떨었다.

"어르신은 출타를 하셨나요?"

까만년이 까무잡잡한 얼굴로 씽긋 웃었다.

"왜? 우리 집 영감에게 볼일이 있는가?"

"제가 감이 어르신을 어찌 뵙는데요?"

"그럼 나를 만나러 왔어?"

"꼭 그런 거는 아니고요. 그냥…."

까만년은 집안에 또 누가 있는지 목을 빼고 댓돌에 놓인 신발을 살폈다.

"농사일이 바빠서 다리병신 딸년이랑 배부른 며늘아기랑 강아지까지 들밭에 나갔어. 자네나 나나 팔자는 상전이지. 안 그래?"

강금년이 까만년의 손목을 잡아끌었다. 가뭄 들어 심은 콩알이 튀고 논바닥이 거북등처럼 쩍쩍 갈라진다 한들 들밭에 얼씬도 하지 않는 두 여자가 만났다. 까만년은 어머니뻘인 본처에게 끼니마다 밥상을 받으니 부러울 게 없었다. 강금년 또한 임신한 며느리가 부엌일과 밭일에 허리 펼 날이 없다 한들 눈곱만큼도 미안하게 생각하는 시어머니가 아니었다. 오랑캐가 쳐들어와 천지가 쑥밭이 되고, 백년기근이 덮쳐서 까맣게 굶어죽은 시신이 골목에 넘쳐나지 않는 한 상전팔자를 구가할 두 여자가 소곤소곤 방으로 들어갔다.

"달마실 두 놈을 풀어줬다는 소문은 아직?"

강금년은 심대풍과 심대곤이 풀려나는 것에 배가 아파 죽을 지경이었다. 달마실 심가 형제와 창말 강금년과의 관계라고는 목구멍에 걸릴 만한 생선가시도 되지 못했다. 신식처녀 홍금희가 경성에서 박시만과 살림하고 있으니, 강막실이 조강지처이긴 하나 자식의 출세에 걸림돌로 믿었다. 하나가 미워지기 시작하면 모든 것이 맘에 들지 않는 게 인간이었다. 강막실과 이웃하여 살았다는 것만으로도 심대풍이 탐탁지 않았다. 병참 감옥에서 죽을 줄 믿었던 심가 형제가 풀려난다니 배가 아프지 않을 수 없었다.

"고것들이 옥황상제 무르팍에 앉는 횡재수를 했으니 풀려야 나겠지요."

까만년은 심대풍 형제가 풀려나기를 은근히 고대했다. 그들이 풀려나면 언젠가는 강달식이 보복을 당할 것이라고 생각했다. 까만년이 가만히 앉아 있지 못하고 방구석과 선반과 조금 열린 벽장으로 두리번거렸다. 먹다 남은 고구마라도 있을까 찾는 중이었다. 삼베보시기로 덮어 놓은 소쿠리에 까만년 시선이 멈췄다.

"며느리가 햇감자를 삶아왔는데 맛이나 보려나?"

까만년의 속내를 알아차린 강금년이 젓가락으로 감자를 콕 찍어 내밀었다. 밥솥에 얹어 쪄낸 감자가 고슬고슬한 밥알을 달았는데 막 낳은 달걀 같았다.

"형님께 부탁이 있어요."

까만년은 감자를 얻어먹은 값을 해야 했다. 강금년이 듣기 좋은 공치사를 주어야 했다.

"부탁?"

"그려요."

"자네 집에서 내 집에다 부탁을 할 건더기가 있을까 모르겠네?"

병참대장 꼭두각시나 하는 집에서 경성 공사관 벼슬 집에 무슨 부탁이 있느냐고, 강금년이 까만년을 노골적으로 무시하며 되물었다.

"형님 자식이 경성에서 큰 벼슬을 하시니 부탁을 드려볼까 해요."

"일본이 조선을 좌지우지하니 일본공사관 벼슬이 케케묵은 조정의 정승 벼슬보다 못할 게 없지."

강금년이 거드름을 피웠다.

"우리집 망나니가요…"

"망나니라면… 강달식이 총각?"

"장가갈 생각은 어디다 팔아먹고 글쎄 황군이 된다고 하네요?"

까만년이 아침 밥상에서 더부댁과 다복에게 받은 설움 덩어리를 토해냈다.

"자네 아침 먹은 것이 목구멍에다 똬리를 틀었구먼?"

강금년이 기가 막혀 까무잡잡한 까만년의 얼굴을 쳐다봤다. 까만년은 강달식의 하는 짓이 괘씸하고 못마땅해 죽을 지경이었다.

"경우에도 없는 일이 망나니에게 생겨나니 비록 의붓자식이지만 어미로서 걱정이 생기네요."

까만년이 속에 없는 말을 했다.

"그런 부탁 입 밖에 내려면 내 집에 다신 얼씬 말게."

강금년은 남이 잘되면 배앓이를 해야 직성이 풀렸다.

"창말에서 내 자식 말고 어떤 놈이 언감생심 벼슬을 한다고 주둥이를 놀리나?"

까만년은 감자 한 알 얻어먹으려다 수모를 당하는 꼴이 되었다. 소쿠리에 남은 햇감자가 눈에 자꾸 들어왔으나 더 앉아 있을 수 없었다.

"고래구멍에 장작불 넣고 온 걸 깜빡했네?"

까만년이 부산을 떨며 일어섰다.

"자네 스물이 넘더니 철이 들었구먼?"

강금년이 까만년의 거짓말을 모를 리 없었다.

"무슨 말씀?"

까만년이 속을 들켜 엉거주춤 물었다.

"부엌일은 자네 형님인 더부댁의 일이 아니었던가? 뜻밖에도 자네가 고래구멍에 장작을 지폈다니 해본 말일세."

까만년은 간다는 인사도 못하고 황급히 강금년의 집에서 나왔다.

"뭣이? 강달식이 벼슬을 해? 첩년이 어느 안전에 주둥이를 함부로 놀려?"

강금년이 사립문으로 나가는 까만년의 뒤통수에 소리를 질렀다.

법당에서 잠들었던 강달식이 마당으로 나왔다. 새벽에 장미산에 올라와 법당에 쓰러져 잠들었다. 햇덩이를 보니 정오가 한참 지난 시각이었다. 스님이 보이지 않았다. 우물로 가서 조롱박으로 물을 마셨다. 목에서 아랫배까지 물줄기가 급류처럼 이어졌다. 뱃속에 맑은 물이 일시에 퍼지고 어지럽던 머릿속이 맑아졌다.

"맛이 어떻소?"

스님이 꺾은 고사리를 한줌 쥐고 숲에서 나왔다.

"물맛이 선녀계곡 상탕 맛이라고 입을 모으는 이유를 알겠네요."

강달식이 물을 한 모금 더 마셨다.

"시주의 몸에서 느끼는 맛을 물었소이다."

강달식은 스님의 물음을 이해하지 못했다. 아침도 먹지 않은 빈속이고 법당에 엎어져 죽은 사람처럼 잠에 빠졌다가 일어났다. 물이 아닌 풀잎을 베어 물어도 그 맛이 새로울 터였다. 마땅히 응답하지 못하는 강달식에게 스님이 빙그레 웃었다.

어제나 오늘이나 아니, 작년이나 우물에 고이는 물은 그저 같은 물이었다. 다만 그 물을 받아들이는 몸, 아니 마음가짐에 따라 그 물맛이 다른 것임을 어렴풋이 깨달았다.

"시주는 지금 시주를 느낄 수 있는지요?"

스님이 다시 물었다.

"무슨 말씀이신지 통 모르겠습니다."

강달식은 목에서 아랫배까지 줄을 긋고 내려간 물의 여운을 떠올렸다. 표주박을 놓고 가슴 언저리를 만졌다.

"자신의 존재를 느끼고 있는지 물었소이다."

강달식이 가슴에서 손을 쑥스럽게 내려놓았다.

장미산에서 내려와 병참으로 향했다.

"송충이는 솔잎으로 살아야지. 배춧잎을 탐하다간 토사곽란이 도져 똥물까지 토하고 말지."

가흥창고 마당에서 장길수가 빈정거렸다. 역답 못자리를 관리하느라 장길수의 얼굴이 새까맣게 그을렸다. 장길수는 절친한 심대곤이 병참 감옥에 갇혀 심사가 편하지 않았다. 심대곤이 서창댁과 경성으로 도망 가는 데 도움 주었다는 약점을 틀어쥔 스즈끼의 강요로 가흥창고 업무를 맡았다.

"자네 얼굴이 고래구멍에서 나온 거 같네."

여느 때 같으면 빈정거리는 장길수에게 쌍욕을 할 강달식이었다. 봉학사 스님에게 얻은 얘기가 있어 부드러운 투로 동문서답했다.

"대갈빡에 쪽발이 꽁지머리 곤두세워도 상판대기는 조선인 낯짝이란 말이다."

어젯밤 더부댁에게 살짝 귀띔한 얘기를 장길수가 알고 있었다. 심대곤을 경성으로 데려가 잘 처리하면 황군이 된다는 스즈끼의 말이 창말에 퍼졌다. 장길수는 소문이 더부댁의 입에서 나왔다고 생각하지 않았다. 스즈끼가 일부러 소문을 냈을까? 강달식은 스즈끼와 이또를 의심했다. 불순한 의도를 가지고 소문을 퍼트렸을 것이라고 추측했다. 강달식의 오판이었다. 강달식의 말을 엿들은 까만년이 감자 한 알 얻어먹으면서 강금년에게 털어놓은 것이 창말에 퍼졌다. 강달식이 황군이 된다는 말에 속이 뒤틀린 강금년이 골목골목 다니며 입방정을 떨었다.

"길 가는 사람 붙잡고 주둥이로 겉보리 방아질하냐?"

강달식은 은근히 부아가 치밀어 악담을 퍼부었다.

"겉보리 서 말을 주둥이로 방아 찧을망정 없는 소리는 안 한다."

장길수가 강달식의 파르르한 얼굴을 바라보며 실실 웃음을 흘렸다.

"어디서 맹랑한 소리를 들었는가 본데 가는 길 바빠 이만 간다."

장길수와 말을 맞서 봐야 이로울 것이 없다고 판단한 강달식이 돌아섰다.

"왜놈 천황의 개가 되러 간다고? 예끼! 소똥에 미끄러져 돌멩이에 코를 찧을 인간아."

장길수가 침을 퉤퉤 뱉었다. 강달식은 얼굴에 정통으로 침을 맞기라도 한 듯 기분이 엉망으로 꼬였다.

"네놈 뱃속에서 나온 것은 왜놈에게서 비롯된 똥이 아니고?"

강달식이 장길수의 아픈 곳을 콕 찔렀다.

"심대곤이 언제 풀려난다고 하더냐?"

장길수가 소리를 질렀다. 걸음을 잠깐 멈춘 강달식이 등 뒤로 손을 흔들고 걸어갔다.

"심대곤이 경성으로 가지 못하고 잘못되면 강달식 책임도 있으니 내

말 새겨들어야 할 것이다."

장길수가 진지해진 목소리로 말했다. 강달식은 장길수의 말이 섬뜩하게 들렸다.

병참 입구에 심익수와 서창댁이 심가 형제의 석방을 기다리고 있었다. 강달식이 병참 사무소로 들어갔다. 감옥에 갇혀 있던 심대곤이 스즈끼와 함께 기다리고 있었다. 강령 박참판과의 약조를 지키기로 했다며 강달식이 오기를 기다렸던 스즈끼가 말했다. 강달식은 최근에 묵직하게 들어앉은 응어리가 쑥 내려가는 느낌이 들었다.

"그럼 심가 형제를 풀어준다는 말씀이지요?"

강달식은 심가 형제 모두 풀어줄 줄로 알았다. 스즈끼가 박단실에게 토지를 받으면서 심가 형제를 모두 방면한다고 약조했음을 알고 있었다.

"심대곤을 풀어줄 것이다."

스즈끼가 약조에 어긋나는 말을 했다.

"강령 아씨를 생각하셔야 합니다."

강달식이 박단실과의 약조를 지켜야 한다고 말했다.

"심대곤이 경성에 도착했다는 연락을 받는 즉시 풀어줄 것이다."

"내가 경성에서 돌아오면 풀어준단 말이지요?"

"그렇다. 강달식이 임무를 성공적으로 수행하면 황군이 되고, 또 심대풍도 풀려나는 것이다."

심대곤을 경성 마포에 데려다주기만 하면 황군이 되고 심대풍을 풀어준다. 다리품만 팔면 되는 쉬운 일이었다.

"쇠뿔도 단숨에 뽑는다고 지금 당장 출발하겠습니다."

강달식은 신이 났다. 스즈끼가 오늘 밤에 떠나라고 했다. 강달식은 그믐이라 길이 어두우니 아침에 떠나겠다고 했다. 황군 되기가 그렇게 쉬울 줄 알았냐고 스즈끼가 화를 버럭 냈다. 강달식이 해가 지기 전에 떠나겠다고 하자 스즈끼가 어두워지면 떠나라고 심대곤을 감옥에 가뒀다.

"먼 길 떠나는 데 술 한잔 없으면 안 되지."

스즈끼가 강달식을 데리고 구옥정으로 갔다. 이또가 술 한 잔 마시고 다른 일이 있다면서 나갔다. 스즈끼가 논다니를 내보냈다. 강달식은 스즈끼와 둘이 남게 되자 불안해졌다.

"춘절에 나무를 심듯 심대곤을 경성에 꼭꼭 심어놓고 오시오."

강달식이 스즈끼의 말을 이해하지 못하고 눈을 껌벅거렸다.

"경성에다 심어놓다니…요? 꼭꼭?"

"그래 꼼짝하지 못하도록."

"발 달린 사람을 한 자리에 나무로 심어놓는 것이 가능한 일인가요?"

강달식은 스즈끼의 속내를 알지 못해 술을 마시지 못하고 멍멍하게 바라보았다. 스즈끼가 강달식의 사기대접에 막걸리를 그득하게 부었다. 대접에 콸콸 넘치는 막걸리를 마시라고 명령했다. 거푸 다섯 잔을 마시도록 강요했다. 트림이 터져 나오도록 막걸리가 강달식의 뱃속에 들어찼다. 정신은 말똥했다.

"놈이 돌아다니지 못하게 하려면 놈의 어느 곳을 작살내야 하지?"

스즈끼가 갑자기 냉엄한 얼굴로 물었다.

"그…글쎄요."

강달식의 목소리가 떨렸다.

"이것을 탯줄 자르듯이 딱 잘라놔야 하겠지?"

스즈끼가 강달식의 발을 끌어당겨 아킬레스건을 무자비하게 움켜쥐었다. 악ー. 강달식이 비명을 지르며 몸을 비틀었다.

"내 말뜻을 알아차렸지?"

스즈끼가 통증에 신음하는 강달식에게 흐흐흐 웃었다.

"이…것 좀 노…놓고."

강달식이 다리를 비틀며 사정했다.

"내 말뜻을 알았냐고 묻고 있잖아."

스즈끼가 더욱 세게 움켜쥐었다. 발목이 잘려나가는 통증이 아랫배로 올라왔다.

"아…알았습니다."

강달식의 이마에 땀이 송골송골 맺혔다. 조금만 더 세게 틀어쥐면 다리가 마비될 것 같았다.

"놈의 이것을 딱 잘라놓는다고 약속을 할 수 있지?"

스즈끼가 아킬레스건을 또 비틀었다.

"그…그럼요."

강달식이 통증에 이를 악물고 눈자위를 뒤집었다.

"반드시?"

"네에…반드시…꼭."

"놈을 아예 죽여 없애면 더욱 좋고."

스즈끼의 손아귀에서 발목을 거두어들인 강달식의 등골에 식은땀이 흥건하게 흘렀다. 스즈끼가 흐흐흐 웃으면서 대접에 술을 또 찰랑찰랑 따라주었다. 목젖이 바싹 마른 강달식이 대접을 단숨에 비웠지만 맹물을 마시는 것 같았다. 스즈끼가 빈 대접에 또 술을 따라주었다.

"일본 황군이 된다 하니 입안이 마르겠지?"

스즈끼의 황군 소리에 강달식은 술을 마시고픈 생각이 싹 지워졌다.

"나와의 약속을 저버리지 마시오."

스즈끼가 옆구리에 매달린 권총의 방아쇠에 손가락을 걸었다.

"해보기는 하겠지만…."

스즈끼가 틀어쥔 아킬레스건의 통증 때문에 생각할 틈도 없이 약속을 하고 말았다. 아킬레스건의 통증이 머릿속으로 옮겨가서 흐리멍덩해지고 눈앞이 캄캄했다.

"성공하지 못하면 약속을 지키지 못한 처벌을 반드시 받을 것이다."

"처벌?"

"강달식의 목숨을 내놓아야 함은 물론이고."

"목…목숨을?"

강달식이 목덜미를 어루만졌다. 심대곤을 문밖 출입도 못하는 앉은뱅이로 만들지 못하면 강달식이 죽어야 할 위기에 처했다.

"당신 목숨 하나 가지고는 안 돼. 당신 가족의 목숨도 장담할 수 없어. 그놈을 아예 죽여 없애는 것이 쉬울지도 몰라."

앉은뱅이가 아니라 아예 목숨을 끊어놓으라고 스즈끼가 협박했다.

엎어지면 코가 깨지고 작대기가 부러져 지게가 등짝에 넘어지는 꼴이었다. 몸이 부들부들 떨렸다. 구옥정에서 나온 강달식이 목계나루터 바위에 걸터앉았다. 햇덩이가 봉황산으로 천천히 기울었다. 해가 봉황산 너머로 기울면 어두워질 것이다. 나루터 말뚝에 뗏목 한바닥이 묶인 채 강물에 떠 있는 것이 보였다. 용진에서 내려온 뗏목이 사공의 휴식을 위해 묶여 있었다. 말뚝을 뽑으면 슬렁슬렁 떠내려갈 듯 밧줄이 팽팽했다. 어두워지면 심대곤과 경성으로 떠나야 한다. 경성에 도착하기 전에 일을 끝내야 한다. 야속하게도 봉황산에 머리를 푸는 햇덩이가 성큼성큼 내려앉았다. 어찌해야 하나? 도망갈까? 도망가면 스즈끼 그늘에서 벗어나 후련하게 살 수 있을까?

명령을 거역하고 도망가면 창말 가족이 화를 입을 것이 뻔했다. 햇덩이가 봉황산 너머로 내려앉았다. 산에서 내려온 어둠이 남한강 기슭으로 모여들었다. 조금 있으면 어둠이 펄펄 일어나 산이며 강물을 뒤덮을 것이다. 심대곤을 앞세워 경성으로 떠나야 한다.

바위에 앉은 강달식에게 왜병이 걸어왔다. 병참으로 즉시 오라는 스즈끼의 명령을 전했다. 심대곤이 경성으로 가지 못하고 잘못되면 강달식 책임도 있으니 내 말 새겨들어야 할 것이다. 장길수의 말이 머릿속에서 벌떼처럼 왱왱거렸다.

10

그믐 막흐레기 여울

병참에서 심대곤이 포승줄에 묶여 기다리고 있었다. 심익수와 서창댁이 보이지 않았다. 강달식의 임무 수행에 걸림돌이 된다며 스즈끼가 따돌렸다. 내일 밝은 낮에 출발할 것이니 다시 오라며 거짓말로 따돌렸다. 심대곤을 묶었으니 식은 죽 먹기보다 쉬울 것이라며 강달식의 어깨를 두드렸다.

"흉악한 일을 저지르고 창말에서 살 자신이 없습니다."

강달식이 명령을 거두어 달라고 사정했다.

"놈과 경성으로 떠나는 것을 아무도 몰라."

가족의 생사를 생각해서라도 반드시 명령을 수행하라고 스즈끼가 압박했다.

"앉은뱅이 병신이 되어도 혀가 있으니 소문이 창말에 들어오지 않을 것이라는 보장이 없습니다."

"그러니까 아예 죽여 없애란 말이다. 황군 셋이 동행하며 도와줄 것이다.”

황군 셋과 동행한다니 도망을 칠 수도, 명령을 거역할 수도 없는 상황이 되었다. 어둠이 완연해졌다. 강달식이 포박한 심대곤을 앞세웠다.

“어…디로 가는 것이오?”

심대곤이 불안한 표정으로 물었다.

“경성 마포로 가는 것이니 아무 말 말고 따라오셔.”

강달식이 심대곤의 어깨를 툭툭 두드렸다.

“경성에 가려면 낮에 갈 것이지 초승달 겨우 뜬 밤에?”

심대곤은 강달식이 많이 본 듯한 얼굴인데 기억나지 않았다.

“살인 죄인이 낮짝 빤빤하게 쳐들고 갈 수 없잖아?”

강달식이 얼버무렸다. 심대곤은 기억을 잃었기 때문에 무슨 죄를 지었는지 알지 못했다. 살인죄라 하니 죄가 중하다고 생각했다. 기억상실 전에는 알고 있었던 강달식을 알아보지 못했다.

“깜깜한 밤길이니 포승줄은 풀어 주시오.”

심대곤이 발을 헛디뎌 비틀거렸다.

“풀어 줬다가 깜깜한 곳으로 도망가면 어쩌라고?”

강달식이 심대곤을 앞세우고 나루터로 갔다. 스즈끼가 동행할 왜병을 불렀다.

“너희들이 감시해야 할 놈은 묶인 놈이 아니라 강달식이다.”

스즈끼는 동행할 왜병을 조선인 복장으로 갈아입도록 지시했다. 왜병이 스즈끼의 말을 이해하지 못했다.

“강달식이 저놈을 해치우는 것을 확인하고 또 해야 할 일이 있다.”

“무엇입니까?”

“심대곤의 저승길에 강달식을 함께 보내야 한다.”

"그…그럼…강달식도 죽이란…."

왜병이 깜짝 놀라 눈을 똥그랗게 떴다. 스즈끼가 험악한 표정을 짓자 왜병이 고개를 끄덕여 명령을 수긍했다.

"강달식의 역할은 심대곤을 죽이는 것으로 끝나는 것이다."

스즈끼가 음흉하게 웃었다.

"심대곤의 시신은 쉽게 발견되도록 하고 강달식의 시신은 깊이 묻어 버려. 그래야 강달식이 심대곤을 죽이고 도망간 것으로 세상에 알려지니까."

왜병이 들어도 끔찍한 술수였다.

심대곤을 앞세우고 가던 강달식이 목계나루 강물에 떠 있는 뗏목을 떠올렸다. 뗏목에 태우고 가자. 깜깜한 밤중에 수심 깊은 곳에서 뗏목이 뒤집히면 팔이 묶인 심대곤이 살아남을 수 없어. 강달식이 나룻배가 아닌 뗏목으로 갔다. 줄을 당겨 뗏목을 기슭으로 끌어낸 다음 심대곤을 태웠다.

"네눔이 나를 물귀신으로 만들 작정이구나."

심대곤은 뗏목 사공이었다. 묶인 채 뗏목에 오르면 위험하다는 것을 알고도 남았다.

"똥물이 목구멍으로 나오는 토악질이 나와도 참아. 경성에서 마누라가 기다리고 있다니까."

강달식이 속옷을 찢어 심대곤의 눈을 가리고 다리를 뗏목에 붙들어 맸다. 막흐레기 여울을 지나다가 뗏목이 뒤집히면 꼼짝없이 죽을 상황을 만들었다.

"이…놈이 날 죽이려 작정을 했구나. 병참 왜놈이 죽이라고 했느냐?"

심대곤이 말을 더듬으며 소리를 질렀다. 강달식이 말뚝에 묶인 밧줄을 끌렀다. 뗏목이 철렁철렁 떠내려가기 시작했다.

"이…이놈이…쪽발이 새끼들이 사람 죽이네!"

주변 사람이 들으라고 심대곤이 소리를 질렀다. 스즈끼가 왜병을 동원해서 나루터에 사람이 얼씬하지 못하게 했다.

"악을 써도 들어줄 사람 없어."

강달식이 칡넝쿨로 재갈을 물렸다.

서서히 떠내려가던 뗏목이 여울을 만나 급히 떠내려갔다. 물살이 거칠어 뗏목이 울렁울렁 흔들렸다. 묶인 심대곤도 뗏목과 일체가 되어 격하게 흔들렸다. 찔끔찔끔 올라온 차가운 물이 발과 엉덩이를 적셨다. 넘어지지 않도록 균형을 잡으려 상체를 비틀었다. 팔다리가 경직되고 신경이 곤두섰다. 차가운 물에 몸이 젖으면서 머릿속에 맑은 웅덩이가 만들어지듯 생각이 새록새록 생겨났다. 뗏목이 거세게 흔들리고 웅덩이 물이 찰랑찰랑 뇌리로 넘쳐흘렀다. 신기하게 잃어버렸던 기억이 아슴아슴 살아나는 것이 아닌가.

막흐레기. 막흐레기 여울. 심대곤이 막흐레기 여울을 기억해냈다. 잃었던 기억이 차츰차츰 살아났다. 달마실, 아버지, 형 심대풍, 옆집 강막실, 동생 만옥을 겁탈하다가 몽둥이로 맞은 똥깐, 심대곤이 쏜 총에 맞아 절명한 사사끼, 알몸으로 사사끼에게 멸상봉공을 외치던 연화가 생각이 났다. 아- 옥녀. 옥녀를 떠올리고 외마디를 질렀다. 용진 주막 뒷방에서의 혼미한 약초냄새가 코끝으로 스쳤다. 의풍에서 베틀재를 넘어 용진에 왔고 왜병을 피해 주막 뒷방에 묵었던 것과 혼미한 갖가지 약초 향기에 아편을 한 것처럼 취해서 몸을 섞고야 말았던 순간이 급한 물살처럼 떠올랐다. 형수가 될 여인이었다는 기막힌 기억도 살아났다.

기억의 저편에서 희미하게 웃는 또 다른 여인이 있었다. 안개가 자욱한 돌담의 굽어지는 골목으로 서서히 걸어 나오듯 아련하게 다가오는 저 여인은 누구일까? 뗏목이 여울 속 바위에 부딪혀 기우뚱했다. 묶인 심대곤이 옆으로 쓰러졌다. 옆구리와 얼굴에 강물이 차갑게 닿았다. 왜병과 강달식이 곤두박질로 쓰러졌다가 일어났다. 캄캄한 강물에서 묶이지 않은 왜병과 강달식이 몸을 가누기 어렵게 뗏목이 흔들렸다. 묶이고 눈을 가리고 재갈이 물린 심대곤은 옆으로 고꾸라져서 바르작거리지도 못했다. 뗏목이 기우뚱기우뚱 떠내려가면서 머리가 강물에 잠겼다 솟아났다. 강달식이 심대곤을 일으키려 하자 왜병이 막았다.

꼼짝없이 죽는구나. 바지와 적삼이 젖어 후들후들 떨면서 기억의 물살을 헤쳐오던 여인을 떠올리려 생각을 모았다. 여인이 골목으로 돌아 자욱한 안개를 헤치며 걸어왔다. 누구일까? 누구일까? 물살이 요란해지고 뗏목이 격하게 출렁거렸다. 막흐레기 여울이다. 심대곤이 외마디를 질렀다. 막흐레기 여울의 거친 물살을 아는 강달식과 왜병이 뗏목을 얽은 칡넝쿨을 손아귀에 쥐었다. 뗏목이 물살을 타고 빠르게 떠내려가다 소용돌이에 걸려 뺑그르르 돌았다. 강달식과 왜병이 칡넝쿨로 버팅기면서 바위와의 충돌에 대비했다. 뗏목이 급격하게 빨라지면서 바위에 부딪혀 요동을 쳤다.

강달식이 왜병의 총에 꽂힌 검을 뽑아 들었다. 심대곤을 뗏목에서 떼어내려 칡넝쿨을 자르기 시작했다. 왜병도 검을 빼 들고 칡넝쿨을 자르기 시작했다. 왜병은 심대곤이 묶인 겨우 두 개의 통나무를 잘라내려는 목적이었다. 뗏목에서 분리되면 통나무가 뒤집히고 심대곤이 익사하는 것이었다.

심대곤은 젖은 칡넝쿨이 단검에 쓱쓱 잘리는 소리를 들었다. 뗏목에 태운 조선 사람이 강달식임이 생각났다. 재갈이 물려 강달식을 부르지 못했다. 얼굴 반쪽이 물에 잠겨 출렁거릴 때마다 목구멍으로 물이 넘어갔다.

"나를 원망하지 마. 뗏목 사공이 뗏목에서 죽는 것도 호강하는 것이다."

칡넝쿨이 끊어졌다. 심대곤이 묶인 통나무가 뗏목에서 분리되었다. 통나무가 뒤뚱뒤뚱 흔들리다 뒤집어졌다. 외나무다리에 매달린 너구리처럼 물속에 잠겼다. 재갈 물린 입을 다물 수 없어 강물이 목구멍으로 꿀꺽꿀꺽 넘어갔다.

"더러운 세상 미련 두지 말고 먼저 가 있어."

강달식이 캄캄한 하늘을 쳐다보며 눈물을 훔쳤다. 아무리 악독하게 마음을 먹었다지만 눈앞에서 죽어가는 모습에 가슴이 아프지 않을 수 없었다.

우물에 던져진 두레박에 물이 고이듯 강물이 몸으로 들어찼다. 묶인 팔과 다리의 감각이 없어지고 머리가 생명의 마지막 피신처로 변했다. 머리가 마비되는 순간이 저승 문턱이었다. 죽을 때 가장 황홀한 기분을 맛본다고 누가 말했던가. 기억의 물살에서 걸어오던 그 여인이 선명해졌다. 아− 어머니. 스러지는 의식을 간신히 붙들고 바라본 여인은 사사끼의 총에 절명한 어머니, 여주댁이었다. 아들아. 대곤아. 더러운 세상에서 그만 나오너라. 어머니의 말은 들리지 않았지만, 입술은 그렇게 말하고 있었다. 목으로 넘어가는 찬물을 뱉어내지 못하고 모든 것을 포기했다. 어둠을 가르며 뽀얀 길이 생겨났다. 묶였던 칡넝쿨이 스르르 풀렸다. 뽀얀 길로 나비처럼 가볍게 걸어갔다. 물에 잠겨 차갑던 감각이 없어졌다. 허공으로 붕붕 날아가듯 걸어갔다. 어…어머니… 옥녀…. 심대곤이 두 여인을 마지막으로 부르고 숨을 거두었다.

심대곤이 죽어 떠내려가자 강달식은 가슴이 아팠다. 몹쓸 짓 일삼다가 벼락을 맞고 뒈지고 말지. 볼에 흐르는 눈물을 주먹으로 닦았다. 조선 복장을 한 왜병을 한꺼번에 물속에 쓸어 넣고 싶은 충동이 불쑥 치밀었다.

왜병은 그들끼리 눈을 맞추며 때를 기다리고 있었다. 캄캄한 허공을 바라보며 울먹이는 강달식의 목덜미에 개머리판이 날아들었다. 난데없이 목덜미를 맞은 강달식이 비명도 지르지 못하고 쓰러졌다. 뒷머리가 아닌 목덜미를 친 이유가 있었다. 뒷머리는 뼈가 깨져서 누군가에게 살해되었다는 흔적을 남길 수 있었다. 목덜미를 쳐서 실신하게 한 다음 물속에 머리를 담가 익사를 시키려는 속셈이었다. 왜병이 강달식의 뒷머리를 움켜쥐고 얼굴을 쑤셔 박았다. 실신했던 강달식이 차가운 물에 얼굴이 닿자 정신을 차렸다. 물속에서 헤어나려 바르작거렸지만 날갯죽지를 잡힌 병아리와 같은 불가항력 상태가 되었다. 왜병 셋이 강달식의 팔다리와 몸통을 누르고 머리를 물속에 박은 채 뗏목이 십 리나 떠내려갔다. 강달식의 목숨이 끊어지고도 십 리 강물로 떠내려갔다. 심대곤을 묶은 통나무가 보이지 않았다. 강심이 낮은 여울에서 왜병이 죽은 강달식을 들쳐 없고 뭍으로 나왔다. 여기가 어디야? 왜병이 물었다. 어딘 줄 알아서 무엇해? 인적도 불빛도 민가도 없고 사방이 캄캄했다. 이놈을 묻어야지. 왜병들이 시신을 들쳐 없고 산으로 올라갔다. 강가에 묻었다가는 홍수에 시신이 드러날 것임을 알고 있었다. 왜병이 땀을 쏟아가며 석 자도 넘는 깊은 구덩이를 파고 묻었다. 강달식의 시신이 발견되어서는 절대 안 된다는 스즈끼의 명령을 충실히 이행했다. 그믐달이 겨우 뜬 남한강 뗏목에서 조선인 두 명의 목숨이 사라졌다.

스즈끼는 잠들지 않고 술잔을 홀짝거리며 강달식과 동행한 왜병을 기다렸다. 강달식과 심대곤이 죽었다는 소식을 밤새워 기다렸다. 날이 밝은 아침에야 강달식을 산에 묻은 왜병이 돌아왔다. 보고를 받은 스즈끼가 시신이 알려져서는 안 된다고 능글맞은 웃음을 흘리며 왜병에게 술을 따라 주었다. 캄캄한 밤에 묻고 왔으니 지금 찾아오라 해도 찾지 못할 것이라고 왜병이 으쓱거렸다.

"역시 대장님 솜씨는 최고입니다. 솜씨를 발휘해야 할 다음 차례는 심대풍입니다."

이또가 축하의 박수를 하면서 스즈끼를 추켜세웠다.

"아냐. 심대풍은 천석토짓값을 해야 해. 그래야 다음의 거래가 쉽게 성사될 수 있거든?"

스즈끼는 박단실에게 신빙성을 보여주어 다른 거래의 발판으로 삼으려는 속셈을 품었다.

"심대곤이 죽은 것을 알면 독기를 품을 것입니다."

"강달식이 심대곤을 죽이고 도망쳤는데 우리에게 독기를 품을 이유가 없잖아?"

정오가 지나서 심대곤의 죽음이 알려졌다. 심대곤과 평소 뗏목을 몰았던 떡할배와 달건이 뗏목을 몰고 마포로 가다가 심대곤의 시신을 발견했다. 새벽에 떡할배가 목계나루로 나와 보니 묶어두었던 뗏목 한바닥이 없어졌다. 묶어 놓은 줄이 풀어져 떠내려갔다. 자고 있는 달건을 재촉하여 뗏목을 급하게 몰고 갔다.

"이런 참변이 올 줄 알고는 있었는데. 늙은 나를 두고 젊디젊은 대곤이 먼저 변을 당했구나."

낮은 여울에 걸린 통나무를 발견한 떡할배가 자지러지는 소리를 질렀다. 달건이 물로 허겁지겁 뛰어가 칡에 묶여 잠긴 심대곤을 들어냈다.

"칡은 뗏목을 묶으라고 있는 것인데. 어째서 형님이 묶였답니까?"

달건이 동여맨 칡넝쿨을 풀어 놓고 여울에 주저앉아 시신을 끌어안았다. 마포로 가야 할 뗏목을 강기슭에 묶었다. 달건이 심대곤의 시신을 들쳐업고 창말로 왔다. 심대곤이 뗏목에 묶여 죽었다는 소문이 퍼졌다. 시신이 목계나루 둔치에 놓였다. 뛰어나온 심익수가 쓰러져 넋을 놓았다. 서창댁이 시신을 덮은 가마니를 끌어안고서 통곡했다.

감옥에 갇힌 심대풍은 동생의 참변을 알지 못했다. 스즈끼의 거짓말로 심익수와 서창댁은 심대곤이 지난밤에 풀려난 줄 몰랐다. 심대풍은 감옥에서 나간 심대곤이 어찌 되었는지 궁금했다. 밤마다 면회 왔던 심익수와 서창댁이 어젯밤에는 오지 않았다.

"강달식이란 놈을 아는가?"

스즈끼가 감옥으로 와서 강달식을 아느냐고 대뜸 물었다.

"당신의 꼭두각시를 내가 알면 얼마나 알겠소?"

"어젯밤 풀려난 심대곤과 강달식이 서로 원수진 일이 있느냐 말이다!"

스즈끼가 성질을 버럭 냈다. 심대풍은 덮쳐오는 불길한 예감에 가슴이 쿵 내려앉는 것을 느꼈다.

"워…원수라니? 대곤에게 무슨 일이 있었단 말이냐?"

"무슨 일 정도 아니라 엄청난 일을 저질렀다. 강달식 그놈에게 심대곤을 마포까지 데려다주라고 명령했는데 가는 도중에 그놈이 망극한 일을 저지르고 도망을 쳤다."

"망극한 일을 저지르는 것은 네놈이지 강달식이 아닐 것이다."

심대풍이 불길한 예감을 떨쳐내고 태연한 목소리로 대꾸했다.

"마포에서 체포한 놈이 강달식이니 마포까지 안전하게 데려다주라고 명령했더니만, 뗏목 조각에 심대곤을 묶어서 떠내려 보내 익사시켰다."

"누…누가? 강달식이?"

심대풍이 자리에 주저앉았다.

"강달식이 익사했다면 내가 이렇게 나서지도 않는다. 강달식이 심대곤을 익사시켜놓고 도망쳤단 말이다."

스즈끼는 강달식이 심대풍을 죽인 범인이라고 반복해서 말했다.

"아…아닐 거다. 강달식이 그런 사람이 아니다."

심대풍이 팔을 내저어 부인했다. 스즈끼를 믿으려 하지 않았다.

"강령 만석지기 박단실과의 거래를 지키려 했는데 강달식이 심대곤을 죽여서 내 얼굴에 똥칠을 하고 도망갔단 말이다."

강달식이 심대곤을 죽이고 도망쳤다는 소문을 스즈끼가 퍼뜨렸다. 스즈끼의 말을 그대로 받아들이는 사람은 많지 않았다. 스즈끼는 강달식이 심대곤을 죽였다는 소문이 퍼지기를 기다렸다. 왜병을 창말에 보내 소문을 확인시킨 후에야 심대풍을 감옥에서 불러냈다. 심익수와 옥녀도 병참으로 불러들였다.

"심대곤이 잘못된 것은 나도 가슴이 아프다. 강달식을 믿은 내게도 잘못이 있다."

스즈끼가 애석하다는 표정으로 말했다. 심대풍은 강달식의 소행이라고 믿지 않았다. 심익수는 뒷머리를 자귀로 맞은 듯 휘청거렸다. 옥녀는 앙증맞게 불어난 아랫배를 두 손으로 덮고 굵은 눈물을 흘렸다.

"강령지주 박단실과의 약속을 지키겠다."

스즈끼가 심대풍을 풀어주겠다고 말했다. 심대풍과 심익수가 기쁜 표정을 짓지 않았다.

"감옥에서 풀어준다 하는데 기쁘지 않나?"

스즈끼는 선심을 쓰듯 거들먹거렸는데 반가워하지 않으니 난처해졌다. 심대풍은 어금니를 물고 아무 말도 하지 않았다.

"한 가지 조건이 있다. 오늘 이후로 의병과 또 연줄이 닿는 일이 있다면 강령지주 박단실과의 약조가 사라지는 것이며 또한 심대풍의 목숨도 장담할 수가 없다."

스즈끼가 심대풍에게 조건을 내걸어 올가미를 씌웠다.

심대곤의 죽음이 스즈끼의 소행이라는 강한 심증이 있으나 물증이나 목격자가 없었다. 당사자인 강달식이 행방불명이라 스즈끼의 거짓을 증명하지 못했다. 강달식도 죽임을 당했을 것이라는 생각이 강하게 들었다. 강달식의 소행이라고 소문을 퍼뜨리는 스즈끼를 바라볼수록 생각이 확신으로 변했다. 스즈끼는 다시 잡아들일 올가미를 만들어놓고 심대풍을 풀어주었다. 스즈끼는 참령의 경군 삼천에 대패한 의암이 목숨을 부지할 곳이라고는 요동밖에 없다고 짐작했다. 의암이 요동으로 가기에 앞서 측근인 심대풍과 만날 것이라고 판단했다. 의암이 요동으로 가는 날이 멀리 있지 않으니, 오래지 않아 심대풍이 잡혀 올 것이라는 확신까지 가지고 있었다. 이또에게 중대한 명령을 내렸다. 왜병 한 개 소대를 전담 배치하여 심대풍의 일거수일투족을 감시하다가 의암과 만나면 잡아들이라는 임무를 주었다.

"의암도 잡아서 목을 베어야 하지 않겠습니까?"

이또가 의암도 처단하자고 했다.

"그자는 잡아서는 안 돼."

"의병의 총수를 놔두고 졸병만 잡아 처단하자는 말씀입니까?"

"의암도 언젠가는 처단을 해야 하겠지. 지금은 아니야. 조선 대신들도 감히 어쩌지 못하는 의암을 우리가 섣불리 잡아 가두었다가는 이러지도 저러지도 못하면서 괜한 골칫거리를 떠안고 있을 가능성이 높아."

의암은 스즈끼가 어떻게 할 수 있는 위인이 아니었다. 경대를 이끄는 참령도 맞서 싸우지 않고 서찰을 보내 해산을 간곡히 요청할 정도로 의암을 함부로 하지 않았다.

"조정 대신들이야 모두 일본과 한 통속인데 무엇을 두려워하십니까?"

"이또는 한 가지만 알고 둘을 내다보지 못하는 단점이 있어. 의암과 심대풍을 동시에 잡아서는 심대풍만 단독으로 처단할 수가 없어. 조선 대신의 동의를 얻어 의암을 처단하기까지 많은 시간이 소요되고 일이 꼬이면 의암도 심대풍도 방면해야 하는 최악의 경우가 생긴단 말이다."

"일본이 조선에 들어온 이유가 무엇입니까? 동학을 처단하기 위해 들어온 것이 아닙니까? 의병도 동학처럼 관군이 진압하려는 조선 조정의 적이니 의병의 총수를 잡아 죽였다고 누가 시비를 걸어오겠습니까?"

"일본이 아직은 조선을 완전히 장악하지 못했다. 의병을 완전히 뿌리 뽑아버리면 대일본 제국의 황군이 조선에 머무를 명분이 없어진단 말이다."

"의병이 전국에서 일고 있는데 의암을 잡아서 처단했다고 의병이 아주 없어지는 것도 아니고…. 그대로 두었다가는 발등에 도끼날이 언제 날아들지 모르는 일입니다."

이또가 의암을 잡아 처단하자고 계속 주장했다.

"의암이 심대풍을 만나고 청국으로 갈 것이다. 의암이 떠난 후에 심대풍을 체포하란 말이다. 심대풍 외에는 어느 누구도 체포해서는 안 된다."

스즈끼가 노리는 것은 오직 심대풍이었다.

검둥개 멱 감는다고 흰둥이가 될까

마포 건어물 상회의 심만옥은 무료하다 못해 가슴에 맷돌을 얹은 듯 갑갑증이 생겼다. 목계에서 일어난 일도 알지 못했다. 어두워져 캄캄한 방에 혼자 앉아 있으면 창말로 가고픈 충동이 치밀었다. 아침이 되면 창말에서 기별이 있을지 모른다는 기다림으로 상회에서 서성거렸다. 밤이 되면 낮에 창말로 떠나지 못했음을 후회하며 새벽에 깜빡 잠들었다. 방으로 들어온 햇볕에 화들짝 놀라 일어나면 또 상회 앞에서 서성거렸다. 오늘은 창말로 가야지. 함부로 떠났다가 서로 어긋나면 어쩌나. 섣불리 떠나지도 못했다.

지난밤 뜬눈으로 새운 심만옥이 부석부석한 얼굴로 상회 앞에 나왔다가 똥깐과 맞닥뜨렸다.

"만옥이 맞지?"

똥깐이 후다닥 뛰어와 심만옥의 양손을 움켜쥐었다.

"누…구세요?"

심만옥이 똥깐의 손아귀에 잡힌 손을 뽑아냈다.

"박창호. 참말 살던 박창호. …똥깐이."

똥깐이 심만옥의 손바닥으로 가린 아랫배를 힐끔거렸다.

"그런 사람 몰라요."

심만옥이 돌아섰다.

"나 몰라? 참말 사는 똥깐이 몰라?"

똥깐이 심만옥의 앞으로 걸어와 얼굴을 쭉 빼 들었다.

"몰라요."

심만옥이 냉담하게 부정했다.

"목계 줄다리기 있던 날을 잊지는 않았겠지?"

똥깐이 심만옥의 두루뭉술한 허리를 시선으로 훑었다. 심만옥의 얼굴이 새빨갛게 붉어졌다.

"만옥이 품고 있는 아기가 내 핏줄이라는 거 알고 있어."

똥깐이 불룩해진 심만옥의 아랫배를 연신 쳐다보며 확증을 잡은 듯 거들먹거렸다. 심만옥이 똥깐에게 마주 섰다. 무슨 결심을 입에 문 듯 입술을 깨물고 똥깐을 정면으로 바라보았다. 똥깐이 갑작스런 심만옥의 변화에 하려던 말을 꿀떡 넘겼다.

"당신 같은 사람을 아기 아버지로 인정할 수 없어요."

심만옥이 똥깐의 가슴에 칼날을 들이대듯 모질게 말했다.

"만옥이 잉태한 아기가 내 핏줄인 것을 알고 있으면서?"

똥깐이 하늘이 노랗도록 아뜩해져 마른 침을 삼켰다.

"아기 아버지로서 당당히 나설 수는 없는 사람이 아닌가요?"

심만옥이 똥깐의 심장을 대바늘 같은 시선으로 콕콕 찔렀다.

"핏줄을 속이겠다고?"

"핏줄?"

"그래. 엄연한 박가 씨를 심가 씨라고 거짓말을 하겠다고?"

"말 참 잘했어요. 이 아기가 박가로 태어나서 쪽발이 앞잡이나 하는 천하의 몹쓸 사람을 아비로 삼고 살아야 하겠어요?"

심만옥의 추궁에 똥깐은 말문이 막혔다. 뜻밖에 건어물 상회로 홍금희가 걸어왔다.

"경성 처녀… 충주부 도사 박시만 첩이 아니시오?"

똥깐이 막힌 말문을 홍금희에게 열었다. 홍금희가 똥깐의 말을 무시하고 심만옥을 찬찬히 바라보았다.

"사람 알기를 개 좆만큼도 여기지 않는구먼?"

무시당한 똥깐이 씁쓸해져 혀를 쩝쩝 끌었다. 처음부터 심각한 표정으로 서 있던 홍금희가 심만옥에게 다가왔다.

"심만옥씨…. 목계 소식 아직 모르세요?"

홍금희가 조심스럽게 물었다. 심만옥도 똥깐도 목계 소식을 들어보지 못했다. 둘이 멀뚱한 표정으로 홍금희를 바라보았다.

"목계 병참 감옥에 갇혔던 심대풍씨가 풀려났어요."

홍금희가 머뭇거리다 심대풍의 소식을 먼저 말했다.

"의병 간 큰오빠가 왜병에게 잡혔어요?"

심만옥이 화들짝 놀랐다가 풀려났다는 말에 안도했다.

"의병을 하던 놈들이 깡그리 잡혔구먼?"

똥깐이 고소하다는 표정을 지었다. 홍금희가 제천에 본진을 둔 호좌창의군 소식을 간단하게 알려주었다. 참령이 지휘하는 경성 군대 삼천의 공격에 의병이 해산되었다는 소식도 전했다. 심만옥은 큰오빠가 경대와의 전투에서 패해 붙잡혔다고 생각했다. 강령 만석지주 박갑수와 박단실을 알지 못했다. 심대풍이 스즈끼의 배신으로 목계 병참에 갇히게 된 과정도 알지 못했다. 강달식이 경성에 와서 작은오빠를 포박해 갔음은 눈으로 직접 보았다. 의병이 모두 잡혀 도륙당할 것을 진즉에 알고 있었다고 똥깐이 분수없이 껴들었다가 심만옥의 쏘아보는 시선을 맞고 찔끔 물러났다.

"심대풍씨가 풀려나긴 했는데…."

홍금희가 말끝을 흐렸다. 심만옥은 포승줄에 묶였던 작은오빠가 불현듯 떠올라 불안해졌다.

"놀라지 마세요.…심대곤씨가 살해되었어요."

홍금희가 어렵게 말했다. 심만옥의 얼굴이 노랗게 변해 푹 쓰러졌다. 홍금희가 심만옥을 안아 일으켰다. 혼절한 얼굴을 손바닥으로 두드리고 어깨를 흔들어도 정신을 가누지 못했다. 다급해진 똥깐이 들어가 물을 떠 왔다. 입을 벌려 물을 먹이고 손끝으로 물을 묻혀 얼굴에 뿌리고서야 눈을 떴다.

"사실이 아니지요? 거…거짓말이지요?"

심만옥이 홍금희 품에 안겨 파르르 떨었다.

"목계에서 줄다리기가 있던 날 병참대장 사사끼를 살해했다는 죄로 갇혔다가 풀려났는데…."

홍금희는 자초지종을 말할 상황이 되지 못함을 알고 말을 끊었다.

"사사끼를 죽인 살인자가 풀려났다니 그런 거짓말이 어디 있어요?"

똥깐은 홍금희의 말을 믿지 않았다. 의풍 옥영감에게서 산삼을 넘겨받은 스즈끼가 풀어주었다는 홍금희의 말도 믿지 않았다. 심대곤을 마포로 데려다주라는 스즈끼의 명령을 받은 강달식과 뗏목을 탔는데 심대곤이 묶인 채로 죽어 발견되었고, 강달식은 행방이 없어졌다는 홍금희의 말을 듣고 똥깐이 고개를 갸웃거렸다. 왜병 대장의 앞잡이를 해본 이력이 있기 때문에 무엇인가 짚이는 것이 있다는 표정을 지었다.

"줄다리기가 있던 날 사건 때문에 오빠가 변을…."

심만옥이 옥녀의 품에서 비칠비칠 일어났다. 똥깐을 노려보다 안으로 들어가 부엌칼을 들고 나왔다. 줄다리기가 있던 날 똥깐이 너만 아니었으면 대곤 오빠가 죽지 않았어. 칼날을 세운 심만옥이 똥깐에게 걸어갔다. 똥깐이 움찔 물러났다. 홍금희가 심만옥을 붙잡았다.

"똑똑히 들어 똥깐이. 내 앞에 다시 나타나기만 하면 할복을 하고 아기와 같이 죽을 거야."

심만옥이 칼날을 아랫배로 향했다. 똥깐은 심만옥의 손에 들린 칼보다 얼음장을 자르는 듯 냉랭한 목소리가 더 두려웠다.

"마…만옥이. 그래도 내가 그 아기 아버지인데."

똥깐이 더듬더듬 말했다.

"줄다리기가 있던 날 똥깐이 너만 아니었으면 우리 가족의 불행이 생기지 않았어."

심만옥이 똥깐에게 발악하며 소리를 질렀다.

"아기 아버지는 나야!"

똥깐이 뱃속에 든 아기의 아버지라는 한 가닥 끄나풀을 잡고 더듬더듬 애원했다.

"똑똑히 새겨들어. 아기 아버지란 말 한 번만 더 뱉으면 배를 가를 테니까."

심만옥이 아랫배에 댄 칼에 힘을 주었다.

"사람 죽는 꼴 보고 싶지 않으면 어서 돌아가요."

홍금희가 똥깐을 떠밀었다. 똥깐이 밀려가면서 심만옥을 애처롭게 바라보았다. 심만옥이 입술을 깨물었다. 똥깐이 걸음을 멈추면 칼날로 아랫배에 짓눌렀다.

"다시는 내 눈앞에 나타나지 마. 똥깐이 너를 다시 보는 날에는 더 살고 싶은 마음이 눈곱만큼도 없을 것이니까."

홍금희에게 떠밀려 가는 똥깐에게 심만옥이 울부짖었다.

"아…알았어. 눈앞에 알짱대지 않을 테니. 쓸데없는 어설픈 생각 말고. 뱃속 아기에게 해코지도 하지 마."

똥깐이 자신의 아기가 든 배를 가르고 죽는다는 말에 물러났다.

"목계로 데려가 주세요."

심만옥이 똥깐을 보내고 홍금희에게 말했다.

한 사람, 강막실의 시어머니 강금년만은 심대곤의 죽음에 쾌재를 불렀다. 치맛단을 엉덩이에 돌려 붙들고 실성한 여인처럼 골목골목 활보했다. 사립문밖으로 나가지 못하는 사람이 있었는데, 강달식의 어머니 더부댁이었다. 강달식이 심대곤을 죽이고 도망쳤다는 소문을 가흥일대에 스즈끼가 퍼뜨렸다. 더부댁은 난데없이 살인자의 어미가 되었다. 죄인을 자처하며 문밖에 나가지 않았다.

심대곤이 장미산에 묻혔다. 봉학사 근처 여주댁 무덤 가까이에 봉분을 만들었다. 서창댁이 봉분에 쓰러져 피를 토하듯 슬피 울었다. 봉분에 가지 못하고 맞은 편 산자락 상수리나무에 기대고 오열하는 여인이 있었다. 심대곤의 아기를 잉태한 옥녀였다.

"이승의 연이 그뿐인 것이니 슬퍼하지 마시오."

봉학사 스님이 옥녀에게 왔다.

"가슴에 든 것이 마음뿐인 줄 알았는데 설움도 덩어리로 뭉쳐 있습니다.”

옥녀는 혜원 스님과 첫 대면이었다.

“그 덩어리를 풀어내시오.”

혜원 스님은 어제부터 봉분에서 시선을 떼지 못하고 오열하는 옥녀를 먼발치에서 지켜보았다.

“아무리 울어도 덩어리가 풀리지 않습니다.”

옥녀는 울고 울어도 가슴에 뭉친 것이 풀리지 않았다.

“망자와의 인연이 있구려.”

혜원 스님이 봉분에 엎어져 오열하는 서창댁도 바라보았다. 옥녀가 더욱 서글피 울었다. 관세음보살. 혜원 스님이 합장하고 봉학사로 갔다.

더부댁이 창말 골목으로 걸어가는 심대풍을 보고 사립문으로 나갔다. 까만년도 따라나왔다.

“이보시오. 나 좀 보시오.”

더부댁이 심대풍의 앞을 가로막았다. 심대풍은 강달식의 어머니 더부댁을 지그시 바라보았다. 불쌍한 여인. 더부댁을 바라보는 심대풍의 표정이 그렇게 말하고 있었다. 심대풍이 더부댁을 모르는 사람이라며 빗겨 지나갔다. 더부댁의 꽁무니에 있던 까만년이 움찔 놀라 비켜났다.

“망극한 짓을 할 달식이 아니요.”

더부댁이 심대풍의 팔을 붙들었다. 심대풍이 더부댁을 묵묵한 시선으로 바라보았다.

“내 배 아파서 났으니 내가 내 자식을 잘 알고 있지요. 메뚜기 목숨도 어쩌지 못하는 간덩이가 콩알만도 못한 자식이 사람 목숨을 어떻게 할 위인이나 되겠소?”

더부댁은 심대풍의 눈에 원한이나 독기가 서려 있지 않음을 보았다.

"형님. 달식이 왜놈 앞잡이를 자칭하며 망나니짓 하느라고 종일 쏘다니는 거 세상이 다 알고 있는데 어찌 그런 말을 입 밖에 내시오?"

까만년이 입술을 쩰쭉 내밀었다.

"자네는 누구 식구인가? 나잇살이 어려 철딱서니가 아무리 없다 해도 어찌 재수 덩어리 없는 말을 함부로 하는가?"

더부댁이 까만년에게 원망스런 눈빛과 더불어 모진 말을 던졌다.

"왜요? 내 말에 모기 간만큼의 흠이라도 있소?"

까만년이 턱을 쳐들었다. 어느새 저쪽에 나와 있는 강금년을 의식하고 더부댁을 궁지로 몰아넣었다.

"자네도 엄연한 달식이 어미네. 알지도 못하는 일에 개가 머루 먹듯 경망스럽게 나서지 말게."

한솥밥을 먹는 까만년이 가슴에 비수를 꽂는 말을 하자 더부댁의 눈에서 피눈물이 쏟아질 판이었다.

"죄를 졌으면 엎드려 코를 땅에 찧고 죄를 빌어야지. 길 가는 사람 붙들고 당치도 않은 말로 피붙이 잃은 가슴에 갈퀴질이나 하면 안 되지요. 형님."

까만년이 가시가 날카롭게 돋은 말끝에서 형님이라는 말을 붙였다.

"오그라진 개꼬리 대봉통에 삼 년을 두어도 아니 펴진다고 하드만, 자네가 꼭 그 지경이구만?"

더부댁이 까만년과 말씨름을 더 하고 싶지 않아 냉정하게 잘랐다.

"아이고. 형님의 잘난 자식 때문에 명절마다 맛난 음식 해 먹지도 못하고 개 보름 쇠듯 해야 하니 이년 팔자도 참말로 기구하네요?"

까만년이 쉽사리 물러나지 않았다. 저쪽에서 본처와 첩실의 말씨름을 지켜보는 강금년은 귀밑까지 찢어지는 입을 닫느라 곤욕을 치렀다. 아들 박시만이 홍금희 아버지 홍종오 후광으로 경성에서 벼슬하고 있는데 곁에 둔 며느리 강막실이 눈엣가시였다. 며느리가 미우니 시집오기 전 이웃하여 살던 심가 형제도 밉상이었다. 강달식이 황군이 된다는 까만년 말을 듣고 도졌던 배앓이가 씻은 듯 없어졌다. 까만년이 더부댁에게 가시 돋은 말을 뱉으니 강금년이 흡족해졌다.

"저것이 철이 없어서 하는 말이니 귀담아듣지 마오. 달식이는 사람을 해칠 사람이 아니오."

더부댁이 심대풍에게 애걸했다. 심대곤이 더부댁을 점잖게 떼어 놓았다. 당신 아들 강달식은 벌써 죽은 목숨일 것이오. 목구멍까지 치밀어 오른 말을 참고 돌아섰다. 불쌍한 더부댁을 더 처량하게 만들 수 없었다. 강달식이 심대곤을 죽이고 도망갔다는 스즈끼의 말을 처음부터 믿지 않았다.

"검둥개 몇 감는다고 흰둥이가 될까? 왜놈 앞잡이로 다닐 때부터 새까만 속을 알아봤어야 했는데."

까만년이 더부댁의 가슴에 비수를 들이댔다. 멀찍이서 지켜보는 강금년의 가슴이 뜨끔해졌다.

심대풍이 강변 솔 무더기로 왔다. 마땅히 갈 곳이 없다는 것을 깨달았다. 심대풍을 본 사공이 배를 저어 왔다. 기슭에 배를 붙여놓고 기다려도 오지 않자 힘겹게 노를 저어 건너갔다. 소나무 그루터기에 엉덩이를 얹고 심대곤을 저승으로 데려간 강물을 바라보았다. 봄비가 제법 내려 뗏목을 띄우기에 충분한 수량이었다. 막흐레기 여울이 격한 소리로 허연 물거품을 토해냈다. 눈이 닳도록 강물을 바라보았다. 상류 굽이에서 뗏목이 돌아나왔다. 어여 영차- 어기 여차- 노를 젓는 사공의 뗏목 아라리가 들려왔다. 솟아나는 눈물을 주먹으로 닦고 강물을 바라보아도 심대곤이 몰던 뗏목이 나타나지 않았다. 무명빨래로 펄럭이는 병참 일장기가 가슴을 콕 찌르며 팔랑거렸다.

심대풍을 지켜보는 숨은 눈초리가 있었다. 강 건너 나루터 골목 어귀에도 눈초리가 있었고 심대풍이 등지고 있는 강둑에도 눈초리가 있었다. 이또가 스즈끼의 특명을 받았다. 심대풍의 일거수일투족을 감시하는 눈초리가 그림자로 따라다녔다.

장미산에서 내려온 옥녀가 곁으로 왔다.

"이제 어디로 가야 해요?"

옥녀 얼굴이 창백했다. 심대곤의 묘를 멀리서 바라보며 가슴을 찢듯이 흐느끼다 내려왔다. 그렇게 울었는데도 가슴이 답답했다. 역답 허허벌판 여러 갈래 길이 있지만 어디로 가야 할지 막막했다. 심대곤이 죽은 강물로 걸어 들어가야 하는가. 모두 잊고 의풍으로 돌아가야 하는가. 옥답이 있는 강령으로 가야 하는가. 바람에 뜬 민들레 홀씨처럼 가야 할 곳이 예감되지 않았다.

심대풍은 옥녀의 속을 전혀 모르지 않았다. 충주성에 나타나 심대곤을 걱정하며 애를 태우던 옥녀를 기억했다. 옥녀가 심대곤의 아기를 잉태한 사실은 알지 못했다. 둘이 말없이 앉아만 있었다. 눈 봉사가 등불 쳐다보듯 앉아 있기만 했다. 묵은 홑이불에 각혈을 쏟아부은 것처럼 노을이 시뻘겋게 드리우고서야 나룻배로 강을 건너갔다.

뜻밖에 강령에 옥영감 부부가 와 있었다. 서창댁이 불공을 드린다고 봉학사에 남았고 강령으로 혼자 온 심익수가 옥영감과 대폿잔을 기울이고 있었다.

"대문밖이 저승이라 말들은 하지만 개똥밭에 굴러도 이승이 낫다고
들 하는데…"

옥영감이 대폿잔을 들고 탄식했다.

"불효막심한 놈."

심익수가 막막한 가슴에 술을 자꾸 들이부었다.

"죽은 놈이 산 사람 가슴 찢어지는 것을 알기나 하겠습니까?"

심익수의 과음을 말리지 않았다. 만취해서 죽은 듯 잠을 자면 슬픔
이 조금은 씻길 것이라고 배려했다.

"염치없는 말씀 올리겠습니다. 남은 자식 영감님의 사위로 거두어 주
십시오."

심익수가 뜻밖의 말을 했다. 옥영감은 옥녀와 심대풍을 부부로 여긴
지 어제오늘이 아니었다. 심대곤의 장례를 치르고 하루도 지나지 않았
는데 부부의 연을 맺게 해주자고 말하니 어리둥절했다. 내심으로는 심
익수의 제안이 반가웠다.

"그리해도 되겠습니까?"

나란히 앉은 심대풍과 옥녀를 바라보고 옥영감이 물었다.

"되고말고요. 벌써 부부의 연을 맺고도 남았을 것입니다. 사돈 어르
신도 짐작하시겠지만, 밤중에 베틀재를 넘어다닌 것이 어디 한두 번이
었습니까?"

심익수가 풀린 혀로 떠듬떠듬 말했다.

"그럼요. 우리 사위가 건넛방에 와서 밤을 새운 날도 숱하지요."

옥영감이 맞장구쳤다. 심대풍과 옥녀가 귀에 솜을 틀어막고 있는 듯
태연했다. 혼례 얘기를 꺼내면 귓불까지 발갛게 달구던 옥녀의 얼굴이
지금은 백지장같이 되었다. 만취한 심익수와 옥영감이 마루에 널브러

져 잠들었다.

심만옥이 마포 건어물 상회를 잠가놓고 홍금희와 달마실로 왔다. 골목 어귀에서 심대곤이 장미산에 묻혔다는 얘기를 들었다. 먼 길 동행 고맙다고 홍금희에게 작별 인사를 건넸다. 홍금희가 장미산 심대곤 무덤으로 같이 가자고 말했다.

"돌아가신 분은 제 생명의 은인이십니다."

박시만과 홍금희가 작은오빠 덕분에 충주 행랑에서 뭇매를 맞지 않고 경성으로 피신할 수 있었다는 사실을 심만옥은 장미산 고갯길에서 들었다. 심대곤과의 얽혔던 일들을 심만옥에게 털어놓은 홍금희 표정이 어두워졌다. 심대곤이 목계 병참에 갇혔을 때, 궁내부대신 아버지와 일본공사관 관리 박시만에게 구명요청을 했는데 거절당했다는 말을 할 수 없었다.

무덤에 가기 전에 봉학사로 갔다. 서창댁이 소복으로 패랭이를 머리에 꽂고 부처님께 천배를 올리고 있었다.

심만옥이 봉분에 엎어져 격렬하게 통곡했다. 홍금희는 두 손을 맞잡고 목례하듯 고개를 꺾고 소리 죽여 흐느꼈다.

오빠가 왜 이렇게 됐어? 심만옥의 울부짖음에 홍금희는 가슴을 쥐어뜯는 통증을 느꼈다. 나라를 짓밟은 왜놈 때문에 오빠가 젊은 나이에 죽었다고 심만옥이 울부짖었다. 홍금희는 자신과 박시만 때문에 심대곤의 불행이 시작되었다는 자괴감으로 가슴이 저릿저릿했다.

작은오빠를 죽게 한 또 한 사람이 심만옥의 가슴에 응어리로 뭉쳤다. 똥깐이었다. 목계 둔치에서 줄다리기가 있던 날, 똥깐이 겁간하지 않았다면 작은오빠가 사사끼를 죽이지 않았을 터였다. 이 놈. 이 노옴! 내 눈에 흙이 들어가는 날까지 네놈을 저주할 것이다. 심만옥이 똥깐을 저주하며 울부짖었다. 원수의 씨가 뱃속에 자라고 있으니…. 하늘을 할퀴듯 울부짖으면서 뱃속에 든 생명 때문에 머리채를 도리질했다.

혜원 스님은 서창댁에게 큰 재물 운세가 있음을 한눈에 알아보았다.

"속세의 인연이 다함은 부처님의 뜻이오. 다한 인연의 끈을 쥐고 슬퍼하지 마오."

이승에서 재물이 봇물 터지듯 들어와도 사랑 인연은 박복함을 일러주었다.

"이년의 관상에 서방 복이 그렇게도 없는가요?"

서창댁은 첫 남자와 사별하고 새로이 만나 정분을 준 남자도 사별했다. 정말 서방 복이 박복한지 물었다. 스님이 넉넉한 웃음만 보낼 뿐이었다.

"임을 이곳에 묻어두고 혼자 몸으로 어떻게 살아야 할지 눈앞이 캄캄합니다."

서창댁이 서방 없이 살아야 할 앞날을 탄식했다.

"눈치가 빠르면 절에 가도 젓국을 얻어먹는다 하였소. 보아하니 혼자로도 넉넉히 살아갈 사람이니 섣부른 인연일랑은 가까이하지 마시오."

혜원 스님이 남정네와 섣부른 사랑을 조심하라고 일렀다.

"평생 청상으로 살란 말인가요?"

"혈혈단신으로 화락하는 팔자니 어찌하겠소?"

"청상으로 평생을 보낼 팔자라면 재물운수라도 있어야 공평한 것이 아닌가요?"

서창댁의 하소연에 혜원 스님이 또 넉넉하게 웃었다.

마포 건어물 상회에 쌓아둔 물건이 서창댁 눈에 삼삼하게 어른거렸다. 서방 복이 없는 년이니 돈이라도 태산같이 벌어야지. 서창댁이 머리에 꽂았던 패랭이를 떼어 손아귀에 쥐었다.

"오빠가 없으니 어떻게 살아요?"

무덤에서 내려온 심만옥이 서창댁의 손을 잡았다.

"건어물 상회에 도둑이 들지는 않았지요? 쌓아둔 물건에 곰팡이가 슬지는 않았지요? 문단속은 잘하고 왔어요?"

손을 거두어가는 서창댁에게서 찬바람이 일었다.

홍금희가 창말 박운정의 집으로 갔다. 경성 며느리가 오니 창말을 뒤덮은 먹장구름이 활짝 걷혔다며 강금년이 버선발로 호들갑스럽게 뛰어나왔다.

"강달식이 심대곤을 해쳤다는 말이 정말인가요?"

홍금희가 강금년의 호들갑을 냉정하게 무시했다.

"홑몸도 아니면서 시어미 가슴에 찬바람 넣는 소리하려고 왔니?"

강금년이 안색을 바꾸고 되물었다. 홍금희는 강금년을 신뢰하지 않았다. 박시만과 살고 있어 시어머니로 모시려 했지만 만날 때마다 실망스러웠다.

"강달식이 심대곤을 해쳤다는 말을 창말 사람 모두가 믿고 있는지 물었어요."

홍금희가 또 당차게 물었다.

"강달식이란 놈이 뒤웅박 차고 바람 잡으러 창말과 목계로 휘젓고 다닌다는 소리 듣지 못했니?"

강달식이 허무맹랑한 말을 떠벌리며 돌아다녔다고 강금년이 말했다.

"병참대장 앞잡이라는 거 알고 있어요."

증인이나 증거가 있냐고 홍금희가 물었다.

"강달식은 서리맞은 구렁이 꼴이 되었다."

강금년은 증인이 당연하게 있다고 장담했다. 누구냐고 홍금희가 추궁하자 병참대장 스즈끼라고 대답했다.

"믿을 걸 믿으셔야지요. 스즈끼 말을 철석으로 믿고 동네방네 풍기고 다니는 것은 아니지요?"

"한동안 소식도 없더니 미주알고주알 밑두리콧두리 캐러 왔니?"

강금년은 홍금희가 반가웠다. 홍금희가 심대곤의 죽음을 캐고 나서니 방으로 들어가자고 말하지 않았다. 강금년은 강달식이 심대곤을 죽인 범인이 아닌 것으로 드러날까 조바심이 컸다. 심대곤이 죽었다는 것과 강달식이 심대곤을 죽였다는 것이 감금년에게는 넝쿨째 굴러온 호박이 되었다. 강막실이 걸어와 홍금희의 팔을 끌었다. 홍금희가 강막실에게 이끌려 마루에 엉덩이를 얹었다.

"강달식도 행방불명이 되었대요."

강막실이 조그만 소리로 알려주었다.

"스즈끼가 부리던 사냥개를 잡아먹은 것이 분명해요."

홍금희도 낮은 목소리로 화답했다.

"똑똑한 고양이가 밤눈 어둡다는 말이 며느리 너를 두고 하는 말이구나."

강금년이 강막실에게 비난의 화살을 쏘았다.

"고추장독 열 개를 장독대에 놓아도 시어머니 비위 못 맞춘다는 말은 우리 엄니를 두고 하는 말이니 서럽다 생각하지 마."

방에서 듣고만 있던 박시연이 절룩 나와 강막실을 위로했다.

"딸년이 돼서 어미에게 할 소리냐?"

강금년이 버선발로 휘이휘이 걸어와 주먹을 허공에 찔러댔다.

"어머니가 하신 말씀은 며느리에게 해도 되는 소리고요?"

박시연이 강금년에게 시퉁스럽게 대답했다.

"심가 형제 문제로 시댁 망신을 시키고도 혓바닥을 같잖게 놀리니 시어머니로서 근심이 되어 한마디 일렀다."

강금년이 트집을 잡았으나 외톨이 신세가 됐다. 강막실과 홍금희가 사랑방으로 들어가자 박시연도 들어갔다. 강금년 혼자 마루에 덜렁 남았다.

"오냐. 이것들이 나를 따돌려? 집안에 사람이 잘 들어야 가문이 흥한다는 옛말이 틀리지 않아."

강금년의 비난이 강막실에게 쏟아졌다.

홍금희가 스즈끼를 만나 심대곤씨가 살인범이 아님을 얘기하겠다고 말했다.

"사사끼와 다나까를 살해한 죄인으로 지목이 되어 병참 감옥에 갇혔어요. 증거도 증인도 없이 갑자기 창말에서 잠적했기 때문에 범인으로 오명을 썼는데, 막상 잡혔을 때는 과거를 잃어버렸으니 스즈끼 주장이 어이없이 사실로 인정이 되어 억울한 죽임을 당한 것이지요. 병참에 가서 스즈끼에게 이런 사실을 말할게요."

줄다리기가 있던 날 심대곤이 병참대장 사사끼를 죽이고 논다니 연화도 죽이려 했던 것을 홍금희가 알지 못했다.

"줄다리기가 있던 날 똥깐이 만옥이를 겁간했고, 이를 목격한 대곤 오빠가 가흥창고 사택으로 달려가서 하리모토 애첩과 음탕한 짓을 하는 사사끼를 해쳤어요."

강막실이 그날의 진실을 털어났다. 심대곤이 사사끼를 죽였다는 말이 사실로 드러났다. 박시연이 눈을 동그랗게 떴다. 여동생을 겁간한 똥깐에게 작대기로 매질을 하다가 분이 풀리지 않아 사사끼를 찾아갔다가 살인을 저지르게 됐다고 덧붙였다.

"사사끼에게 무슨 감정이 있었어?"

박시연도 줄다리기가 있던 날을 생생히 기억했다. 강막실과 목계 나루터 강변 둔치 솔 무더기에서 줄다리기를 구경했다. 강막실이 갑자기 나룻배를 타고 목계 저잣거리로 갔다. 심대곤과 나룻배로 건너와 산으로 달려갔다. 창말 집으로 돌아와서 자초지종을 얘기했고 며느리가 해를 당할까 염려된 심익수가 충주로 박시만을 찾아갔었던 것을 기억했다.

"길 가던 개에게 물리면 주인을 찾아 항의를 해야지요. 똥깐이는 사사끼의 사냥개였으니까요. 사사끼는 대곤 오빠 어머니 가슴에 총을 쏜 장본인이구요."

사사끼가 총을 쏘아 심대곤의 어머니 여주댁이 절명했음도 홍금희에게 말했다.

강금년이 버선발로 도둑고양이처럼 걸어와 문틈에 귀를 대고 강막실의 말을 엿들었다. 심만옥이 똥깐에게 겁간당했다는 말에 입을 딱 벌리고 귀를 쫑긋 세웠다. 다나까를 죽였다는 누명을 벗어주어야 한다며 홍금희가 스즈끼를 만나겠다고 말했다.

"그럴 필요 없어요. 또 다른 사람을 죽음으로 몰아넣는 일이에요."

다나까의 살해범이 따로 있음을 말하면 또 다른 사람이 누명을 쓰고 죽어야 한다며 강막실이 홍금희를 붙들었다.

"올케 말이 옳아. 또 다른 사람이 누굴까?"

박시연이 고개를 갸웃거렸다. 박시연과 강막실은 이심전심으로 심대풍을 또 다른 사람으로 생각했다.

"다나까를 죽인 범인은 바로 나였어요."

홍금희가 다나까 죽음의 진실을 털어놨다. 강막실과 박시연이 깜짝 놀라 토끼눈을 떴다. 더 놀란 사람은 문틈에 귀를 댄 강금년이었다.

"충주성에 의병이 들어오고 관찰사가 잡혀 동헌 앞마당에서 목이 떨어졌어요. 다음으로 목이 떨어질 사람은 관찰사 다음 벼슬 시만씨였어요. 백성들 틈에서 시만씨와 나를 솟을 남문밖으로 무사히 나가게 해준 사람이 있었어요."

홍금희 눈가에 눈물이 맺혔다. 의병에게 목이 떨어질 아들을 구해주었다는 사람이 있다는 말에 강금년은 뒤로 자빠질 뻔했다.

"혹시…심대곤?"

박시연이 추측하여 물었다. 홍금희가 고개를 끄덕였다. 강막실이 아랫입술을 깨물었다.

"그날 밤 막실씨는 창말로 먼저 떠나고 시만씨와 둘이 행랑에 숨어 있는데 다나까가 찾아와서…."

밖에서 기척이 들렸다. 홍금희는 누군가 엿듣고 있음을 알고 입을 닫았다. 박시연이 방문을 와락 열었다. 문짝에 얼굴을 맞은 강금년이 마당에 엉덩방아를 찧었다.

"나이를 거꾸로 잡수셨소? 체신머리가 갈바람에 새털 날리듯 어찌 그리 가볍소?"

박시연이 어이없다는 표정으로 빈정거렸다.

"경성 아가야. 다나까도 사사끼도 심가 그 잡놈이 죽인 것이다. 괜한 소리로 시만이 얼굴에 똥물 끼얹지 마라. 응?"

강금년이 엉덩이를 털고 일어나 홍금희에게 당치도 않은 말을 했다.

"진실은 밝혀져야 해요."

홍금희는 근거도 없이 심대곤을 범인으로 지목하는 강금년이 밉살스러웠다.

"시만이 아기를 가진 네가 살해범일 수는 없다. 심가 잡놈이랑 우리 시만이를 똥독에 함께 담을 수는 없다."

강금년이 방문턱을 잡고 부들부들 떨었다.

"심대풍씨가 스즈끼 모략에 희생되는 것을 막아야 해요."

홍금희는 심대곤이 죽었다는 소식을 듣고서부터 스즈끼의 검은 속을 이미 꿰뚫었다.

"살인을 저지른 잡놈은 죽어도 싸다."

강금년이 침을 뱉듯 모질게 말했다.

"당신 아들의 생명을 구해준 은인이 누군 줄 알고 있으면서도 그런 말씀을 하세요?"

홍금희가 울음을 섞어 비통한 심정으로 말했다.

"어디 가서 그런 소리 빵끗도 마라. 나는 금희 너를 며느리로 여긴지 오래다. 네가 이 집 사람이라면 그런 소리 입 밖에 내지 않을 것이다."

강금년이 마당을 가로질러 안채로 비틀비틀 걸어갔다.

"기가 막히는 말씀을 드릴까요?"

홍금희가 울부짖듯 소리를 질렀다. 강금년이 걸음을 멈추고 돌아섰다. 홍금희는 굵은 눈물을 흘릴 뿐 말하지 않았다. 박씨의 핏줄이라 믿고 있는 뱃속의 아기가 다나까의 씨라는 것을 차마 말할 수 없었다.

홍금희가 강금년의 만류를 뿌리치고 병참으로 갔다. 홍금희 아버지 홍종오가 딸의 무사안위를 스즈끼에게 부탁했다. 스즈끼는 홍금희가 가흥에 와 있음을 알았다. 병참으로 찾아올 것이라고 믿었다. 강달식을 어떻게 했느냐고 홍금희가 냉담한 표정으로 추궁했다.

"내 얼굴에 먹칠을 하고 도망간 놈을 앵두처럼 아리따운 입술에 담다니… 미모에 어울리지 않아요."

스즈끼가 칠칠 웃으며 능글맞게 대답했다.

"사냥개를 잡아드신 뱃속이 아직 무사하더이까?"

홍금희가 어벌쩡 피해가려는 스즈끼의 가슴에 비수를 들이댔다.

"사냥개를 잡아먹다니? 내가 미개한 조센징처럼 개고기를 먹었단 말이오?"

방귀 뀐 놈이 성낸다고 스즈끼가 발칵 반발했다. 얼굴을 발갛게 붉히며 푸드득거리는 모습에 홍금희는 짐작이 옳았다고 확신했다. 절대로 사실을 밝히지 않을 스즈끼였다. 홍금희는 더 머물 필요가 없어졌다. 심대풍에게 해코지를 하면 경성에 가서 강달식의 일을 그냥 덮어두지는 않을 것이라고 스즈끼에게 경고했다. 스즈끼가 대답 없이 음흉하게 웃었다.

만석 토지 고방 열쇠

심익수와 옥영감이 술에 취해 잠들었다. 옥녀와 심대풍을 혼인시키 자는 말을 주절주절 반복하다 잠들었다. 옥녀는 장미산에서 내려와 피 곤하고 초췌했다. 여느 때 같으면 깊은 잠에 들었겠지만 눕지 않았다. 뱃속 아기의 아버지 심대곤이 죽었다. 양가 어르신이 심대풍과의 혼인 을 진행한다고 했다. 밤중에 베틀재를 넘어다닌 것이 어디 한두 번이었 냐며, 벌써 부부의 연을 맺고도 남았을 것이라고 심익수가 풀린 혀로 떠듬떠듬 말했다. 옥영감도, 우리 사위가 건넛방에 와서 밤을 새운 날 도 숱하다며 맞장구쳤다. 누가 보아도 배가 불러오면 심대풍의 아기라 고 여길 터였다.

박단실이 심대풍과 혼인하겠으니 물러서라 요구하면 오히려 다행이라 고 생각했다. 뱃속에 심대풍이 아닌 심대곤의 씨가 자라고 있었다. 심 대풍을 병참 감옥에서 석방되도록 천석지기 토지를 내놓은 박단실에 게 맞설 명분이 없었다. 누군가 앞길을 선택해주면 두말없이 그렇게 하겠다고 마음을 곱씹었다. 자신에게는 선택권이 없다고 판단했다. 영락 없이 끈 떨어진 둥우리 신세가 되었다.

박단실이 배집사를 앞세워 찾아왔다. 옥녀와 있던 심대풍이 박단실을 맞이했다. 천석 토지를 내놓아 생명을 구해주었으므로 은인인 셈이었다. 박단실은 병참 감옥에 갇혀 있었는데도 아픈 기색 없이 강건한 모습에 가슴이 뭉클했다. 천석 토지를 내어줄 만한 기상이 엿보였다. 옥녀가 백지장처럼 하얀 얼굴로 박단실에게 목례했다. 무슨 생각에 골똘한지 초점 없는 시선을 허공에 두었다.

참판마님께서 뵙고 싶어 하신다고 배집사가 찾아온 용건을 말했다. 참판 어르신을 찾아뵙고 드릴 말씀이 있었는데 잘 되었다며 심대풍이 박갑수에게 갔다.

박갑수가 그새 많이 쇠약해졌다. 박단실의 부축을 받아 간신히 일어나 앉았다. 얼굴로 저승 반점이 내려와 핏기도 윤기도 없어 보였다.

"천석 토지를 왜놈에게 넘겨준 것은 나라를 떼어 바치는 격이니 옳은 처사는 아니었습니다."

심대풍이 천석 토지를 왜놈에게 넘겨 준 것은 나라를 빼앗기는 수모라고 말했다.

"오봉산일월도를 등에 두고 임금이 용상에 앉아 계신다지만 매국친일대신이 눈과 귀를 막고 있으니 백성은 칼날을 잡고 왜놈은 칼자루를 잡은 세상이 아닌가?"

박갑수가 갸릉갸릉 목에 가래 끓는 소리로 탄식했다.

"천석 토짓값을 어떻게 감당해야 하는지 일러 주십시오."

나라를 떼어 왜놈에게 바치는 수모지만 어쨌든 심대풍을 구하기 위한 천석 토지였다.

"천석 토짓값을 보상받고자 한 일이 아니네. 일전에 얘기했네만 단실을 지켜주기만 하면 되네."

박갑수가 박단실의 손을 쥐었다. 십 년 병치레 끝에 외동아들 박단홍을 잃었다. 아편에 중독된 안방마님 민채령도 세상을 떠났다. 박갑수 곁에는 박단실이 혈혈단신 남았다. 꽃샘추위에 반늙은이 얼어 죽는다는 속담처럼 꽃피고 잎이 나는 봄 날씨가 갑자기 추웠다 더웠다 하니 기운이 쇠한 박갑수가 시름시름 앓기 시작했다. 나날이 쇠약해지면서 박갑수는 고민이 태산같이 커졌다. 강령고을 토지는 어쩔 것이며 홀로 남을 박단실은 누가 지켜줄 것인가. 밤중에 식은땀을 진창 쏟다 깨면 갖은 걱정에 시달렸다. 아침이 밝아 박단실이 문안 인사를 올 때마다, 저것이 불알만 차고 났어도 걱정 없이 저세상으로 갈 텐데, 속으로 탄식했다. 대문밖이 저승이니 언제 송장이 되어 대문을 나설지도 모른다는 심정으로 바라볼라치면 박단실이 가엾기가 끝이 없었다. 그럴 때마다 박갑수가 심대풍을 떠올렸다. 심대풍과 정혼했다는 옥녀가 걸림돌로 어른거렸다.

박갑수가 병들었다는 소문과 죽기 전에 딸을 여읜다는 소문도 떠돌았다. 소문을 듣고 매파를 보낸 사내를 뜯어보면 모두 재산 욕심만 가득 안고 있었다.

"참판어른 댁에 들어와서 마름을 하란 말입니까?"

심대풍이 천석 토지 대가로 무엇을 해야 하느냐고 물었다.

"왜놈에게 수모를 당하고 있는 임금을 위한 자네의 끓는 가슴을 잠시 진정시키고 강령에 머물러 있으면 안 되는가? 경우도 없고 예의도 아닌 말이지만 죽어가는 사람의 마지막 청이라고 생각해 주시게."

박갑수가 품고 있던 의중을 풀어왔다. 박단실이 애원의 눈빛으로 심대풍을 바라보았다.

"저를 너무 크게 보셨습니다. 달마실 소작 농부의 자식입니다."

심대풍이 박갑수도 알고 있는 사실을 말해 정중하게 거절했다.

"옥녀와 혼인을 하게 되면 사랑채를 내어 주겠네. 단실이 혼처를 만나 정혼한다 해도 자네를 내보내지 않을 것이니 사랑채로 들어와서 고방 열쇠를 쥐고 있으란 말이네."

박갑수가 갸릉갸릉 끓는 가래를 끌떡 넘기고 힘겹게 말했다. 박단실이 놀라 박갑수의 등을 문질렀다. 고방 열쇠 관리는 배집사의 몫이었다. 머리가 희끗한 배집사를 한번 바라본 심대풍이 또 거절했다.

"배집사도 늙었어. 오래지 않아 왜놈이 제 나라인 양 들어와서 세상이 어지러워질 것이라는 것쯤은 알고 있지 않는가? 자네가 배집사와 함께 있어 준다면 눈을 감을 수 있을 것 같네."

곧 숨이 끊어질 듯 겨우 버텨 앉아 부탁하니 심대풍은 또 거절하기 어려웠다. 수긍도 거부도 하지 않고 묵묵히 박갑수를 바라보았다.

"혼인은… 언제… 하실 것인가요?"

박단실이 얼굴을 붉히며 물었다.

"어제 초상 치른 집에서 혼인이라니요?

심대풍이 지금은 혼인을 얘기할 시기가 아니라고 대답했다. 박단실 얼굴이 발그레 밝아졌다.

흐음. 만석지기 지주가 첩살이를 하게 생겼구나. 배집사가 박단실의 표정 변화를 엿보고 속으로 중얼거렸다.

심대풍이 박갑수를 만나러 가고 옥녀는 나른하게 마루에 앉아 기다렸다. 가까이, 멀리 보이는 세상의 모든 것들이 옥녀에게 외돌아 앉았다. 심대풍이 곁에 없어 그런 심정 더욱 간절했다. 기둥에 머리를 기대고 심대풍이 걸어나간 사립문을 하염없이 바라보았다. 심대풍이 사립문으로 걸어 들어오지 않는다면 낙숫물로 떨어지는 고드름처럼 마루에 앉아 소멸될 것 같았다. 사립문을 바라보는 시선이 차츰 초췌해졌다. 입안이 바삭바삭 말랐다. 침을 짜내려 목울대를 울컥거리면 마른 기침이 올라왔다.

심대풍이 사립문으로 걸어 들어왔다. 옥녀는 자신도 모르게 굵은 눈물을 흘렸다. 옥녀가 몸을 일으키려다 마루에 주저앉았다.

"혼인…하라는 두 어르신의 말씀… 어떻게 생각하세요?"

옥녀가 백지장 얼굴로 띄엄띄엄 물었다.

"삼우제도 지내지 않았어요. 두 어르신의 뜻이 절절하여도 지금은 시기가 아닙니다."

심대풍이 지금은 상중이니 혼인을 거론할 시기가 아니라고 했다. 상중이라 혼인이 불가하다고 두 어른에게 말해달라고 옥녀가 청했다. 두 분의 뜻을 따르는 듯 입을 다물고 있다가 적당한 시기에 말씀드리겠다고 심대풍이 대답했다. 이 말을 하려고 심대풍을 기다렸던가. 옥녀는 가슴이 먹먹해졌다. 꾸어다 놓은 보릿자루처럼 기둥에 기대 하염없이 앉아 있었다.

남한강 기슭으로 붉은 노을이 내려앉더니 어두워졌다. 낮술에 잠든 심익수와 옥영감이 일어나지 않았다. 심대풍이 다녀올 곳이 있다면서 밖으로 나갔다. 옥녀는 또 가슴이 먹먹해졌다. 오래지 않아 심대풍이 들어 왔다.

"여름 지나면 무덤에 풀이 돋아날 것이니 가을까지 기다려요."

심대풍은 사립문밖으로 나가도 마땅히 찾아갈 곳이 없었다. 캄캄한 어둠에 묻힌 박갑수의 토지를 바라보았다. 옥녀가 앉은 마루 처마에 매단 등불이 희미하게 보였다. 빛도 발하지 못하면서 등불처럼 묵묵히 앉은 옥녀가 보였다. 일어나 방으로 들어가기를 기다려도 돌부처로 움직이지 않았다. 저대로 앉아 있다가 쓰러질 것 같아 애상스러워 옥녀에게 돌아왔다. 가을에 혼례를 올리자고 말했다.

"그래요. 무덤에 돋은 풀이 노랗게 익으면 단실씨와 혼인하세요."

옥녀는 먹먹하던 가슴이 뭉클해져 눈물을 흘렸다.

"의풍에서 얼어 죽을 목숨을 구해준 은인을 어찌 저버리겠어요. 양가 어르신의 뜻을 저버릴 용기가 없어요."

심대풍이 옥녀의 손을 가만히 쥐었다. 옥녀가 비장한 표정으로 아랫입술을 깨물었다.

"은인이랄 것도 없지만 보답하려는 심정을 사모의 정으로 곡해하지 마세요."

옥녀가 손을 거두어갔다.

"보답하는 심정이 아니라 사모의 정이오."

심대풍이 옥녀의 손을 다시 쥐었다.

"전 사모의 정을 받을 자격이 없어요."

이번에도 손을 거두어갔다. 심대풍의 뇌리로 불길하게 스쳐 가는 것이 있었다.

"옥녀. 당신을 사모하고 있습니다."

심대풍이 불길함을 떨쳐내고 말했다.

"저…저는… 사모의 정을 받아들일 수 없는 몸입니다."

옥녀가 참고 있던 울음을 훅 토했다. 심대풍은 속으로 신음하며 눈을 감았다. 사모의 정을 받아들일 수 없는 몸. 충주에서 심대곤을 찾겠노라며 위험한 밤거리로 나서던 옥녀의 모습이 떠올랐다. 심대곤은 이 세상 사람이 아니었다.

심대풍은 생각이 여러 갈래로 갈라졌다. 어리석게도 갖은 억측이 생겼다. 불길한 예감대로 옥녀와 심대곤이 얽혔다면. 옥녀에게 심대곤의 흔적이 남아 있다면. 옥녀를 누가 거둔단 말인가? 심대풍이 옥녀의 어깨를 두 손으로 잡았다.

"여보."

심대풍이 옥녀를 품에 안았다.

"무…무슨…말씀을…"

옥녀가 당황해져 말을 더듬었다.

"정화수 한 그릇 떠놓지 못하고 맞절 서로 올리지 못했지만, 당신과 나는 양가 부모님이 맺어주신 부부가 아니오?"

심대풍이 더욱 힘주어 옥녀를 안았다.

"이럴 수는 없어요. 내 몸에는…"

심대풍이 옥녀의 입을 막았다.

"더 말하지 마요. 앞으로 죽을 때까지 그 말은 하지 말아요."

심대풍이 옥녀를 포근하게 안았다. 옥녀가 어깨를 흔들며 소리죽여 울었다.

"신령님은 아셔도 살아있는 사람이 들어서는 안 되니 이 순간부터 아무 소리 하지 말아요."

심대풍의 탄탄한 가슴에 옥녀의 얼굴이 묻혔다. 옥녀는 아무 말도 하지 못했다. 그럴 수 없다고 말하려고 얼굴을 돌리면 더 세게 옥죄어 안았다.

"불당골 건넛방에서 밤마다 나를 기다리며 뜬눈으로 하얗게 새우던 날들을 생각해 보세요."

그래도 그럴 수 없다며 도리질하는 옥녀의 눈물이 심대풍의 앞자락을 뜨뜻하게 적셨다.

"나를 보세요. 나와 헤어져서 살 수 있다고 생각해요?"

심대풍이 눈물범벅인 옥녀의 얼굴을 가슴에서 꺼냈다.

"어쩔…수 없어요. 전 누구도 좋아할 자격이 없어요."

옥녀가 입술을 깨물었다. 사랑하는 사람에게 사랑한다고 말할 수 없는 고뇌가 얼굴 가득했다.

"짐승만도 못한 똥깐에게 몹쓸 짓을 당한 만옥이를 생각해서라도 그런 말 하지 마세요. 옥녀 당신이 손을 잡아주지 않는다면 만옥이 세상을 살아갈 수 있을 것 같아요?"

심대풍도 같이 울먹였다.

경은사 비구니 상매가 주변을 경계하며 마당으로 걸어 들어왔다. 상매를 본 심대풍이 품에 안고 있는 옥녀를 놓고 마당으로 갔다. 상매가 어둑한 곳으로 끌고 갔다.

"선생과 수행하는 참좌들이 강령까지 왔어요. 이곳 사정을 모르니 강을 따라 내려가지 못하고 발이 묶여 있어요."

의암이 강령에 왔으며 오늘 밤에 남한강을 건널 것이라고 말했다. 의암이 요동으로 가는 서행을 시작했음을 알렸다.

"박달재로 넘어오지 않았습니까?"

심대풍은 의암이 위급한 상황임을 직감했다. 박달재로 넘어오면 간단하게 올 길인데 남한강을 따라 내려왔다면 쉬운 길을 두고 먼 길을 돌아 온 것이었다.

"뭍으로는 위험해서 움직이지 못하고, 낮에는 민가에 숨어 있다가 밤에만 강을 따라 내려와야 했습니다."

의병의 중심인물이 쫓기는 상태임을 상매가 일러주었다.

"우용도 같이 왔습니까?"

심대풍은 그래도 가까이 지냈던 우용의 소식이 궁금했다. 오지 않았다고 상매가 고개를 흔들었다. 우용의 스승 하사가 어찌 되었냐고 물었다. 제자가 하사를 따라 고향인 지평을 갔는지 물었다. 상매가 눈물을 흘렸다. 우용은 참령의 경대와 제천에서 접전을 벌이다가 전사했다. 하사도 제천 남성에서 접전을 벌였다. 심한 바람과 소나기로 화승총에 불을 붙일 수가 없어 전투에 패하고 전사했다.

의암이 서행을 결단했다. 장맛비가 쏟아져 길이 진흙 수렁이 되었다. 박달재로 넘어 남한강을 건너 천안으로 가는 길이 수월했지만 길목마다 왜병의 병참이 있었다. 박달재로 넘지 못하고 단양 방향으로 가다가 남한강 기슭 한수에 도착했다. 장맛비가 불어 강물이 성난 황구렁이 같았다. 강변에 나 있던 길도 불어난 강물에 잠겼다. 층암절벽을 붙들고 간신히 걸어서 한수나루터에 도착했다. 배를 얻을 수 없었다. 왜병과 관군이 길목을 지키고 있어 여러 사람이 함께 다닐 수 없었다. 떼를 지어 배를 탈 수도 없었다. 의병을 해산하고 중요인물만 동행하고 있어 의심을 받아 검문을 받게 되면 위험에 처할 터였다. 한수에서 청풍까지 야음을 틈타 걸었다. 발톱이 돌에 찧어 피가 났다. 새벽녘에 청풍에 도착했다. 날이 환히 밝아 이동할 수 없었다. 민가에 흩어져서 밤새 걸었던 노곤한 몸을 달랬다. 어둑해질 무렵에 작은 배 셋을 구해 시간차를 두고 남한강 물로 떠내려와 강령에 왔다. 상매가 의암이 묵고 있는 곳으로 심대풍을 안내했다.

뜻밖에도 의암이 박참판네 사랑채에 숨어 있었다. 강령 고을 소작인의 시선이 많은 박참판네에 숨어 있겠냐는 허점을 이용하여 사랑채로 모두 들어와 있었다.

"대문 문턱을 넘으실 수 없습니다."

박단실이 심대풍의 앞을 막았다.

"꼭 뵈어야 할 분이 있으니 열어주시지요."

심대풍은 박단실이 앞을 막는 이유를 알고 있었다. 의암을 만나면 스즈끼의 함정에 스스로 걸어 들어가는 셈이 되었다. 상매가 당황해서 박단실을 바라보았다. 박단실이 상매가 들어갈 수 있게 길을 내주었다. 심대풍의 앞은 계속 가로막았다. 스즈끼의 명령을 받은 왜병이 밤낮으로 염탐하고 있음을 알고 있으면서 심대풍을 의암에게 보낼 수 없었다.

"숨어 있는 눈이 많습니다. 사랑채에 있는 분을 만나시면 참판어르신의 희망이 사라집니다."

배집사가 박단실 편에 섰다. 대문에서 대치하고 있는데 부슬부슬 비가 내렸다.

"여기서 지체할 시간이 없습니다. 일행이 강물을 건너도록 도와주어야 합니다."

심대풍이 길을 열어달라고 했다. 자신을 감시하는 숨어 있는 눈을 알고 있었다. 스즈끼의 함정도 알고 있었다. 의암을 비롯한 사랑채에 있는 의병이 지체하지 말고 강물을 건너 서쪽으로 가도록 해야 했다.

"사랑채에 든 여러 사람보다 당신 한사람이 제게는 더 소중해요."

박단실이 입술을 깨물었다.

"나라를 구하는 일입니다."

"저에게는 나라보다 당신이 더 필요해요."

박단실이 애절한 눈빛으로 간청했다.

"아씨께서 내 주신 천석 토지를 헛되게 하지 마십시오."

배집사도 심대풍의 팔을 잡고 애원했다.

"천석 토지가 중한 줄 압니다만 지금은 사사로움을 논할 때가 아닙니다."

심대풍이 꼭 대문 안으로 들어가겠다고 고집을 부렸다. 이또가 풀어놓은 왜병이 아닌 또 다른 시선이 있었다. 옥녀가 거리를 두고 심대풍을 따라와 박단실의 애절함을 지켜보았다.

"목숨을 구명하려 천석 토지를 내준 주인에게 사사로움이라니요? 주인이 시키는 일에 머슴이 거역을 할 수 있어요?"

옥녀가 걸어와 심대풍에게 말했다.

"천석 토지를 내주었을망정 이분을 머슴으로 사들인 적은 없어요."

박단실이 옥녀에게 말했다. 심대풍이 뒷머리를 망치로 맞은 듯 아연한 표정을 지었다.

"천석 토지를 또 내어달라는 고집인가요? 아씨의 말이 조금도 틀리지 않은데 고집을 부리는 이유를 알 수 없네요?"

옥녀가 차갑고 냉랭한 음색으로 심대풍을 나무랐다.

"서행 길에 스쳐 가시는 선생을 뵙지 못한다면 평생 회한이 될 것이니 잠시만 길을 터주시오."

심대풍이 의암을 만나겠다고 고집을 꺾지 않았다.

"스치듯 만난 대가를 한 사람의 목숨으로 치러야 한다는 것을 그분이 알고 있나요?"

스즈끼가 천석 토지를 손에 쥐고도 함정을 파놓았다는 것을 의암이 알고 있는지 옥녀가 물었다. 심대풍이 고개를 가로저었다. 그럼 잠시만 기다리고 있으라며 옥녀가 사랑채로 걸어갔다.

상매가 사랑채의 의암에게 대문에서 일어나고 있는 일을 소상하게 말했다. 의암은 요동으로 동행할 사람 중에 심대풍을 마음에 품었다. 의암을 보좌하던 장수들이 전사하거나 흩어졌다. 중군장 괴은이 충주성 점령 후 수안보 전투에서 왜병의 총탄에 맞아 전사했다. 충주에서 철수하여 제천으로 근거지를 옮기자 참령의 경군이 공격해왔다. 제천 남성에서 접전을 벌였는데 심한 바람과 소나기로 화승총에 불을 붙일 수 없어 싸움에 지고 전군장 하사가 전사했다. 우용이 스승의 시신 곁을 떠나지 못하고 분전하다가 전사했다. 선봉장 절충은 의암의 명령으로 참형되었다. 유격장 운강은 강원도를 거쳐 압록강을 건너 요동으로 간다며 헤어졌다. 의암이 강령에 들어오기 전에 상매를 먼저 보냈다. 흩어진 의병의 소문을 알아오라고 했다. 참령의 경군이 경성으로 회군하였고 충주관아 관병이 의병을 잡아들인다는 소문이 파다하다고 상매가 보고했다. 의암은 관군이 소식을 듣고 오기 전에 강물을 건너야 한다고 작정했다.

강물을 건넌다 해도 길목마다 병참 왜군이 있으니 압록강까지는 결코 쉬운 길이 아니었다. 가는 곳마다 하룻밤도 지체할 수 없었다. 관군과 왜병의 위협에서 벗어나려면 넓은 길이 아닌 샛길로 밤에 이동해야 했다.

"운강이 압록강으로 무사히 가고 있는지 모르겠구나."

의암이 요동에서 만나자며 헤어졌던 유격장 운강을 걱정했다.

"영월로 가지 못하고 청풍 능강계곡으로 숨었는데 군량미가 없어 뿔뿔이 흩어졌다 합니다."

운강이 요동으로 갈 수 없게 되었음을 상매가 말했다. 운강이 능강 계곡에서 소백산 깊은 곳으로 들어갔다. 고향으로 돌아가지 못하는 의병 이십여 명과 농사일이 끝나는 초겨울까지 숨어 있기로 했다. 의암은 요동 길에 운강과 동행할 수 있을까 기대했다. 운강과 함께할 수 없으니 대문에 와 있다는 심대풍이 더욱 간절해졌다.

"내가 왜 이곳에 왔는지 짐작하는가?"

의암이 깊은 한숨을 내쉬며 상매에게 물었다.

"어린 제가 선생님의 의중을 어찌 가늠이나 하겠습니까만 믿을 만한 장수가 모두 전사하고 흩어졌으니 가까이서 보좌하던 심대풍이 생각나셨을 것이라고 짐작합니다."

상매가 의암의 의중을 정확하게 꿰뚫었다.

옥녀가 사랑채로 왔다.

"스치듯 만나야 하는 사람이 목숨을 내놓아야 하는 것을 방에 계신 분은 아시는지 물으러 왔습니다."

옥녀가 의암에게 또렷한 목소리로 물었다. 스치듯 만나러 오신 것이 아니라 서행에 동행을 요청하러 오셨다고 상매가 방문 열고 나와 대답했다.

"가족이 추풍낙엽으로 흩어지고, 갖은 고생 밥 먹듯 하다가 겨우 새 삶을 찾았는데 무슨 억하심정으로 험난한 길에 또 엮어가려 하십니까?"

옥녀는 상매가 눈에 보이지 않았다. 문틈으로 보이는 의암에게 큰소리로 물었다. 의암이 방에 앉아 옥녀의 물음을 듣고 입을 다물었다. 대장부의 큰일에 여인이 나선다고 화내지 않았다.

"여기에 남아서는 새 삶을 살 수 없어요."

상매가 방문을 닫아 대답하지 않는 의암을 숨겼다.

"방안에 계신 어르신은 입이 얼어붙었나요? 그리고 이곳에서 새 삶을 살 수 없다니 무슨 말씀인가요?"

옥녀가 의암과 상매에게 번갈아 물었다.

"왜놈을 믿지 마세요."

상매가 마당으로 내려왔다. 여전히 의암의 대답이 없었다.

"강령에 살라며 방면했는데 믿지 말라니요?"

목계 병참 왜병이 대장 스즈끼가 의병인 심대풍을 포박했다가 강령에 살라고 방면했는데 무슨 소리냐며 옥녀가 따져 물었다.

"방에 계신 선생께서 서행을 하시고 나면 스즈끼가 제 세상을 만난듯 활개를 칠 것이며, 충주관아에서 의병을 포박하러 각처마다 관병을 보낼 것이 자명한데 여기에 남아서 무사하리라고 생각하세요?"

상매가 조목조목 반박했다. 옥녀의 말문이 막혔다. 의암이 행장을 지고 방에서 나왔다. 옥녀가 의암에게 우선 목례를 하고 당돌하게 바라보았다. 의암이 옥녀의 시선에 에헴 헛기침하고 마당으로 내려왔다.

사랑채 쪽문이 열렸다. 사랑채 마당의 시선이 쪽문으로 향했다. 뜻밖에 쇠약해서 거동도 어려운 박갑수가 배집사의 부축을 받고 걸어왔다.

"요동으로 가시는 길에 한 사람 더 얹어 가시오."

박갑수가 갸릉갸릉 가래 끓는 소리로 힘겹게 말했다. 상매가 박갑수에게 걸어가 머리를 조아렸다. 처녀도 요동으로 가느냐고 박갑수가 물었다. 상매가 그렇다고 고개를 끄덕였다.

"그럼 잘 되었소. 하룻길도 아닌 수천 리 길이니 말동무 하나 더 얹어 가시오."

박갑수가 다행이라는 표정에 웃음을 얹었다. 옥녀는 심대풍이 서행에 동참하고 박단실도 붙여 보낸다는 말로 들었다. 옥녀의 억장이 무너졌다. 박단실이 요동으로 가면 만석 토지는 어쩔 것이냐며 옥녀가 박갑수에게 물었다.

"옥녀가 이 집에 남아 있으니 천만다행이지."

박갑수는 옥녀가 땅 욕심이 많다는 것을 알았다. 옥녀에게 맡긴다면 박단실이 돌아오는 날까지 만석 토지를 지켜낼 수 있을 것이라고 믿었다. 배집사가 집 안에 있는 엽전을 모두 긁어 담았다며 엽전자루를 상매에게 건넸다. 노잣돈을 받은 상매가 의암에게 갔다. 제법 묵직한 자루를 본 의암이, 부끄럽지 않게 쓰겠다고 박갑수에게 말했다. 박갑수가 대문으로 천천히 앞장서 걸어가고 의암이 따라갔다.

"멀쩡한 육신 엮어갔으면 돌아오실 때도 사지 멀쩡하게 데려오시오. 갖은 고생 겪은 사람 잘못되면 이년이 죽어서도 눈을 감지 못하고 선생의 가는 길마다 한을 토할 것이오."

쪽문으로 걸어 나가는 의암의 등에다 옥녀가 울부짖었다.

의암이 대문으로 나오고 박단실과 심대풍의 버티기가 끝났다.

"외동으로 남은 여식입니다. 새로운 문물을 익혀서 생각과 행동이 새로워진다면 더 바랄 것이 없습니다."

박갑수가 박단실을 의암 앞에 서게 했다. 박단실이 의암에게 머리를 조아렸다.

옥녀가 급하게 집으로 갔다. 장미산에서 내려온 심만옥이 반갑다고 손을 잡았다. 옥녀는 심만옥과 인사치레나 할 겨를이 없었다. 잠에서 깨 냉수사발을 찾는 심익수를 다짜고짜 앞세워 박참판네로 갔다. 옥영감과 심만옥이 허둥지둥 따라갔다.

배집사의 부축을 받아 대문에 서 있는 박갑수에게 박단실이 하직의

절을 올리는 중이었다.

"만석 토지 무남독녀가 먼 길을 떠나는가 보다."

심익수가 냉수를 마시지 못해 텁텁하고 쓴 혀를 찼다.

"대풍씨도 요동으로 가신대요."

옥녀의 말에 심익수와 심만옥이 돌발적인 상황을 알아차렸다.

"요동? 억울하게 죽은 동생 묏등에 덮은 풀이 마르지도 않았는데 어디로 간다고?"

심익수가 다짜고짜 심대풍의 앞을 가로막았다. 심만옥도 가지 말라고 심대풍의 팔에 매달렸다. 심대풍은 심익수보다 심만옥이 더 불쌍하고 애처로웠다. 겁간을 당해 불행의 씨를 품고 있는 심만옥을 두고 차마 걸음을 떼어놓을 수 없었다. 박단실과 의암 일행이 저만치 가서 심대풍을 기다렸다. 심대풍이 심만옥을 떼어놓고 심익수에게 큰절을 했다.

"필요 없다. 동생 삼우제도 마다하고 떠나는 불효막심한 절을 내가 받을 성 싶으냐?"

심익수가 매몰차게 돌아섰다. 어차피 떠나야 할 아들이었다. 말로는 매몰차게 나무랐지만 돌아서야 떠날 수 있다고 생각했다. 목울대로 울컥울컥 솟아오르는 뜨거운 것을 참으려 어금니를 물었다.

"오빠가 떠나면 나도 죽어."

심만옥이 울부짖으며 매달렸다.

"보내야 해요. 여기 있으면 목숨을 부지할 수 없어요."

옥녀가 몸부림치는 심만옥을 붙잡았다.

"만옥아. 옥녀가 홑몸이 아니다. 내 아기를 잉태했다."

심대풍이 옥녀를 바라보며 모두 들으란 듯 크게 말했다. 옥녀의 얼굴이 백지장이 되어 비틀거렸다. 심만옥이 옥녀를 부축했다. 옥영감도 한 걸음 비칠 물러났다. 심대풍이 돌아서 있는 심익수에게 큰절을 했다. 옥영감에게 큰절하고 옥녀를 애절하게 바라보다 일행에게 급히 걸어갔다.

하늘에 천둥이 치고 번개가 번쩍 일었다. 고막을 찢는 천둥소리가 나고 아름드리 팽나무가 쓰러졌다. 갑작스럽게 심대풍이 요동으로 떠났다. 염탐하던 왜병이 달려가 스즈끼에게 고해바쳤다. 이또가 왜병을 이끌고 강령으로 달려왔다. 의암과 심대풍이 강을 건넌 뒤였다.

이튿날. 옥영감이 한숨을 덩어리로 쏟아 길바닥에 징검돌을 놓으며 의풍으로 돌아갔다.

봉학사 혜원 스님이 화사한 봄볕이 비껴드는 요사채 기둥에 기대 갸웃이 고개 숙여 졸고 있었다. 삼우제날 불공을 드린다던 서창댁이 상복을 법당에 던져 놓고 마포로 갔다.

"닿지 않는 인연에 연연하지 마시오."

혜원 스님이 원추리 꽃 같은 미소를 머금었다. 삼우제를 지내러 온 심익수와 심만옥과 옥녀가 스님에게 합장했다.

"정화수 한 그릇 약조도 없었던 사람이니 서운해하지 않습니다."

심익수는 기별도 않고 몰래 떠난 서창댁에게 섭섭한 속내를 애써 감췄다.

"그래도. 삼우제는 지내고 갈 것이지."

심만옥은 가족이었던 사람이 하나둘 떠나가자 가슴에 구멍이 뚫린 듯 허전했다.

"시퍼렇게 젊은 사람 두고 먼저 간 놈을 용서나 해줬으면 다행이다."

심익수는 서창댁이 말도 없이 떠나간 서운함을 죽은 자식 탓으로 여겼다. 스님이 법고를 두드렸다. 법고 복판을 먼저 쿵쿵쿵 치고 가장자리를 드르륵 드르륵 훑었다. 북채가 마음 심 글자를 그리며 둥둥 두두둥 소리로 울려 퍼졌다. 가사자락을 휘날리며 법고를 치는 스님의 눈이 감겼다. 귀를 열고 마음의 눈을 떠 영혼을 맑게 하여라. 깨달으면 곧 네가 부처니라. 눈을 감은 스님의 표정이 무아지경이었다.

옥녀가 법당으로 걸어 들어가 부처님께 합장했다. 심만옥은 옥녀가 눈물이 핑 돌도록 고마웠다. 햇살이 묏등으로 하염없이 쏟아져 내렸다. 셋이 무덤가에 앉아 저녁나절까지 넋을 놓았다.

장미산이 야속할 정도로 평온했다. 폭풍 후에 맑은 햇살이 흥건하게 쏟아지듯 평온함이 찾아왔다. 무덤가에 앉은 세 사람은 짧은 세월이 할퀴고 간 통증을 참느라 신음을 간간이 흘렸다.

13

붉은 들녘

봉학사 뜨락에 만삭이 된 여인이 제법 잔디가 오른 봉분을 하염없이 바라보았다. 가을 햇살이 골짜기와 가흥창고 역답과 막흐레기 여울로 쏟아졌다. 노랗게 물든 나뭇잎 사이로 언뜻 보이는 남한강 물줄기가 은어비늘로 번득였다. 수량이 점점 줄어드는 가을 강물로 뗏목이 내려가고 있었다. 만삭의 여인이 햇살을 한껏 받아들이려는 듯 배를 불룩하게 내밀었다.

"햇살이 너무 아름다워."

여인이 중얼거렸다. 봉학사 법당 문이 열렸다. 혜원 스님을 본 여인이 내밀었던 배를 감추려고 엉덩이를 뭉그적거렸다.

"가만. 가만. 그대로 있어요. 햇살이 이렇게 좋은데 뱃속의 아기도 햇살을 받아야지."

혜원 스님이 걸어왔다. 배가 남산만한 여인은 심만옥이었다.

움막에서 허리가 구부러진 노파가 나왔다. 구부러진 허리를 손으로 받치고 봉학사를 바라보다가 쿨럭쿨럭 기침했다. 노파가 봉학사 뜰로 걸어왔다.

"천륜인데 어쩌겠나. 그만 받아들여야지."

혜원 스님이 입가로 잔잔한 웃음을 그렸다. 심만옥이 비탈길로 허우적허우적 올라오는 노파를 묵묵히 바라보았다. 노파는 똥깐의 모친이었다. 심만옥의 뱃속에 든 생명의 할머니, 젓갈댁이었다. 똥깐이 왜놈의 앞잡이로 설치고 다닐 때 창말 사람과 마주 설 면목이 없어 천등산에 숨어 살았다. 아들이 행방불명이 되었다는 소식을 듣고 돌아왔다. 아들이 머리가 으깨지도록 맞고 피를 흘리며 어디론가 사라졌다는 소식에도 눈물을 흘리지 않았다. 젓갈댁의 돌연한 모습에 사람들은 숙연해졌다. 아들의 행방불명을 안 어미로서 정녕 눈물이 나오지 않았으랴. 냉정한 모습을 보임으로써 아들의 죄를 조금이라도 감하고 싶은, 가슴을 찢는 어미의 처세였다. 자식을 잘못 둔 젓갈댁을 저주하지 않았다.

똥깐의 혈육을 원치 않게 잉태한 심만옥이 장미산으로 왔다. 혜원 스님의 도움으로 여주댁과 심대곤의 무덤 가까운 곳에 움막을 지었다. 불러 오른 심만옥의 배를 보고 갖은 소문이 떠돌았다. 소문을 듣고 젓갈댁이 장미산으로 올라왔다. 움막에서 혼자 만삭의 배를 안고 있는 심만옥을 보고 아들의 행방불명에도 흘리지 않던 눈물을 쏟았다.

"이 늙은 것이 어찌하면 되겠니?"

젓갈댁이 심만옥의 손을 다짜고짜 잡았다.

"누구신데…."

심만옥이 깜짝 놀라 물러나 앉았다.

"내 눈은 못 속인다."

젓갈댁이 달려들어 심만옥의 아랫배에 손을 넣었다.

"이게 무슨 짓이에요? 망측스럽게."

심만옥이 무거운 몸으로 물러나 젓갈댁을 나무랐다.

"아가야. 내가 어찌하면 되겠니?"

젓갈댁의 뜬금없는 행동에 심만옥은 어안이 벙벙했다. 혜원 스님이 움막으로 왔다.

"무슨 인연이라도 있어 이러시는 게요?"

혜원 스님이 젓갈댁을 제지하고 물었다.

"암요, 인연이고말고요. 엄청난 인연이지요."

젓갈댁이 혜원 스님에게 합장했다. 혜원 스님이 젓갈댁을 법당으로 데려갔다. 한참만에 혜원 스님과 젓갈댁이 법당에서 나왔다. 심만옥은 젓갈댁이 무서워졌다. 젓갈댁이 심만옥에게 또 다가왔다. 심만옥이 비실비실 뒷걸음했다.

"사람이 어찌하여 사람을 피하는가?"

혜원 스님이 꾸짖고 심만옥을 법당으로 데리고 들어갔다. 젓갈댁이 따라 들어오려는 것을 막았다. 혜원 스님의 설명을 차근차근 듣고 심만옥이 흐느껴 울었다. 젓갈댁이 자리에 앉지 못하고 안절부절못했다. 심만옥이 법당에서 나왔다.

"아가. 며느리야."

젓갈댁이 팔을 휘저으며 다가왔다.

"할머니 왜 이러셔요?"

심만옥이 볼에 묻은 눈물을 주먹으로 닦았다.

"오냐. 오냐. 내가 복중의 아기 할머니다."

젓갈댁은 심만옥이 냉랭하게 거절해도 물러나지 않았다. 그때 심익수가 봉학사로 올라왔다.

"할망구가 노망이 났구먼? 망측스럽게 무엇하는 짓이오?"

심익수가 대뜸 성질을 부렸다.

"무슨 말씀을 그리 섭섭하게 하시오? 저 아이 복중 씨앗이 박씨 혈육인 것을 내가 알고 부처님이 알고 계시는데?"

젓갈댁이 굽은 허리를 한껏 펴고 물러서지 않았다.

"헛소문 듣고 와서 이러시면 어쩌자는 것이오? 처녀가 아기를 가졌기로서니 그렇게 함부로 해도 되는 것이오? 경우에 없는 망측한 말씀 거두시고 썩 돌아가시오."

심익수가 심만옥의 팔을 끌고 움막으로 들어갔다. 젓갈댁도 움막으로 갔다. 문이 질끈 닫혀 열리지 않았다.

"이보시오. 사돈 양반. 왜 이러시나? 세상에 혈육이라고는 자식 하나였는데…. 불효막심한 눔이 갖은 못된 짓을 하다 죽었는지 살았는지 소식도 없소. 자식은 죽어 어미 가슴에 묻힌다고 안 하는가요? 죽었는지 살았는지 소식도 모르는 그 자식의 혈육을 내가 보자 하는데 어찌 매정하게 그러시오?"

젓갈댁이 문고리를 붙들고 통곡했다. 혜원 스님이 먼발치에서 염주를 굴렸다. 해가 지고 어둠이 장미산을 점령했다. 움막 안에서 부녀가 나오지 않았다. 젓갈댁도 문고리를 놓지 않았다.

"옷깃만 스쳐도 인연이라 했거늘. 하물며 혈육으로 맺은 인연을 어찌 거부할 수 있겠는가?"

보다 못한 혜원 스님이 걸어와서 사정했다.

"돌아가시오. 혈육으로 맺은 인연이라 할지언정, 그 인연의 고리가 너무 가혹하오. 그만 돌아가시오."

심익수가 혜원 스님의 청을 거절했다.

"혈육이니 그런 것이오. 남남이면 원수지요. 혈육이니 인연이 질기고 사나운 것이오. 혈육은 끊을 수가 없는 것을 모르오? 새아기 좀 나와 보라 하시오."

혜원 스님이 나서자 젓갈댁이 힘을 얻어 심익수에게 애걸을 하였다.

"복중의 아기 아버지를 그렇게 만든 사람이 만옥이 오빠인 것을 왜 모르시오?"

심익수가 원망스럽다는 말투로 말했다. 똥깐이 마포에 살고 있음을 알고 있으나 젓갈댁은 아직 알지 못했다.

"그놈이 맞아 죽을 짓을 했으니 내 원망 안 하리다."

젓갈댁이 가슴을 주먹으로 팡팡 두드렸다.

"눈이 있고 입이 있으니 장차 태어난 아기가 아비의 사연을 목숨 끝나는 날까지 모른다고 장담할 수 있소? 어림없는 소리요. 진정 혈육을 위한다면 그만 내려가세요. 누구에게도 입 뻥끗하지 마세요."

인연이 사납고 서글프니 서로 모르는 사람으로 살자고 심익수가 말했다. 젓갈댁은 심익수의 말에 동감은 했다.

"그럼 내가 여기서 살면 어떻겠소? 만삭이 되면 운신도 어려울 테고 또 산중에 애를 받아줄 사람은 고사하고 산바라지할 사람 없으니 이슬을 맞고 살아도 여기에 있으리다."

젓갈댁이 다리를 쭉 뻗었다. 아들의 씨앗을 두고 내려갈 수 없다고 버텼다. 그날부터 젓갈댁이 움막 한쪽에 살았다. 하루도 빠짐없이 꼭두새벽에 법당에서 불공을 드렸다. 맞아 죽었는지 어디에서 떠돌고 있는지 알 수 없는 자식과 그 혈육을 위해 젓갈댁이 치성을 드렸다. 심만옥은 젓갈댁에게 마음을 열지 않았다.

강령에서 사람이 왔다. 옥녀가 어젯밤에 해산했다는 말만 전했다. 아들인지 딸인지 심익수가 캐물었다. 강령에서 온 사람이 입을 다물고 장미산에서 내려갔다. 심익수가 잠을 설치다가 이른 새벽에 강령으로 갔다. 목계나루터 강물을 건너 강령에 가니 해가 중천이었다. 만석 토지 대갓집 대문에서 심익수가 한동안 서성거렸다. 손에는 미역이 들려 있었다.

"며느님이 자손을 낳았는데 어서 성큼 드시지 않구요?"

배집사가 나와 손을 잡아끌었다.

"여가 내 집인가? 성큼 들어가게?"

심익수가 성질을 버럭 냈다.

"만석 토지 대갓집의 안방에 며느님이 계신데 시아버지가 못 들어갈 이유가 뭡니까?"

배집사가 빙그레 웃었다.

"해산을 했다는 집에서 금줄이 어찌 없는가?"

심익수는 아들을 낳았는지 딸을 낳았는지 궁금해서 꼭두새벽에 출발했는데 대문에 금줄이 보이지 않았다. 안채로 들어가는 쪽문에 걸려 있다고 배집사가 안내했다.

"고추를 엮었던가? 솔잎을 엮었던가?"

성질이 급한 심익수가 안채 쪽문으로 걸어가면서 물었다..

박단실이 요동으로 떠나고 한 달도 못 되어 박갑수가 천명을 다했다. 만석 토지 대갓집 안방을 누가 차지하느냐에 이목이 쏠렸다. 문상을 온 소작인과 일가친척을 안채 마당에 모아놓고 배집사가 유언장을 펴 들었다. 박단실이 돌아올 때까지 옥녀가 토지와 집문서와 고방의 주인 이라고 읽었다. 만석 토지 대갓집 안방 주인이 된 옥녀가 심익수와 심만옥에게 함께 살자고 청했다. 아들이 타국에서 나라를 위해 갖은 고초를 겪고 있는데 아비가 호의호식할 수 없다며 심익수가 마다했다. 장미산의 봉학사 근처 마누라와 아들 무덤 곁에 움막을 지었다.

너른 마당을 가로질러 안채로 들어가려는데 금줄이 걸렸다. 고추는 없고 숯과 솔잎이 새끼줄에 엮였다. 심익수가 금줄을 넘지 않고 배집사를 안으로 들여보냈다. 기별을 받은 옥영감 내외가 안채에서 나왔다. 의풍에서 무명옷 간신히 입던 두 노인이 비단옷을 입고 있었다. 쌀밥과 고깃국을 때마다 먹었는지 얼굴에 희부연 살이 도톰하게 돌았다. 옥녀가 대갓집 안방에 들고서 호의호식하고 있음이었다.

"며느리 해산 통증은 가시었소?"

심익수가 속에서 치밀어 오르는 것을 애써 참고 물었다.

"산모도 애기도 건강합니다."

옥영감이 무명 누더기를 입은 심익수에게 걸어왔다.

"그럼, 되었소이다."

심익수가 들고 온 미역 꾸러미를 옥영감에게 건네고 돌아섰다.

"손녀 얼굴도 안 보고 가시렵니까?"

"상중임을 잊으셨소? 금줄 넘으면 부정 타니 오늘은 이만 돌아가고 훗날 다시 오리다."

심익수가 매정하게 돌아섰다. 의풍에서 서로 겸손하던 옛날 사돈관계가 아니었다.

"며느리 낯도 있으니 어지간하면 강령으로 오시지요?"

옥영감이 거적으로 지은 움막에서 나와 대갓집으로 오라고 말했다.

"따님의 시아버지가 거적에 살다 굶어 죽을까 걱정되시오? 굶어 죽기가 정승보다 어렵다는 말이 있으니 맹물 같은 걱정일랑은 마시구려."

심익수가 허허허 웃으며 대문으로 나왔다.

심익수가 강령에 가 있는 중에 용포댁이 봉학사로 올라왔다.

"스님. 법당 문 활짝 열어주세요. 우리 막실이 아들을 낳았다 하지 않소? 부처님께 이년의 허리가 끊어지게 불공을 드리러 올라왔소."

용포댁이 목구멍까지 차오른 숨을 탁탁 끊어가며 말했다.

"막실이가 아들을 낳았어요?"

심만옥이 무거운 몸으로 걸어왔다.

"창말 사돈집에서 기별이 왔다. 오늘 아침 해가 솟을 때 몸을 풀었다 는데… 떡두꺼비 아들을 부처님께서 점지해 주셨다고 사돈집에서 사람 을 보냈더라?"

용포댁이 덩실덩실 어깨춤을 추었다.

"잘 되었네요."

심만옥이 죽어드는 소리로 말했다.

"어디 보자. 배가 펑퍼짐하니 영락없이 아들이다."

용포댁이 심만옥의 둥근 배에 손바닥을 얹었다.

"아무렴. 아들이지. 아들이고말고."

법당 마루에서 젓갈댁이 괄괄한 목소리로 말했다.

"얼마나 남았니? 아랫배가 밋밋한 것이 오늘이 해산날로 여겨진다?"

용포댁이 젓갈댁의 말을 들은 척도 않고 심만옥을 걱정했다.

"몰라요. 날은 다 채웠어요."

심만옥이 배를 손바닥으로 쓰다듬었다.

"스님 뭐하시오? 법당 문을 활짝 열어주세요."

용포댁이 혜원 스님에게 재촉했다. 혜원 스님이 허허 웃으며 법당으

로 들어갔다. 용포댁이 신발을 내동댕이치듯 벗고 법당에 들어가 넙죽
엎드렸다. 목탁소리와 혜원 스님의 독경소리가 들렸다. 가을 햇살에 주
눅이 들었던 바람이 살아나 풍경을 흔들었다.

"막실이 서방은 아직 연락이 없다 하지?"

젓갈댁이 경성에서 오지 않는 박시만의 소식을 물었다. 심만옥이 모
른다고 고개를 가로저으면서 경성에 있는 똥깐을 떠올렸다. 경성에 있
다고 젓갈댁에게 알려줄까 고민했다. 똥깐이 다시 나타나면 배를 가르
고 죽는다며 겁을 주던 순간이 떠올라 말하지 않았다.

심익수가 강령에서 돌아왔다. 심만옥이 옥녀의 해산 소식을 물었다.
아기도 산모도 건강하다는 심익수의 표정이 어두웠다.

"아들이랍디까?"

젓갈댁이 물었다.

"몹시 시장하구나. 밥 한술 다오."

심익수가 움막으로 치적치적 걸어갔다.

용포댁이 시집을 간 딸, 강막실이 아들을 낳았다고 호들갑을 떨다 내
려갔다. 오늘도 장미산에 예외 없이 어둠이 찾아왔다. 강령에서 돌아온
심익수가 움막 구석에 몸을 기대고 서운한 표정을 지워내지 못했다.

경성. 잘 정돈된 정원이 내려다보이는 이층. 홍금희가 갓난아기에게
젖을 물리고 창밖을 바라보았다. 경성은 창말보다 가을이 먼저 왔다.
바람이 단풍나무를 흔들었다. 단풍잎이 총 맞은 콩새처럼 핑그르르 떨
어졌다. 아기가 볼을 오무락거려 젖을 빨았다. 아기의 이마에 솟은 여
린 머리카락을 손가락으로 빗던 홍금희가 한숨을 쏟았다. 가족이 일층
에서 올라왔다.

"어디 보자. 공주님."

홍종오가 홍금희 가슴에서 아기를 쑥 뽑아 안았다.

"손녀가 누굴 닮았소? 눈이 게슴츠레하네?"

홍종오가 아기의 볼에 입을 맞추었다. 홍금희가 창밖으로 시선을 돌렸다.

"어머. 이 녀석 좀 봐. 아빠가 오셨다고 하품을 하네?"

김영애가 호들갑을 떨었다.

"박서방. 이리 와서 한번 안아 주게나."

홍종오가 아기를 박시만에게 넘겼다. 박시만이 아기를 안고서 미소를 지었다. 미소가 곧 허공으로 흩어졌다. 홍금희는 여전히 창밖을 바라보았다.

"박서방. 시장하지? 씻고 내려와서 저녁 들게나."

홍종오와 김영애가 일층으로 내려갔다. 박시만이 옷장을 열고 양복을 벗었다. 홍금희가 아기를 안고 한숨을 쉬었다. 저고리 단추를 풀던 박시만의 손동작이 멈췄다.

"부모님께 말씀드려야겠어."

홍금희가 아기를 바닥에 뉘었다. 아기가 버둥거렸다. 아기는 다나까의 분신이었다. 매서운 눈매와 코와 입언저리와 이마의 생김까지 다나까를 닮았다.

"그러지마."

박시만이 짧게 거절했다.

"하루 종일 생각했어. 더 이상 속일 수 없어."

홍금희가 옆구리에 손을 얹고 창밖을 내다보았다. 어둠이 성큼성큼 다가왔다. 홍금희는 가슴에 어둠이 차오르는 듯 무겁고 침통한 표정이었다.

"금희와 나만 알고 있어야 할 비밀이야. 아기의 장래를 위해서라도."

바닥에 놓인 아기가 팔다리를 버르적거리며 칭얼댔다.

"아기의 장래를 위해서라도 진실을 모두 알아야 해."

아기가 칭얼거리다 울어도 홍금희가 창밖에서 시선을 거두지 않았다.

"기다리시겠다. 저녁 먹으러 내려가자."

박시만이 칭얼대는 아기를 안았다.

"그냥 내려놔."

홍금희가 명령하듯 말했다. 박시만이 아기를 안고 엉거주춤 섰다.

"내려놓으라고 했잖아. 시만씨 아기가 아냐."

홍금희가 신경질적으로 말하고 걸어왔다. 박시만은 아래층에서 혹시 들었을까. 방문을 바라보았다. 아기가 홍금희를 바라보았다. 영락없이 다나까의 분신이었다.

"왜? 우리 아빠가 시만씨를 보호해주지 않을까 두려워? 우리 아빠가 마련해준 벼슬에서 떨려날까 봐?"

홍금희가 낮고 앙칼지게 말했다. 박시만이 왼팔로 아기를 안고 오른손으로 홍금희의 뺨을 때렸다. 홍금희 볼로 눈물이 흘렀다.

"그래. 때려. 나 좀 때려. 나를 죽도록 때려 줘."

홍금희가 바닥에 푹 주저앉아 박시만의 바짓가랑이를 잡고 흐느꼈다.

"이러지 말자."

박시만이 아기를 바닥에 놓고 홍금희를 일으켰다.

"시만씨. 창말로 돌아가."

홍금희가 울음을 멈추고 말했다. 박시만이 어금니를 질끈 깨물고 대답하지 않았다.

"남산 아래 행랑에서 도망 나오던 날 기억나지 않아? 심대곤이 몰매를 맞으면서 시만씨를 도망가게 한 이유를 잊었어? 막실씨가 시만씨의 아기를 잉태했다는 거 잊었어?"

박시만이 창가로 갔다. 정원에 어둠이 잔뜩 몰려와 캄캄했다. 홍금희가 종일 바라보던 정원수가 보이지 않았다.

"잊지 않아. 하루도 잊어본 적 없어."

박시만이 차갑게 대답했다.

"죽은 심대곤이 경성 건어물 상회에서 왜병에게 묶여가던 순간을 잊을 수 없어."

홍금희가 침대에 쓰러지듯 엎드렸다. 자신과 박시만을 구해준 심대곤이 죽은 후로 홍금희는 자책감에 시달렸다. 몽둥이를 든 사내들과 맞서면서, 강막실을 불행하게 하지 말라며 외치던 심대곤의 다급한 목소리가 귓전으로 파고들었다. 심대곤이 목계 병참에 갇혀 있을 때 홍금희가 박시만에게 도움을 요청했다. 박시만이 냉담하게 거절했다. 심대곤이 경성에서 체포되는 과정에 홍종오가 모종의 역할을 했다. 홍종오가 생명의 은인 심대곤을 죽게 한 원흉이 되었다.

아래층에서 저녁 먹으러 내려오라는 소리가 들렸다. 홍금희가 아기를 안고 이층에서 내려왔다. 김영애가 아기를 품에 안았다. 넷이 저녁 밥상에 둘러앉았다.

"이름이 있어야 공주님 대우를 받지?"

김영애가 아기 볼에 입술을 맞추며 이름을 짓자고 말했다.

"이름이 있어야 박씨네 호적에도 올라가고 어엿한 자손이 되는 것이다."

홍종오가 김영애의 말에 동조했다. 박시만과 홍금희가 눈을 한차례 맞춘 후 묵묵부답이었다.

"어라? 이름을 지어주자는데 부모가 시큰둥하네?"

김영애가 이해할 수 없다며 핀잔을 주었다.

"박서방. 창말에 계신 사돈어른께서 내려주실 이름을 기다리고 있는 것인가?"

홍종오가 박시만에게 물었다.

"그…런 것은 아…닙니다."

박시만이 더듬더듬 부인했다.

"그럼. 이참에 성명 석 자를 붙여주자고. 성이 박이니까 두 자만 결정하면 되겠네. 하하하."

홍종오가 즐거워 크게 웃었다.

"아버지. 저녁 진지나 드세요."

홍금희가 냉랭한 표정으로 말했다.

"너는 어미가 되 가지고 그런 말이 어디 있니? 우리 공주님이 들으실까 두렵다."

김영애가 눈을 흘기며 나무랐다.

"이름은 나중에 짓고 진지나 드시라고요."

홍금희가 또 신경질적으로 말했다. 갑자기 분위기가 얼어붙었다.

"장인어른께서 이름을 내려주시지요."

박시만이 분위기를 바꾸려고 어줍은 웃음을 섞어 말했다.

"영감이 그래도 여기서는 제일 어른이니까 이름을 점지해 주세요."

김영애가 홍종오에게 아양을 떨었다. 홍금희가 숟갈을 놓고 눈꼬리를 치켜들었다. 박시만이 홍금희의 옆구리를 쿡 찔렀다. 홍금희가 마지못해 숟가락을 다시 들었다.

"부귀와 권세와 명예가 한꺼번에 쏟아져 들어오는 이름을 지어보자…."

홍종오가 눈을 껌벅거리며 이름을 생각하기 시작했다.

"영감. 박서방 이름하고 홍금희 이름에서 한자씩 떼어 공주의 이름을 지으면 어떨까요?"

김영애가 기발한 생각이라고 호들갑스럽게 말했다. 홍종오가 좋다고 동의했다.

"그럼. 박시금, 박시희, 박만금, 박만희…."

김영애가 눈동자를 굴리며 이름을 나열했다.

"차라리 다금이라고 하세요. 박다금."

내내 냉랭한 표정을 들고 있던 홍금희가 차갑게 한마디 던졌다.

"박다금?"

종오와 영애가 동시에 반문했다. 박다금? 속으로 중얼거려보던 박시만의 안색이 파랗게 굳었다. 다나까와 홍금희의 이름을 붙인 것이 아닌가?

"다금이? 다금이라… 많을 다에 비단금이라… 여자 이름으로는 썩 괜찮구나."

뜻밖에도 홍종오가 맘에 들어 했다. 김영애도 덩달아 좋다고 말했다. 홍금희가 어리벙벙해지고 박시만은 황당해졌다. 그럼 다금이로 하자고 홍금희가 말했다.

미친년이 홀짝홀짝 뛰어다니며 불씨를 흩어 뿌린 것처럼 산과 들이 붉게 물들었다.

"아버지. 핏빛이 들불처럼 번지고 있어요."

심만옥이 중얼거렸다.

"그렇구나. 노을이 세상을 덮었구나."

"둔치도 막흐레기 여울도 온통 붉네요."

남한강 둔치 너른 들판에 우거진 억새가 노을을 받아 수만 개의 횃불로 일렁거렸다. 막흐레기 여울로 내려앉은 노을이 스러지는 장작 불꽃처럼 반짝거렸다.

"가을 햇살이 이렇게 끔찍스럽다는 것을 육십 평생에 처음 보는구나."

심익수가 멀리 목계 강물에 시선을 두었다. 봉황산 너머로 햇덩이가 떨어지고 발갛던 뜰로 검댕이가 내려앉았다. 봉학사 풍경도 잠들었다.

움막에서 산고의 비명이 들렸다. 심익수가 물을 끓이고 젓갈댁이 산모 곁에서 구슬땀을 흘렸다. 산통이 두 시간이 넘게 계속됐다. 심만옥이 초주검 되고 젓갈댁이 두 손을 모아 싹싹 비볐다. 법당에 불이 켜지고 혜원 스님의 독경소리와 목탁소리가 들렸다.

계명산 봉우리에 햇덩이가 솟아오르고서야 아기의 울음소리가 장미산을 흔들었다. 젓갈댁이 그토록 바라던 아들이 태어났다. 혜원 스님의 목탁소리와 독경이 잠깐 멈추었다가 웬일인지 계속되었다. 밤새 산고에 시달리던 심만옥이 아기를 낳고 축 늘어졌다.

"아가야. 왜 이러니? 아가야. 아가야. 정신 놓으면 큰일 난다."

젓갈댁의 비명에 가까운 다급한 목소리가 들렸다. 심익수가 황급히 움막으로 들어갔다. 목탁소리가 빨라졌다. 독경소리도 급해졌다.

"만옥아. 얘야. 어찌 너마저 이러는 게니?"

심익수가 실신 상태에 이른 심만옥의 몸을 흔들었다.

"아버지. 남한강 둔치가 온통 붉네요. 엄마가… 보여요…. 대곤 오빠도 보…여요."

간신히 눈을 뜨고 아버지를 올려다보는 심만옥이 눈물을 흘렸다.

"너마저 이러면 나는 어찌하라는 것이냐."

심익수는 기가 막혔다. 억장이 무너지고 앞이 캄캄했다. 심만옥이 아버지를 바라보다 젓갈댁에게 시선을 돌렸다.

"오냐. 오냐. 아비를 쏙 닮은 아들이다."

젓갈댁이 눈물을 글썽였다.

"어…어머님."

"그래. 네가 이 늙은 것에게 어머니라고 했니?"

젓갈댁이 고개를 주억거리며 눈물을 흘렸다. 심만옥은 젓갈댁의 말을 듣지 못했다. 아기를 난산하고 숨을 거두었다. 법당에서 급하게 울리던 목탁소리가 뚝 끊겼다. 독경도 멈췄다. 움막에서 심익수의 울부짖는 소리가 들리고 갓난아기의 우렁찬 울음소리가 들렸다.

젓갈댁이 움막에서 나왔다.

"에이— 몹쓸 놈의 세상이다—. 에이— 참 몹쓸 놈의 세상이다."

젓갈댁이 계명산 봉우리로 성큼 솟아난 햇덩이에 삿대질을 하며 저주를 퍼부었다. 젓갈댁은 운명이 기구했다. 할미 바위의 전설을 믿고 자식의 무병장수를 위해 뒷간에서 고통스럽게 해산을 했는데, 그 자식 똥깐이 어미의 정성을 모르고 갖은 악행을 일삼고 다녔다. 목계 줄다리기가 있던 그날 이후, 사람들 모두 똥깐이 죽었다고 입을 모아도 항변 한번 못하고 살았다.

혜원 스님의 손에서 목탁이 툭 떨어졌다.

젓갈댁이 찢어지는 가슴을 두 손으로 움켜쥐고 허위허위 산으로 올라갔다. 굽은 허리를 펴고 가슴을 탕탕 두드리며 꺼이꺼이 울었다.

"이놈아. 이놈아. 핏줄이 이 세상에 나왔는데…. 어디서 살아 있기나 한 것이냐?"

며느리를 가을 땅에 묻고 온 날 젓갈댁이 갓난아기를 업고 목계로 갔다. 주막부터 찾아다니며 똥깐의 소식을 수소문했다. 똥깐이 마포나루 주막에서 논다니 기둥서방질을 한다는 소리를 듣고 장미산으로 올라왔다.

이튿날. 핏덩이 갓난아기가 사라졌다. 젓갈댁 행방도 오리무중이었다. 반나절 만에 젓갈댁이 젖먹이를 업고 봉황산 고갯길로 넘어갔다는 소문이 들려왔다. 경성으로 간 것이었다. 죽은 줄 알았던 자식이 마포에 살아 있다는 풍문을 듣고 갓난아기와 떠났다.

사랑 한번 어엿하게 받아보지 못한 딸. 심만옥이 저승으로 갔다.

기구한 운명이 세상에 남긴 핏줄마저 빼앗긴 심익수 가슴이 산지사방으로 찢어졌다.

– 5부 끝.